神官ちゃん

マタギの孫をなめんなよ!
1
～魔獣を狩る者たち～
ハーーナ殿下
Haaana Denka
illust よー清水
Yo Shimizu

魔獣喰い

流れる風

獅子姫

マタギの孫をなめんなよ！
1
～魔獣を狩る者たち～
ハーーナ殿下
Haaana Denka
illust よー清水
Yo Shimizu

目次

プロローグ

〝空腹〟

〝森の聖獣〟として崇められる、その存在にはない概念であった。精霊力を源にしているために、食事はもちろん一切の生命維持の必要がない。

まさに広大な大森林における生態系の頂点に立つ極限の存在であった。

〝食したい〟

聖獣となり二千年となるがそれは初めての欲求である。そして欲に呼ばれこの焦土と化した人の集落に降り立ったのだ。

《これは食欲か……懐かしいな》

聖獣にはこの感覚に覚えがあった。

そう、それはまだその身体が〝獣〟であった頃の記憶だ。この森の王者と呼ばれ、傍若無人に全てを貪っていたときのあの欲だ。

当時の情念を深く思い出し、聖獣の口元から滝のような唾液が溢れ出す。自身の液を排出することは心地よく、更なる興奮状態に陥る。

《よし、この赤子の肉を喰らおう》
目の前にいた無垢な人の子を睨み付ける。無防備な肉の塊である稚児を。
そこにいたのはもはや聖獣と崇められた貴き存在でなく、獰猛で自らの欲求に忠実な一匹の危険な獣であった。こうなれば万の軍をもってしても、この聖獣を阻むことは不可能である。
《ぬう……》
だが、その欲望は叶えられずにいた。
《この斧鉞は……まさかな》
捕食対象であるか弱き赤子の側に置かれた、〝小さな手斧〟に阻まれたのだ。万物の負を受けつけぬはずの聖獣の肢体は金縛りにあったように動かない。
いや、手斧だけに阻まれたのではない——無防備なこの赤子に対しても聖獣の全身全霊が信号を発していたのだ。
〝このモノは兇変であると〟
聖獣がまだ獣の身であった時に〝人〟により受けた左眼の傷痍が疼く。
《そうか……この斧鉞は、赤子はあの折の——これも、なにかの因果か》
かの偉大なる人の王の姿がまぶたに浮かび、聖獣の瞳が郷愁でスッと細くなる。王を乗せて大陸中を駆けた背中の心地よい感触が、昨日のことのように思い起こされる。
《だがこのままではこの稚児は息絶える……うむ……それも因果か》
そのときだ。

聖獣は何かを察して顔を上げる。そして音もなく赤子の側から霞のように姿を消す。

近づいてくる人の気配に怯えて逃げ去った訳ではない。

この赤子の運命に――――因果に賭けたのだ。

《風の子よ……この稚児を頼む》

この森の――――世界の行く末を。

「この村も全滅か。ひでぇもんだな……ん？　おい、待て……赤子《ガキ》の泣き声がするぞ……」

「我が耳に聞こえぬが、それは本当か……《流れる風》よ」

「ああ、間違いない……そこだ、その瓦礫の下からだ！」

――――そして、転生した魂魄と運命は相交わり動き出す。

第一章　名もなき少年

1

(腹へった……)

腹時計によって毎朝オレは強制的に目が覚める。それは人の身であるならば当たり前の現象だろう。

(あっ、早く朝の準備に行かないと)

この村の朝は早い。

誰もが陽が昇る前に起床し、村の共同の炊事場で朝食の準備をする。性別や年齢は関係なく、誰もが率先して作業をおこなうのだ。

もちろんオレも積極的に手伝う。なぜならばその分だけ早く飯にありつけるからだ。

「お前らの年ごろは、今日はこの量だ」

大広間に村人たち全員が集まり、女衆が食事の盛り付けをおこなう。

いよいよ待ちに待った食事の時間だ。

（また、コレか……しかも少なめ）

だが木皿に盛り付けられた朝食を目にし、オレは思わず心の中で毒づく。三日連続で同じ献立なことに、そして盛り付けの少なさに。ちなみに今朝の献立は〝木の実のパン〟と〝根菜汁〟であり、昨日と同じで硬くて味気ない。

「ありがたいな……」

「ああ、精霊の恵みに感謝だ……」

だがオレ以外の村人たちは、誰も不満を表情にすら出していない。崇める精霊に感謝の祈りを捧げてから、黙々と素手で食す。

（よし、仕方がないから、よく嚙んで食べるか……）

心の中で少しだけ愚痴りながら、自分も祈りを捧げ頂く。あっという間に食べ終えたオレは、空いた木の器をもう一度だけ舐めまわし味の余韻に浸る。

皿に残る岩塩の味付けがせめてもの救いだ。

（もっと腹いっぱい沢山食べたい……）

この場にいる誰もが恐らくそう思っているのだろう。だが辛抱強いこの民は、誰一人として愚痴を漏らさない。

毎年のことだが雨季で食料が限られるこの時期は、こうして食べられるだけでも有難いのだ。

「では、今日の仕事の割り当てじゃが……」

大広間で食事をしながら、各自の割り当てが発表される。集落の長老が大まかな指示を出し、若頭たちが具体的に仕事を決める。

「では、今日も皆に森の精霊の加護があらんことを……」

「加護を……」

全員が食べ終えたなら、精霊に感謝の祈りを捧げ本日の仕事が始まる。女と子ども衆は後片付け、男衆は狩りへ出かける準備だ。

木々の隙間から見える空は久しぶりの晴天。

男たちは手慣れた手際で革鎧を身に着け弓矢を持ち、森の中へ狩りに出かける。

「あんた、気をつけて帰ってくるのだよ……精霊さまの加護がありますように」

「ああ、村のことは頼んだぞ」

村に残る者は男衆たちの安全と豊猟を祈願しつつ見送る。

(沢山の獣を獲ってきて欲しいものだ……肉を食べるために)

オレも精いっぱいの笑顔で狩人たちを見送る。肉の味を妄想しながら。

「よし、お前ら子ども衆はいつもの通りにまずは水くみだ。その後は木の実の採取に行く。急げ、休んでいる暇はないぞ」

見送りの後は、男勝りな女頭《おんながしら》からオレたちに指示が飛んでくる。オレは他の子供たちに負けないように急いで仕事に取りかかる。もたもたしていたら女頭から強烈なゲンコツが頭上に落ちてくるからだ。まずは近くの小川まで水くみの往復作業だ。

(オレも早く大人たちと同じように狩りに出て、腹いっぱい食べたいな……)

まだ幼い自分は最低限の村の仕事しかできない。そのぶん今朝のように食事の配給は少ない。ここでは狩りで結果を出してから、ようやく一人前と認められるのだ。

（それにしても〝この身体〟もだいぶ力がついてきたな……）

水の入った木製の桶を一つずつ、二個両手に持ち、村と近くの小川を何度も往復しながらそう実感する。最初のころは一個すら満足に持ち上げることも出来なかった。だが最近この〝自分の身体〟は急激に成長していた。

——チラッ
水くみをしていたオレは小川に映る自分の姿を確認する。そこに映るのは他の水くみをしている村の子供たちと、同じ年ごろの〝幼い子供〟だった。

（どこからどう見ても子供だ……なんでこうなっちゃったんだろうな……オレは〝中学生〟だったのに……）

今のオレは五歳の男の子。

文明ある王国の人々から《蛮族》と呼ばれる森の部族に【転生】したのだ。

2

（ばぶー……って、ここはどこ、あなたは誰？）

現代日本で平凡な中学生だったオレが、この異世界へ転生したのは五年前のことだった。

気がつくと自分を抱きかかえた男と視線が合った。

〝筋肉隆々の怪しい大男〟

よく日焼けした顔には禍々《まがまが》しい呪《まじな》いの戦化粧が施されており、オレの反応を見てニィと笑みを浮かべる。

（ひ、人食い蛮族に抱きかかえられているのか？　オレは）

声を出そうにも泣き声しか出なかった。無力な赤子状態のオレはそのまま男に抱きかかえられ、薄暗い木造の住居から外に出る。

そこで目にしたのは原始的な集落だった。湿った木の、懐かしい森の香りがした。

集落の周りは見渡す限りの密林が生い茂り野鳥の鳴き声が鳴り響く。

しばらくしてから理解したが、彼らはここを〝大森林〟と呼び、森の中だけで生活をしている部族だった。

（地球の未開な密林の村とか……かな）

もしかしたら中南米や東南アジア辺りのジャングル地帯ではないのか、という希望的観測もあった。

だがこの森の世界は明らかに〝普通〟ではなかった。明らかに地球上の環境とは違う森の雰囲気だ。

更にそれを決定的にしたのは村の中央部に鎮座する〝精霊母樹《マザーツリー》〟と呼ばれる巨木の存在であった。

まるで空を突き刺すように天に向かってそびえ立ち、その高さは目測で百メートル以上はある。

明らかに現実世界にはない代物だった。

（ハッハハ……こりゃ〝異世界〟確定だな）

赤子ながら〝精霊母樹《マザーツリー》〟を最初に目にした時は唖然としたものだった。だが一方でオレの心は躍った。

〝異世界転生〟

その言葉に心躍る者は少なくないであろう。まして思春期の中学生ならなおさらだ。

（とにかく、この身体が大きくなるまでは、目立たないように気をつけて生きていこう……）

転移ならまだしも赤子に生まれ変わってしまったのなら、元の日本に戻る手立ては少ないかもしれない。

こうしてオレは異世界の――――蛮族の村の子どもとして生きていくことを決意したのだった。

〝オレ〟

そう言えばオレにはまだ〝名〟がない。これは自分だけではなく、村の他の同じ年ごろの子どもたちも皆そうである。

これはこの森の部族の習慣であり、幼い頃は未熟者とされ〝名〟を付けない。

名がまだない間の呼び方は〝○○の息子・娘〟といった感じで親の名を頭に付けて呼ばれる。七歳くらいまで成長して、親や師匠から認められ相応しい〝名〟が与えられるのだ。

ちなみにオレは森で拾われた〝捨て子〟だったらしい。

〝らしい〟というのはその時の記憶だけが自分にないからだ。気づいた時にはこの森で大男に抱きかかえられていた。

まあ親がいなくても特に問題もなく、村の大人たちの共同育児にここまで育てられてきた。

そして五歳ともなればこの部族ではもう立派な半人前。先の通りに水くみなどの多くの仕事が割り当てられるのだ。

『働かざる者は食うべからず』

前世でのオレのマタギだった爺ちゃんは、よくそう言っていた。

そんなわけでまだ五歳児であるオレは必死で村の仕事に従事し、毎日を過ごしていた。

いつの日か美味いものを腹いっぱい食べるために。

3

（おっと。ボーっとしていないで、次の仕事に行かないと）

思わずこの異世界へ転生した時のことを思い出していた。いつの間にか水くみが終わったので次の仕事だ。

「よし、終わった者から森へ行く準備をしてこい。急げ、昼飯を抜きにされたいのか」

水くみが終わると女頭から次の指示が飛んでくる。次は森の恵みの採取のために村の外へ出かける準備をする。

（毎回なことながら、この準備はドキドキするな……）

粗末な自分の共同部屋に戻り、心躍らせながら村の外へ出る準備をする。

半裸状態から通気性の良い衣類に着替え、子どもには似合わぬ大きな籠《カゴ》を背負う。籠は採取した山菜・キノコ・木の実・樹皮などを入れるためだ。

革製の腰帯に小刀の鞘《さや》と手斧をくくりつける。小刀は万能道具としてこの村の子どもたちに配布されていた。

（相変わらず変な紋様の手斧だよな……）

〝手斧〟――――それはなぜか長老からオレだけに渡されていた。なんでも赤子で拾われた時に自分の側に置いてあった物だという。

形状的に手斧と呼んでいるが、実はコレには刃がない。切断するはずの刃は丸く削られており指を当てても少しだけ感触があるだけだ。

実用面では全く使えない。だが手元にあるだけで不思議と落ち着く。

現代日本でいうところの〝守り刀〟みたいに感じてオレはお守り代わりにしていた。

（よしこれで完成だ）

最後に手斧を腰帯に下げ準備万端だ。

（へっへ……やっぱりかっこいいよな、オレ。こうしたら立派な戦士にも見えなくないぞ）

鏡で自分の全身を見ることが出来たなら、かなり勇ましい姿であろう。本当は蛮族だけども。

（おっと危ない、早く集合場所に行かないと）

自分の勇姿に見とれている場合ではなかった。もたもたしているとあの女頭のお姉さんに叱られてしまう。飛び出すように部屋を出て集合場所へ向かう。

「お、お待たせしました」

「相変わらず遅いぞ、お前は。まったく……」

村の門の隣にある広場にたどり着く。そこにはオレと同じように装備を整えた数人の子供たちと、弓矢や山刀で武装した大人の女性たちがいた。

彼女たちは子供たちの引率者であり、万が一の護衛でもある。

「よし全員が揃ったか……行くぞ」

女頭の号令と共に一団は門を出て、深い森の中へと進む。

道中は周囲に警戒しながら目的地までやや急ぎ足だ。武装した大人の女性たちが前後を固め、オレたち子どもは真ん中だ。

大型の肉食獣に襲われないように警戒しつつ、無駄口を叩かずにひたすら歩く。

三十分くらいであろうか。この日の目的地へたどり着く。

この場所は村から比較的に近くて手頃な採取場だ。地形的に危険も少なく木の実や薬草・山菜が多く自生している。

「よし、行け。だがムリはするなよ、お前ら」

集合時間と笛の合図を再度確認し、子供たちは森の恵みを求めて数人一組で森の中に散っていく。

採取というと気軽に聞こえるが、ここでは皆が生きる為に必死に勤しむ。朝に村を出た男衆の狩りが不猟だったときには、森の恵みが村人全員の生命線と成りえるのだ。

「あ、あった」

「こっちにも、あったよ」

採取をはじめてから少し時間が経つと、深緑の森の中に子どもたちの声が響く。

見つけた森の恵みは色と匂いを確認し、大丈夫なら背中の籠へ放り込む。

生息物の中には有毒な植物も多く、この部族では小さい頃からそれを身をもって厳しく学ばされる。

更には危険な場所や肉食獣に遭遇したときの対処法など覚えることは沢山ある。

「見て、こんなに採れたよ」

「僕も……今日はついているね」

ふと周りを見ると同じ組の子供たちが必死で採取に励んでいる。五歳なので外見は幼稚園児くらいだろう。こんな幼い子供を働かせるなんて、幼児虐待だと最初は思った。

だが何度も言う。この部族では〝働かざる者食うべからず〟だ。

誰もが生き残る為に必死で働く姿、それは美しい光景だ。

「よし、このぐらいにしておこうか……」

「そうだね、あんまり採り過ぎるとまた怒られちゃうから」

ある程度の量の森の恵みを採ると終了だ。

村の昔からの決まりで過度な採取はご法度だ。山の幸や植物の若芽、また子どもの獣も禁猟とされる。

森の生態系を守るために、自然とそう取り決められたのであろう。

最初の頃はオレも食い意地全開で過大に採取してしまった。女頭に痛いゲンコツで森の掟を教えられたものだ。

「さて、そろそろ集合場所に戻ろうか」

「うん、そうだね」

ちょうどその時、遠くで集合の笛の音が鳴る。オレも同じ組の子供たちに声をかけて集合場所に急いで戻る。森での行動は数人一組が基本だ。大人も子供も。

欲を出さず、決して無理追いはせずに集合場所へ急ぐ。

集合場所へ戻ったオレたちは、背負い籠の中身を大人の女性たちと確認する。毒で食べられない植物や危険な植物は大人たちの籠に入れる。

何でも村の〝精霊神官〟と呼ばれる呪《まじな》いを取り仕切る婆さんが、何かの薬の調合に使うのだという。

「おい、お前……このキノコは何だ」

「いや～、なんか美味しそうだと思って……」

「どう見てもこれは猛毒性があるだろうが。どれ、私が預かろう」

オレの籠の一番底に隠していたキノコが見つかってしまった。七色に輝く禍々しい見た目に女頭も目を細める。見た目が派手な菌類は間違いなく毒性があるのだと。

だが、オレは知っている。

この毒キノコは実は美味であることを。

あまりにも美味しそうな色合いをしていたので、前回の採取のときに隠れて食べてみたキノコだった。特に体調の悪化もなく快調そのものだった。

だがそのキノコが食べられることは誰も信じてくれなかった。哀しいものだ。

「おい、村へ帰るぞ。戻ったら次の仕事だ」

妄想に浸っていたオレの頭にまたゲンコツが落ちてきた。怒られるのもだいぶ慣れてきたが痛いものは痛い。

そんな感じで引率者の号令でオレたち子供衆は村へと戻る。

森の部族もいろいろと忙しいのだ。

4

「よし、お前ら、採ってきたものを分別して食料小屋へ持っていけ。あと腐りやすい物は下処理を忘れるなよ」

オレたちは森の恵みの採取から村へ戻って来た。

休む間もなく大人の女頭の指示の下に次の仕事にかかる。

収穫した物はすぐに下処理を行い、長く保存できるようにそれぞれ分別し保管しておく。岩塩漬けや天日干しにして、不猟などに備えてなるべく日持ちするように加工を行う。

獣の肉や植物の収穫量が減る季節を前に、こうした保存食は多いに越したことはない。

採取後の作業がひと通り終わると、昼の食事を済ませ各班に分かれ午後の仕事に入る。もちろん昼飯の配給も質素だ。

まずオレが今日おこなったのは、前に大人たちが仕留めた獣の毛皮を鞣《なめ》す作業だ。

鞣しとは、獣の生皮から不要な肉や脂肪を取り除き、処理して耐久性・耐熱性・柔軟性をもたせる事だ。

獣から取れる皮は鎧や衣類・日用品に使う一番重要な素材だ。また毛が長い獣毛からは糸を作り、衣類に織り込んだりする。羊毛みたいな感じだ。

それ以外にも知るべきことは多い。木の加工や植物の蔓《つる》の編み物などは、狩りに行けなくなった年配者の手伝いをしながら多くを学ぶ。なんと繊維質の多い樹皮を加工して、通気性の優れた衣類まで編むのだ。木製産業は奥が深い。

（この鞣しや木細工の時間は、学校の工作の時間みたいで結構好きだな……）

単純作業が好きなオレは蔓編みをしながらそう思う。この森では自給自足が基本であり、皆が小さな頃からこうして手伝いし、手に職を付ける。

成人になり狩りをしていても、いつかは衰えて、もしくは怪我などで獣を得られなくなる。そういった老後のために幼い内から手に覚え込ませるのだ。

「よし、作業を中断し大広間に集合しろ」

午後の楽しい内職作業をしばらくしていると、女頭から召集がかかる。

次は〝勉学〟の時間だ。

〝勉学〟

そう、この森の部族にはなんと勉強をするという風習があったのだ。

ここでは幼少期から文字や簡単な計算を大人から教わるのだ。

（文字の読み書きに、足し算引き算……簡単な掛け算と割り算まで教えるのか……蛮族なのに）

最初にこの制度を見たとき、オレは内心驚いた。

何しろ獣を狩り、木の実を食べて暮らす原始的な部族に教育が施されているのである。

大人たちの話では、この制度は狩りや採取を効率的に行うために数十年前から行われているのだという。

この大森林に数多ある村を統治する先代の〝大族長〟からの指示なのだと。

（その先代の大族長っていうのは何者なのだろう……まあ、とにかく文字があるおかげでオレは助かるけどな……）

日本語と全く違う古代文字《ルーン》を新しく覚える必要があったが、この幼い身体の脳はあっという間に文字を会得した。なぜか同年代の他の子たちよりは少し遅れてたけど。

どちらかと言えば他の子供たちもこの時間は苦手みたいだ。眠そうに目をこすっている者もいる。

「次は訓練場へ行け……って、言う前から行ってしまったか……」

女頭の指示がある前から、勉学の時間が終わると子供たちは大喜びで村の端にある〝訓練場〟に集合する。

ここでは一線を退いた男衆から弓や剣槍術を教わる。

「的をただ狙うのではない。獣だと思い、動きを予測してその先を射るのだ」

特に糧を得る狩りの実践的な訓練が中心だ。獣の形を模した遠くにある的に、様々な状況で矢を射る訓練をする。どんな状況からでも獣を狙う鍛錬だ。

「よし、次は対人訓練だ……って、そこ。勝手に始めるな」

訓練用なので木製だが、当たり所が悪ければ命さえ失いかねない。だが勇敢な部族の子どもたちは物おじせずに、ぶんぶんと木剣を振り回している。

朝から根気のいる仕事が多かった子供たちにとってこれは何より、一番人気の時間だ。オレはまだ五歳児だが、もちろんぶんぶん振り回す。

「ぷぷっ、君って本当に下手よね、剣は」

同年代の対戦者にオレは苦笑される。あまり上手く剣は振れないけど、五歳児だから仕方がないだろう。

5

「おお、男衆が帰ってきたぞ」

「日帰りとは……これは期待できるわね」

夕方になり、朝早くから狩りに出ていた男衆が帰って来た。

見張りの者の知らせが広まり、朝の見送りと同じように村人総出でお出迎えだ。その目当てはもちろん今日の獲物の結果だ。

男衆の狩りは長いときで数日かかる。一日で帰ってこられたということは、一定の量を仕留めたという証である。

オレも、急ぎその出迎えに加わる。どんな肉《えもの》があるのかが気になる。

日に焼けた屈強な男衆がぞろぞろと村の中に帰ってくる。その隊列の中央には木製台車が二台引かれている。その上に載った獲物の膨らみを見ると、今日はかなりの大猟だったようだ。

「今日の猟果だ」

村の広場で獲物を覆う布を外される。

「けっこうな量ね……ありがたいわ」

「あっちはかなりの大物もいるわよ」

出迎えの女性陣から感嘆の声があがる。

一台目には野良ウサギ・野鳥など小物が乗っていた。内臓と血が抜かれキレイに下処理されている。

「おお、なんだ、あれ凄いぜ」

「〝大猪〟だなんて、久しぶりね……」

布が全部外され最後の大物がお披露目されると、集まった村人中から声があがる。まずは子供たちが歓声と共に群がり、間近でその大物を見ようとする。控えめなオレは少し遠いところからこっそり見る。

大人たちの言葉からもわかるように、今日はなんと〝大猪〟までいたのだ。

この獲物が豊富な大森林でも〝大猪〟は滅多に捕れない。

今宵に食べるにしろ今後のために保存食にするにしろ、皆の腹が膨れることは間違いない。森の民にとって野生の獣の肉は貴重なタンパク源であり、ビタミン・鉄分などの豊富な栄養源なのである。

（〝大猪〟……前に見たのより大きいな……ちょっとした〝化け物〟だな……これは）

オレは目の前に積まれたその〝大猪〟を見て、内心で驚きを隠せない。

それ程までに、この〝大猪〟の大きさは、常識の域を外れていたのだ。

前世でよく見られる〝普通の猪〟の数倍の体軀、更に口元には鋭く突起した牙が二本生え、その凶暴性を体現している。

大人の話では、何でもその毛皮の下は分厚い脂肪に覆われ、ちょっとした刃物なら簡単に撥ね返す。更には重量を活かした突進は大樹さえもへし折る破壊力を備え持つ。

人間ならかすっただけでも重傷、まともに受けたなら即死であろう。

（でも、こんな大物を原始的な弓や槍剣だけで倒せるんだから、この部族の〝力〟の方が〝人外〟なのかもしれない……）

オレは懐に入れておいた〝クルミ〟に似た木の実を取り出す。数少ない子供たちへの配給《おやつ》であり、携帯食料でもある。野性味があり殻の硬さは普通のクルミの倍はある。

（ふん）

オレが軽く力を入れただけで硬い殻は粉砕され、中から香ばしい実が出てくる。

（五歳のオレですらこの握力か……相変わらず驚異的な力だな、この部族の身体は……）

そう、この森の部族は前世での〝普通の人〟に比べて、遥かに身体能力が優れていた。

それも視力が五・〇あるとか、マラソン大会で好成績を出せる、というレベルではない。

力自慢の大人は巨木を一人で軽々と担ぎ、また身の軽い者は高い木の上から平気で飛び降りる。

全身の筋力や運動神経、反射神経が常人を遥かに凌駕しているのだ。

（数年前にその光景を見たときは、心臓が口から飛び出るかと思ったな……）

小さいころに何気なく精霊神官の婆さんに聞いた話だと、これはこの森の民の全てに与えられた〝森の精霊の加護〟が要因だという。この険しき森で暮らすことを運命づけられた、民への加護だと。

「さあ、みんなのんびり眺めてないで仕事だよ！　急いで小屋に運び込んで夕飯の支度さ」

女頭の指示する声に、オレは意識をむける。ここ数日は不猟で不機嫌だった彼女も、今日ばかりは上機嫌だ。

「今宵は宴だな」

「ああ、長老に、秘蔵の〝木の実酒〟も解禁にしてもらうとするか……」

雑然とした中でその日の夕食の準備が始まる。

男衆が命を賭けて獲ってきた獣の肉が中心《メイン》だ。数人がかりで大木に吊るされた大猪が、見事な手際で解体され小分けされる。女衆のその力も尋常ではない。

それをいくつかの大鍋に分けて入れ、キノコや木の実と一緒に煮込む。森の恵みはオレたちが午前中に採取した採れたてだ。

肉やキノコから出汁《だし》と旨味が溢れ出た、〝森猪鍋〟といったところか。

「美味いな……腹に染み渡る」

「男衆に感謝しなきゃ……」

「なに、お前たちが村の留守を、守ってくれていたおかげだ」

「子供たちも今宵ばかりは遠慮しないでいいからね」

夕の宴が始まる。

宴といってもささいなものだ。それでも長老の館の大広間に、喜びの声と笑顔が溢れる。

今日は久方ぶりの大猟という事もあり、酒も解禁。配分量もいつもより多めで、成長期である子供たちは、食い溜めと言わんばかりの勢いで食べる。もちろんオレも。

(ああ、本当に美味いな。転生したての当初は期待していなかったけど、この部族の食事は食材さえ確保できていれば基本的に美味い……)

伸び盛りであるオレは黙々と食事を口にする。

平気で生肉や生葉を食べるこの森の民だが、調理は意外とまともだ。数種類のキノコや木の実、香草《ハーブ》なんかを組み合わせて料理をおこなう。味と香りのバランスが考えられている。

更に旨味の決め手となるのが、深い味わいのある〝大森林産の岩塩〟だ。

なんでも山岳地帯に近い森の村では、大量の岩塩が採取されるという。それが定期的に各村に〝無料〟で配給される。はるか昔から大族長によって代々統治されているこの森は、村同士が助け合う一個の共同生命体と考えられているのである。

余談だが、血抜きされた〝獣の血〟もこの部族では愛飲食されている。鉄分に塩分など栄養価は高そうだが、未だにオレは慣れない。生肉は食べるけど。

(ここの味付けは悪くないけど……やっぱり、日本の味が恋しくなるな……たまに)

元日本人であるオレとしては、醤油や味噌など日本の味が時おり恋しくなる。もちろんそんな物はこの森の中には一切ない。

(はあ……今より、もう少し〝文明〟のある暮らしがしたいな……でも、それはもう少し成長して、森の外に出られるようになってからかな……)

心の中で文明に対する渇きを求む。この大森林の外にある王国の文明に期待だ。

〝外の王国文明〟

そう、なんとこの森の外には〝王国〟があるのだ。

これは村の大人たちに聞いた話である。

何でもこの広大な大森林の端を抜け出ると、森のない平地に住む民がいるという。

外敵から身を守るために大石を積み上げた壁の中で生活をし、狩猟ではなく植物の実を育て糧を得ているという。

いくつかの国に分かれ、大人数同士で争い殺し合う愚かな民族だ、と語っていた。

（そ、それって……王国とか都市とか戦争だよな、きっと……）

無関心を装いながら聞いていたが、オレの心はわしづかみにされた。

何しろこんな原始的な生活をしている部族だけではなく、物語に出てくるような中世風ファンタジーがこの森の外にあるというのだから。

そこにはきっと、城壁があってお城がある。そうなるともちろん王様や騎士やお姫様なんかもいるだろう。

東西南北を結ぶ街道に、国際色豊かな貿易都市とかもあるかもしれない。香辛料に肉魚に穀物をふんだんに使った各国の料理があるに違いない。

（この森を出た所にあるという〝王国や街〟には、そんな調味料はあるのかな……特に騎士や勇者なんかが激アツだ……森の蛮族なんて敵役確定だよな、実際……）

妄想は止まらない。いつかは必ずこの森を抜け出し、文明のある街で暮らすのだ。

目指せ、騎士だ。

そんな平地の王国には恐らくは、醤油と味噌はないだろう。でも大豆に似た豆くらいはあるかもしれない。醤油と味噌の原材料は豆なので、自分でも作れるかもしれない。

（でも、醤油や味噌の作り方をオレは知らない……まあ、何とかなるだろう）

自分はまだ幼い五歳だ。

凶暴な獣が闊歩するこの大森林を、自由に出歩けるくらいに成長しないと話にならない。とにかく死なないように生きるのだ。

（よし、オレも早く一人前になろう）

そう思い猪鍋のお代わりを試みる。だが、オレの前にある大鍋は既に空になっていた。一体、誰が食べてしまったのだろう。

オレと同じく鍋を囲む村人たちの視線が厳しい。

（ん……オレなのか……これを食べちゃったのは……）

どうやら故郷の味に想いを馳せていたオレが、無意識的に鍋の具を丸ごと平らげていたらしい。あとでみんなに謝っておこう。食べ物の恨みは恐ろしい。

「おい、お前」

「は、はい」

鍋を空にしてしまったオレは女頭に声をかけられる。また叱られてしまうのか。反射的に頭をおさえる。

「そうではない。そろそろ精霊神官さまの食事の時間だ。この小鍋を館へ持って行ってくれ」

「神官の館へ……はい、わかりました」

一人だけ食べ終わり手が空いていた自分の都合がいいのだろう。陽が沈む前にオレはお使いに出ることになった。

6

オレは小鍋の中身を道中でこぼさないように、気を付けながら精霊神官の館へ向かう。日が傾き少し暗くなってきたので慎重に道を急ぐ。

（それにしても、今宵はいつもに比べて結構な量だな……）

小鍋と言いながらもその量は軽く数人分はあった。

年配の神官の婆さんの食事はいつも質素で、数日に一回届けるだけでも足りていた。今宵は大猟の祝いもあるが、それ以上に食事が多い。

そんなことを考えながら歩いていると目的地にたどり着く。

「確か……この辺だったよな……」

村の中央部にある〝精霊母樹《マザーツリー》〟の根元にオレはやってきた。

かなりの巨木だ。枝が天空に向かってそびえており、根が大蛇のように大地を這《は》っている。

言い伝えによるとこの樹を中心に村は興され、森の精霊の母なる加護を受けてきたという。

こういった〝精霊母樹《マザーツリー》〟がこの大森林には点々とあり、その根元に他の集落も興されているのだという。

「よし、あった。ここが入り口だ……」

太い幹を回り込みながら目的地であるこの村の精霊神官の館にたどり着く。館といっても小さな小屋だ。地表に荒々しく飛び出した〝精霊母樹《マザーツリー》〟の根の隙間に包まれるようにその館は建てられていた。

「す、すみません……失礼します……」

大自然の草木の蔓が絡まり、ほとんど玄関だと認識できない扉をこっそり開ける。

この天然の迷彩のおかげで毎回場所がわかりづらいのだ。

返事がないので無断で中に入る。

窓も草木でおおわれているので中は薄暗い。何度かお使いで来たことがあるが相変わらず不気味な館で、お化けとかが出てきそうだ。

「……ん？」

暗さに慣れて自分の目の前に誰かがいることに気づく。

精霊神官の婆さんかな。

いや違う、もっと小さな人影だ。

「あなた、だれ……」

その影は消えるような小声でオレに問いかけてくる。

そこにいたのは見たことがない少女であった。

「しょ、食事を持ってきました、神官さまに」

緊張した声でオレは目的の説明をする。言葉が少ない子が相手なので言葉を選んでしまう。

「そこに置いて。あとは帰って」

「は、はい……そうします」

無表情で無愛想な子だ。

この村では見たことがない。

年頃は自分と同年代くらいだろうか。この部族では貴重な、真っ白い生地を仕立てた神官着を身につけていた。オレはこれでこの子を神官だと判別したのだ。

「今日は鍋です」

「そう……わかった」

表情を変えずにその子はうなずく。無表情で愛想がないのにどこか気になる。

（か、変わった子だな……これまでにこの村で見たことがないような……）

同年代の少女というだけなら、この村にも何人か女の子はいる。基本的にはオレたちと同じように採取に勉学に訓練と男女の差はなく育っている。

だがこの少女はこの世界に来て……いや、前世も合わせて初めて見るタイプの女の子であった。

（窓ぎわの微かな照明に照らされて見ると……透き通るような……白い肌の子だな……）

第一印象で思わず目を奪われてしまった原因はそこだった。

暑い地域に属するこの大森林で、日焼けした健康的な素肌は標準装備だ。老若男女を問わずに。

だが目の前の少女はまるで生まれてから一度も、日の下に出たことがないと思ってしまう程に透き通った白い肌をしていた。

（か、可愛い子だな……）

少し伸びた髪を二つに結い、大きな瞳でこちらをジッと見つめている。深い森の碧色のつぶらな瞳だ。

「ん？　どうしたの」

「君はここの神官さまの子どもなのかな……？」

こんな子は前までいなかったはずだ。どうしても気になったオレは控えめに尋ねてみる。

「違う……少しだけここにいる」

「少しだけ。そうなんだ」

口数は少ないが嬉しいことに会話は続いている。

この薄暗い部屋の中で微かな光を浴び、雲ひとつない闇空に幻想的に輝く月のように……そんな神秘的な優美ささえ醸し出している。

思わずその姿に見とれてしまったが、変な人に思われてしまうだろうか。

焦ったオレは小鍋を部屋の真ん中へ置き、館を出る準備をする。しつこい男は嫌われる。

「あれ？　これは……肉……」

「は、はい、男衆が捕って来た〝猪鍋〟です……あれ、肉は大丈夫ですか？」

「うん……好き」

鍋の蓋《ふた》を開け中身を確認し、少女は口元を緩めた。

薄暗くてよく見えなかったが、一瞬だけ表情を緩ませた気がする。もしかしたら笑みを浮かべたのかもしれない。可愛い。

「しばらくはこの肉鍋みたいです……また、持ってきます」

「明日、この村を離れる」

「えっ……そ、それは随分と急な……」

少女の笑顔の断片を見られ、オレは有頂天になりかけていた。だがその子の言葉で、一気に谷底に落とされた気分になる。

「〝大村〟へいくの」

〝大村〟……聞きなれない単語だったが、沈むオレはただ言葉を繰り返す。

「そっか……大村か……」

「また、会えるかな……君と」

「大村に来られたら……」

その返事に、オレの沈む心はパッと晴れ渡る。上がって下がって、また上がる。会える可能性が見つかったのだ。

「そっか……」

そのとき、館の奥の部屋からごそごそと人の気配がした。

恐らくは口うるさい神官の婆さんだろう。見つかるとまた長々と説教が始まるに違いない。この少女と別れるのは名残惜しいが、ここは逃げ去るのが得策だ。

「じゃあ、僕は戻るから、またね」

「……うん、また」

少し間があり、少女はコクリと返事をくれる。相変わらず無表情だけど、最初よりは会話が成り立っていた。

そして、婆さんが来る前に、オレは部屋を勢いよく飛び出ていく。

（へっへっ……また会う約束をしちゃった。大村か……あっ、あの子の〝名〟を聞くのを忘れちゃった……まあ、いっか）

お使いが終わり、薄暗い中をオレは勢いよく駆けていく。

想いをよせた少女と、再会を約束できたのだから。〝大村〟という村がこの森にはあるのだろう。

だが、このときのオレはまだ知らなかった。

この森の部族の少年にとって〝大村〟に行くということが、どれほど苦難の道であるかを。

そして、あの神官着の少女と自分の運命《さだめ》について。

（それにしても……変わった……可愛い子だったな……）

思い出すだけで胸がじんじんする。

これは初恋とでもいうのだろうか。

まだ五歳児のオレは、高まる胸を押さえながら館を後にするのであった。

第二章　授かるその名

1

オレは七歳になった。

いよいよ七歳だ。

現代日本ではまだ小学校低学年の年齢だが、この部族では既に労働力として数えられる。

仕事の量や内容も格段に増え、更に小さな子の面倒をみてと色々大変だ。しかし、それに伴い食事の量も増えるのはかなり嬉しいことだ。

この部族では十四歳からが成人だ。

そこからは一人前の扱いをうけ、酒を飲め、何と〝結婚〟もできる。

生存競争が激しい草食動物が生まれた瞬間に歩けるように、危険な森に住む民は肉体的にも精神的にも現代日本の子供よりは大分進んでいた。

（七歳か……自分も成長したな）

自分で言うのも何だが、オレも最近は結構成長したと思う。

五歳からの二年間は通常通りに植物採取の仕事をして、更に短弓や短剣、木登りや隠密活動など、少しずつ狩人や戦士の訓練を積んできた。木剣を意味もなく振り回して叱られたものだった。

この二年間で同年代の他の子供とも成長差が出てきて個性も見えてきた。

そんな中でオレの自己診断は次のような感じだ。

その一、身体の大きさや筋肉の強さは中くらいで普通
その二、剣の才能はあまりないようだ
その三、弓技の才能はそこそこあるようだ
その四、（地味なので）隠密行動は得意だ

というのが冷静に診断した今の自分の能力状況だ。

そして気づいたことがもう一つ。

残念ながら自分には異世界に転生して得た〝雛形《テンプレ》的チート能力〟というモノが、全く備わっていなかった。魔法に無尽蔵な魔力、底辺能力だけど実はチートだったぜ、みたいなものは全部試してみたが何も発揮されず。

聞いた話ではこの世界には〝魔法〟的なものは存在しないという。森で信仰されているのは〝精霊術〟というものだが、それはあくまでも自然の力を借りて高めるというモノらしい。もちろんそれも試してみたが自分には〝適性無し〟だった。

そんな訳で異能の力は早々に諦め、この肉体の鍛錬に日々勤しむ。

特に自分が力を入れたのは〝剣〟の稽古だ。

勇者や騎士と言えばやはり剣士でしょう。これでも結構真面目に訓練に励んでいたが、才能がまだ開花していないのか、なかなか上達しない。

（うーん、なかなか上達しないな……もしかして才能がないのか……）

そんなことは考えずに日々鍛錬に精を出す。なかなか上達しないといっても、一般的な子供では有り得ないような身体能力が身についていた。

高い壁や木を猿のように駆けあがり、重量のある満載の水桶を何個も両手に持ち運べる。集中すると落ちて来る木の実がスローモーションに見えたり、遥か遠くの小さな声も聞こえたりする。

（おお、これはチート能力か）

そう最初は思ったが、よく考えるとこれはこの部族の身体能力が高いからである。まあ、今後はあまり無理して背伸びをせず、のんびり長所を伸ばしていこうと思うのだった。

2

「また、あの子が森鹿を仕留めたのか」

「線は細いが将来が楽しみだな」

「どうやら、まぐれではなさそうだな」

早朝の、村の雑務を終えて外を歩いていると、大人たちの声が耳に入ってくる。嬉しいことにその多くは称賛の声である。

そう———オレは少し前に〝初狩り〟を経験し、なおかつ結果を出していたのだ。

〝七歳という低年齢で危険な狩りに同伴させる〟

当時は、大人たちがオレの隠された天賦の才能にようやく気づいたか、と歓喜した。

だが、どうやらこの部族では七歳で狩り初陣は当たり前らしい。

数人のベテラン狩人に対して子供二人位が同伴するのが初陣の普通の組み合わせだ。

子供に狩りの結果を求めているわけではなく、今後の為に慣れさせる意味合いらしい。そんな大人の事情も露知らず、オレは大物の獣を夢見て気合を入れた。

オレたちは〝狩りの心得〟を歳が近い青年たちに学びながら、ひたすら歩き深い森の中を進む。

いつもは採取の時だけ出かけることが出来たが、今回のように遠出をしたのは生まれて初めてだ。

道中は指導係でもある青年狩人が色々と教えてくれる。狩りでの心構えや各種獣の危険性、現場での役割分担など、理論から実践的なものまで詳しく教えてくれた。

だがそんな体験的な初狩りでオレは大物の獣を数頭射止め、結果を出してしまったのだ。

「目を瞑《つぶ》って、がむしゃらに矢を射ったら、偶然当たった」

大人たちの疑念の反応に困ったオレは、七歳児らしい反応でその場を誤魔化した。

変な事で目立ってしまうと、静かな異世界ライフを満喫するオレの計画に支障が出てしまうと思ったのだ。

同行した大人の狩人たちも「よくやったな！」と口では褒めてくれたが、内心は驚いたようだ。

最初に森鹿を仕留めたのは自分でも偶然だと思うが、その後の鳥や兎は意識し狙い澄まし射っていた。感覚的なモノなのだが、森の中に隠れる獲物の場所が〃なんとなく〃わかるような気がしたのだ。

獲物を見つけたら、あとは訓練で教わったように、こちらも気配を消し死角から急所を静かに射る。

（狩りって結構簡単なのに、なぜ同行した大人たちは手こずるのだろう……）

内心そう思ったが声にしない。でも初心者運《ビギナーズラック》という可能性もあるので、あまり調子に乗らずに狩り後の獣の後処理を教わり実践していく。

その後も〃オレ〃は大人たちに同伴し狩りの経験を増やしていく。

初めてのときのように森に潜む獣を仕留めることもあれば、低空を飛ぶ野鳥の群れを射落とした時もあった。まだ筋力のない子供ということもあり遠距離まで矢は飛ばせない。だが〃なんとなく〃獣が潜む場所や無規則に逃げる獣の姿が見え、仕留めることが出来たのだ。

「アイツ、また仕留めて来たな」

「こりゃ、いよいよ本物かもしれんな」

最初は怪訝そうにしていた村の大人たちも、次第に幼いオレの狩りの腕を認めてくれてきた。実力主義のこの森の部族では年齢性別はあまり関係ない。より強く、より多くの獣を狩ることが出来る者が生き残っていくのだ。

3

そうしてある日のことだ。

俺はとある〝狩組《かりぐみ》〟に入ることになった。長老の命令だった。

「おい、見ろよ。まさかアイツ、《流れる風》たちと一緒の組になるのか?」

「《流れる風》の狩組……〝魔の森〟の遠征から帰ってきていたのか……」

「いくらなんでも長老、無謀ではないか?」

そんな大人たちの声が嫌でもオレの耳に入ってくる。半分は驚き、後の半分は可哀想にという憐れみも入っていた。どういうことだろうか。

「どうも初めまして、よろしくお願いします」

指示された狩組の所に行く。オレはペコリと子供らしく頭を下げて挨拶をする。最初が肝心だ。

「ふーん、コイツがあの噂の……」

「思っていたより小さいな」

「強い戦士に歳は関係ない」

挨拶したオレを値踏みするような視線と共にそんな声が耳に入る。挨拶を終えオレもチラリとその新しい狩組の大人たちを観察する。

(これは確かに腕利き感《オーラ》が半端ないな……)

この森の民は男女問わず全ての者が身体能力に優れ逞《たくま》しい。だがそれ以上にこの新しい狩組のメンバーが醸し出す強者感は飛び抜けている。

村人たちの話ではこの狩組は普段は危険な猛獣や〝魔獣〟と呼ばれる危険な獣を専門に狩っており、援軍として遠い村まで遠征していることが多いのだという。

全員がこの村の出身であったがその姿を見られることは滅多になく、村の子供や青年たちにとっても憧れの狩人であるのだ。そんな彼らがオレのことを爪先から頭の上まで観察している。

（オレはまだ七歳児の幼気な男の子なのに、そんな熱視線を送られても困るんですけど……）

オレはエヘへとその視線に子供らしい愛想笑いで返す。過度の期待をされても困る、少し子供らしくいこう。

「おい、そろそろ行くぞ。お前《ガキ》も遅れるんじゃねぇぞ」

それまで腕組をして一言も話さなかった男がそう狩組に指示を出す。ひと目見てわかった、この人がこの狩組のリーダーであり先ほどから名前が挙がっていた《流れる風》だろう。

巨漢の戦士も多い森の民の大人の中でも、それほど大きな体躯ではなく見た目も普通だ。だが全身から隠せない程に溢れ出る威圧感《プレッシャー》は自分が今まで感じたことがないものだった。

「はい、わかりました。皆さん改めてよろしくお願いします」

最後にそう子供らしく挨拶をして、オレはその《流れる風》率いる狩組についていくことになった。

4

深い森の中を進むその集団は口数も少なく、皆どこかピリピリしている。

森の民は基本的に前向きで陽気だ。どんなに生活が苦しく、厳しい狩りの道中であっても笑顔を絶やさず上を見て生きている。

だが今回オレの参加した狩組の雰囲気は緊張感に溢れていた。説明ではどうやら、今回は大物で危険な獣を狙うようだ。

なんでも近隣の村からオレたちの住む村へ、救援の要請が来たという。ちょうどこの《流れる風》の狩組が帰郷していたので今回派遣されることとなった。

その近隣の村の近くに、凶暴な獣が住みつき貴重な植物や野生動物を根こそぎ喰い荒らし困っているという。もちろんその村からも討伐隊を差し向けたのだが、逆に返り討ちにあい撤退したということだ。

以降、狩りや採取にも行けず、その村は困窮している。今のところ村に襲いかかっては来ないが、万が一その獣が村に侵入して来たらそれこそ被害は拡大してしまうだろう。

(信じられないな……この民の大人たちでも狩れない獣がいるなんて……)

確かにこの森の獣も前世の野生動物に比べて遥かに巨大で獰猛だ。それを差し引いてもたった一匹の獣に一つの村が壊滅の危機にあるとは考えられなかった。恐らくは自分がまだ見たこともないような凶暴な獣がこの森にはいるのだろう。

まだ子供の身体でどこまで役に立つかわからないが、そんなことを考えつつオレも少し気持ちを締めて足を進める。

目的地までは、途中休憩を挟みながらの移動となる。

その行程で今回オレが特に注目していたのは長《リーダー》である《流れる風》だ。

村の大人たちの話ではこの男は大森林でも有数の狩人であり、尚且つ〝英雄《ヒーロー》〟と敬われている戦士だという。今は休養の為に一線を退いてはいるが、かつてはこの森の危機を救ったとまで謳《うた》われている。

〝チラッ〟

移動休憩中、そして昼食中の至る場所で、その男をチラ見する。

ぱっと見は三十代位で不精ひげを生やしボサボサ頭だが、その目つきは鋭く、よく見ると結構いい男だ。自然体だがその身のこなしに隙がなく、目線や気配が読めない掴みどころのない感じだ。

だが観察しているとあることに気づく。

(ん？　たまに、誰にも悟られないように、同じ狩組の露出の多い女狩人の人の身体を見ているような……まさか、気のせいだよな……)

この狩組は女性の腕利き狩人も随行していた。若くてオリエンタル風な大人の女性だ。そして亜熱帯気候に近いこの森の部族の女性たちは肌の露出も結構多い。

今回は凶暴な獣を狩りにいくということで女狩人も流石に軽装ではないが、休憩中に流れる汗を拭く為に服の隙間から素肌を露わにしていた。刹那のその瞬間を見逃さず女狩人のチラ見えする素肌を見ているようだ。

（見られている本人はおろか、他の腕利きの戦士たちにも悟られていない……何という技術だ……）

恐らくはコレは、〝目〟がわりと優れている自分が注目していたからこそ気づけた〝高等チラ見〟なのであろう。この緊張感のある中でこんな技術を自然に使うとはやはり只者ではない、《流れる風》。

（だが、この〝チラ見技〟は使える……）

オレは休憩中に森の見張りを命令されていた。合い間にその技を盗み見るように《流れる風》をこっそり観察する。

〝ゴンッ〟

気配を消して見つめていると、後ろから突然ゲンコツがオレの頭に落ちてきた。

（うっ……頭が割れそうだ……いや、割れたかもしれない、これは）

自制心で何とか声を出さずにその場にうずくまる。痛みから回復し後ろを見ると、この狩組の熊のような大男がそこに静かに立っていた。

「集中しろ」

巨軀なその男は終始口数が少ない。その言葉を解釈すると、余所見をしないで任務に集中しろということらしい。

先に口で注意してくれてもいいのに、皆すぐに手を出してくる。これだから森の荒くれ者どもは困る。

だがオレはまだ七歳の純真無垢な子どもだ。素直に謝りまた周囲の森の見張りに集中する。

（〝チラ見〟の習得は徐々にしていこう。それにしてもさっきは気配を全く感じずに後ろに立たれたな……）

一応警戒はしていたつもりなのに、背後に立たれたのが子供ながらに悔しい。流石はこの地域でも腕利きが揃った狩組の大人たち。

森の中の歩き方や周囲の気配の配り方、休憩や見張りの仕方などもとても勉強になる。

『目で盗め』

村にそんな格言があったような気がする。どっかの職人の言葉のようだが口うるさい職人気質は異世界でも変わらないのだろう。

5

そうしている内に救援要請のあった隣村に近づく足を一度止める。斥候を出し状況を確認するのだ。

オレ以上に地味な偵察役の小男が霞のように森に消えていく。目の前にいたのに視線の隙を狙い消えていくようだった。

（これは凄い……なるほど）

オレはその消え方も目に焼き付けておく。何しろ地味分野では自分の将来性も負けてはいない。

しばらくして偵察の小男が帰ってきた。

全員で集まりその内容に耳を澄ます。何でもこの先の洞穴に大きな〝赤熊〟がいついているということだ。そして今回のターゲットはその獣で間違いないということだ。

〝赤熊〟

村の大人たちの話ではこの大森林に生息する熊の中で最大級の巨軀を持ち、知恵も働き性格は凶暴で底なしの雑食で、一度現れたなら周囲の木の実や動物を貪欲に食べつくしてしまうという。

巨大な身体の割に移動速度も速く、全身を硬い毛皮と分厚い皮下脂肪に守られ刃や矢も通り難く、腕利きの狩人でも仕留めるのにはかなり苦労する大型獣だという。

「くそっ、やっぱり〝赤熊〟か……」

「一撃でも喰らったら終わりだな……」

〝赤熊〟と聞いて何人かの大人たちが顔をしかめる。これ程の歴戦の狩人が揃ってもやはり〝赤熊〟は手強いのか。

そんな危険な獣が相手では七歳児のオレでは何も出来ないような気がする。何しろまだ身体の筋肉も発達していないので単純な力は弱い。

日頃の鍛錬の成果で的に弓矢を当てるのは得意だが、そんな分厚い大型獣に致命傷を与えられるとは自分でも思えない。

（ここは大人たちに任せて、頑張るふりをして静観してようかな……）

そんな呑気なことを考えていると、また大男のゲンコツが背後から頭に落ちてくる。本日二度目。

「うぐぅ……」

声にならない声が漏れる。

ズルはいけない、真面目に話に集中しろということか。

流石に森の男はカンが鋭い。超能力者《エスパー》並だ。

傍観作戦が通じないと分かり、オレは気持ちを入れ替え真面目に《流れる風》が立案する作戦を聞く。

作戦は意外と簡単だった。

赤熊の巣穴の近くに罠を設置し、そこに追い込み毒矢と毒槍で仕留める。

（珍しいな。毒を使うのか）

普段の狩りでは滅多に毒は使わない。何故なら〝食べる〟ためにしか基本的にこの森の民は狩ることはしない。

だが村の者たちは薬草だけではなく毒の精製にも通じている。それは今回のように手に負えない凶暴な獣に対しては躊躇《ちゅうちょ》なく毒を使い退治する為だ。

（毒で仕留めた赤熊の肉は食べられるのだろうか……オレは毒キノコも何故か食べられたからイケそうな気もするが……）

まだまだ成長期。

まだ見ぬ赤熊の肉に心が躍る。

「さあ、行くぞ」

リーダーである《流れる風》の掛け声と共に、危険な〝赤熊〟狩りにいよいよ七歳児のオレも向かう。

6

〝狩り〟が始まる。

いや、〝闘い〟といっても過言ではないかもしれない。

それ程までに歴戦の森の戦士たちの顔は険しく真剣だ。

斥候役の小男が赤熊の巣穴の出口周囲に罠を仕掛け、燻《いぶ》り出すための煙玉を焚く。なんでも毒虫と毒キノコから調合した猛毒性だという。

「す、凄い臭いだね……この煙玉は」

「吸い込むなよ、有毒性だ」

しばらくすると地鳴りのような咆哮《ほうこう》と共に、巨大な影が穴から飛び出て来る。その勢いで出口に設置してあった罠は一瞬で粉砕される。そのまま巨体が激突した木は根元から折れ曲がり、その突撃の破壊力をオレたちに見せつける。

まるで巨岩が攻城用の投石機から発射された以上の、恐ろしい破壊力だ。

「これは予想以上だな……」

「ちっ、少し〝混じって〟やがる」

オレの近くにいた大人の狩人たちの、愚痴るような呟きが耳に入ってくる。恐らくは想定していた赤熊より巨大な個体なのだろう。〝混じって〟いるという言葉の意味はよくわからないが、あまりいいことではなさそうだ。

「散れ、弓で弱らせるぞ」

この狩組の頭である《流れる風》の指示を出す声が、森の中によく響き渡る。その指示に従い大人の狩人たちは赤熊と距離を取りながら矢を射る。

「ガルゥウウ！」

こちらの奇襲により当初は混乱していた赤熊だったが、すぐに冷静さを取り戻す。後ろ脚で立ち上がり、再び雄叫びを上げこちらを威嚇してくる。

その叫びを聞いただけで、オレは思わず尻餅をつき立てなくなってしまう。

「赤熊の叫び声には心の臓を止める力があると言われている。心を強く持て」

「う、うん、わかった」

側にいた大人の狩人は立てなくなったオレの手を取り、助けながらそう伝えてくる。

（確かに注意はしていたけど、これほどとはね……心臓を直接手で鷲掴みされたみたいだった）

深呼吸して心を落ち着かせ状況を確認する。他のみんなは無事か。

赤熊が大人の狩人へ突進を繰り返していた。その途中にこちらが仕掛けておいた罠は全て粉砕され、まるで意味を成していない。まるで巨岩の弾丸だ。

大人たちは素早い動きでその突進を躱《かわ》し、再び距離を取り矢の雨を加える。かなりの数の矢を当ててはいるが、赤熊の動きに変化は全くない。むしろ今まで以上に凶暴に突進していた。

（マ、マジかよ……）

その光景にオレは驚愕を覚える。

この森の戦士の力は凄まじい。剣や槍は樹木を貫通し、大斧に至っては岩さえも砕く者もいる。そして貴重な木材を合わせたこの長弓も特殊だ。腕利きの狩人が全力で射ったなら堅い樹木さえ貫く。

巨大な赤熊はその矢を何発も喰らっていた。だが何事もなかったように突進している。

つまりは矢じりは硬い毛皮や分厚い脂肪に阻まれ、筋肉や内臓に到達していないのだろう。

「ちっ、しょうがねぇな……接近戦で仕留めるぞ」

班長である《流れる風》から陣形変更の合図が出る。他の者は場所を変え、弓を持ち替える。

二階建ての建物程の巨大な赤熊の前に、二人の大人の狩人がゆっくりと歩み寄って行く。

「ついてねぇな、まったくよ。こんな辺境で〝魔混じり〟の赤熊の相手をするとはな」

一人は戦士《流れる風》である。

動きやすい軽装の革鎧で身を包み、短槍を隙なく構えている。

「大物だ。油断するな」

もう一人は巨漢の男《岩の盾》。

今回の狩組で随一の体躯を頑丈な硬革鎧《ハードレザー》で固め、左手に甲殻類の甲羅を重ねた巨大な盾、右手に槍と斧を組み合わせた大戟《ハルバード》を持っている。

「ああ、わかってら……速攻で終わらせるぞ」

《流れる風》は面倒臭そうにそう呟きながら、赤熊のすぐ目の前まで進む。まるで近所に散歩に出かけるような足取りで、一見すると隙だらけ。だがむき出しの鋭利な刃物のような殺気を醸し出している。

「ガァルルゥゥウ！」

野生の塊である赤熊もそれを察したのか、《流れる風》めがけてその鋭い爪を振り降ろす。怪しげで矮小な生き物を叩き潰すために。

「ハッ、遅せぇよ」

《流れる風》はその爪を難なくかいくぐり、赤熊の腹に槍の一撃を食らわす。そして一撃離脱でその場を離れ、間合いをとる。

「ふん！」

槍の一撃は効いていた。その隙に重戦士《岩の盾》が大戟《ハルバード》を振り落とし強烈な一撃を繰り出す。硬い分厚い毛皮と脂肪を斬り裂き有効打を与える。

「よし今だ！」

他の大人たちも赤熊の急所を狙い弓矢で斉射する。それを受け更に怒り暴れ回る赤熊。《流れる風》と《岩の盾》は再び懐に飛び込み相手に強烈な一撃を繰り出し連携を取る。

（す、凄いな……）

村の他の大人たちと獣の狩りに行った経験はあっても、この狩組の大人たちは格が違う。体術・弓術・槍術とどれをとっても段違いに優れており、その中で別格なのは前衛を務める《流れる風》と《岩の盾》の二人だ。

《流れる風》はその人間離れした速さと体術で赤熊の強烈な爪や突撃を躱し、更には離れ際に赤熊の皮下脂肪の薄い部分を狙い強烈な一撃を食らわしている。

一方の《岩の盾》の力はもはや人を超えていた。大木すら薙ぎ倒す赤熊の強烈な爪の振り降ろしを大盾で受け止め、尚且つ右手の大戟《ハルバード》で確実に傷を負わせている。

何でもあの大盾は甲殻類の〝魔獣〟の硬甲羅を重ねた特製の盾で、あまりの重量から、他の大人は持ち上げることも出来ないという。

そんな人外の怪力で、ここに来る道中に何度もオレの頭にゲンコツを喰らわせたのだから、今思うと本当生きていてよかった、だ。

（それにしても赤熊は、恐ろしい程の耐久力《タフ》だな……）

こんな人間離れした戦闘力をもつ二人を有するこの狩組でも、今のところまだ赤熊に致命傷を負わすことが出来ずにいた。

赤熊の毛皮と皮下脂肪の防御力が、こちらの攻撃力を僅かに上回っているのだろう。賢いこの赤熊は自分の身体の特性をよく理解し、致命傷を避けながら深追いせずにこちらを攻撃している。

「ちっ、刃が悪くなってきやがった。こんなことなら〝自前の剣〟を持って来りゃよかったぜ」

「あれはまだ許しが出ていない、諦めろ」

一撃離脱で何度も距離を取り直す《流れる風》は相方の《岩の盾》にそう愚痴りながら、切れ味が悪くなってきた手元の剣を確認する。赤熊の毛皮の下にある分厚い皮下脂肪は、こちらの刃物の切れ味を段々と悪化させるのだ。

本来ならそうなる前に接近戦で仕留めたかったのだろうが、状況は悪くなる一方だ。この部族の大人は体力も人間離れしているが、それでも野生の獣の体力はそれを上回る。

「くそっ！」

幼いとはいえ、オレもただ見物していたわけではない。

身を隠し距離を取りながら自分の短弓で援護射撃をしていた。だが大人の狩人たちの弓ですら、効果的な傷を負わせられないのだ。自分のこの短弓では赤熊にとっては蚊に刺されたのに等しいだろう。

（このままではマズイな……）

この場の状況を客観的に分析し、オレはそう心の中で呟く。

事前の作戦では最悪の場合〝退却〟も有り得ると言っていた。

だがこの手負いの赤熊を放置しておけば、その怒りは近くの村に向けられるだろう。そうなれば子供や老人を抱える村の被害は甚大になるだろう。

それ程までにこの赤熊は、この大森林においても規格外の獣であった。

（よし！）

意を決したオレはダメ元で赤熊の〝頭部〟を狙うことにする。

先程も赤熊の頭部に狙いをつけてはいたが、この戦いの中で荒れ狂い、激しく動く頭部だけを狙うのは至難の業だった。

だがこの赤熊に致命傷を与えるには、今や頭の急所を狙うしか術がなかった。

（どうせ子供のオレは戦力としてアテにされていないのだろう……それならダメ元だ！）

これまで以上に集中する。

赤熊の動く先の、更にその先を予見する。

（赤熊を……的を矢で……自分の持てる〝最大の力〟で射るんだ……）

意識を更に集中させる。

周りの雑音も、視界の色も消え、世界が白黒に転じる。

気のせいか腰に下げている護符の手斧が熱をもち、自分を勇気づけてくれているようだ。無心に無欲に、ただ的を貫くイメージを描く。

（あっ……）

いつの間にか自分の指から、矢は放たれていた。何の感触も重さもない矢を放ったように感じる。

「ギャルゥウウウ!!」

赤熊の悲痛な叫びが森の中に響き渡る。

見るとオレの放った矢が赤熊の左目に突き刺さっている。一体、いつの間に。

赤熊は突然の激痛に苦しみ、更に暴れ回る。そして無防備に目の前に歩み出てきた《流れる風》を叩き潰そうとその巨爪を振り降ろす。

「破っ！」

だが、赤熊は巨爪を最後まで振り降ろすことが出来なかった。

風が――――ひとすじの〝風〟が吹いたからだ。

一刀千断。

《流れる風》がこの戦いで初めて抜いた愛剣により、赤熊は断末魔を発する間もなく絶命したのである。

終わってみると最後は一瞬。

だが、それは戦士《流れる風》だからこそできる一撃であった。

7

「よし、解体もこれで終わりだ」

「村へ持っていく部位だけ荷車に積むんだぞ」

「ったく、これだけ大物だと、バラすのも一苦労だったな」

止めを刺した赤熊の解体作業が終わった。

この熊の脅威にさらされていた近隣の村人たちの協力もあり、巨木に吊るされた巨大な獣は部位ごとに切り分けられた。

見事な手際で剝がされた毛皮はもちろん、骨や牙、爪も貴重な生活道具に加工される。本来なら獣を仕留めたオレたちが貰う権利はあるのだが、《流れる風》のオッサンはそれを辞退していた。

「やっぱりこの肉は廃棄していくんだね……」

「ああ、あれだけ猛毒を食らわせたからな。この森で一番悪食な黒鬣犬《クロハイエナ》でも食えやしねぇ。あとは森の土に還すだけだ」

その場に廃棄された赤熊の大量の内臓や肉を横目に見ながら《流れる風》のオッサンはオレに説明してくれる。

このまま放置しておけば、森の微生物が分解し土に還し木々の養分となるのだろう。

（なんかもったいない……でも食べられないなら仕方がないか……）

死後すぐということもあり、湯気と光沢とを放つ廃棄された赤熊の大量の肉に後ろ髪を引かれながらオレはその晩に世話になる近隣の村へとみんなと戻った。

8

赤熊との死闘があった夜中。

周囲を漆黒の闇に包まれた森の中に食欲を誘う香ばしい匂いが広がる。

「うん、やっぱり思ったとおりだ、程よく脂がのっていて美味い」

旅の食事には欠かせない携帯用の無煙石の火で炙りながら、オレはその肉串を一気にほお張る。

部位はもも肉のあたりであろうか、皮下脂肪と強靱な野生の筋肉が絡み合い絶妙な食べごたえがある。

味付けは自分用に配給された天然の岩塩とその辺に自生していた天然香草のみ。それだけでも肉本来の旨味が調和し、いくらでも胃袋を飽きさせない。

「よし、次は、肝臓《レバー》をいってみよう、赤熊の」

手持ちの小刀でまだ傷んでいない赤熊の肝臓をさばき口に放り込む。

赤熊――――そう、誰もいない深夜の森の中で、オレは廃棄されたはずの赤熊の肉にかぶりついていたのであった。

他の皆はここから離れたところにある近隣の村で既に床についていた。村人たちから感謝をこめた地酒を振る舞われていたので、今ごろ夢の中であろう。

まだ幼いオレは水だけ飲みながら、その感謝の宴に参加していた。

いつもなら賑やかで楽しいはずの宴に参加しながらも心はそこにあらず。オレは気になって仕方がなかったのだ、この赤熊の肉が。

そして村の皆が寝静まったころを見計らい抜け出し、ここに来たのである。

「《流れる風》のオッサンは食えない、と言っていたけど大丈夫だったね」

赤熊の巨大な肝臓を平らげてしまったオレは満足感に浸る。次は熊の手をいってみようか。珍味だと言われているし。

その後も赤熊の肉を美味しく頂いた。

うーん、眠くなってきちゃったなぁ……

そして生まれて初めての満腹に満足したオレは、物騒なことにその場で眠り込んでしまっていた。幸せな夢の世界へ。

◇　◇

「おい、起きろ！」

次の日の朝。

心配して捜しに来た《流れる風》のオッサンに叩き起こされ、オレは森の中で目を覚ます。どうやらいびきをかいて幸せそうに寝ていたようだ。清々しい朝だ。

「おい……この残骸はなんだ……」

赤熊の肉の大半が消え去った光景に、大人たちは言葉をつまらせる。昨夜は山盛りで廃棄されていた肉の山が骨だけ残し消えていたのだ。

「あ、これ……火を通したら毒素も消えて大丈夫だったみたいだね」

「おい、こっちを見てみろ……」

「なんだ……これは……」

どうやら近くで黒鬣犬《クロハイエナ》の群れが口から泡を吹き絶命していたらしい。即死したに違いない大量の死骸を見つけ、大人たちは目を丸くする。状況から恐らくは赤熊の肉をオレよりも先に食して毒に当たったのであろう。

「やっぱり、火はちゃんと通さないと危険だよね……はっはっは……」

純真無垢な子どもらしい苦笑いでこの場をやり過ごしてしまおう。あれ、そういえば自分も生レバーを食べていたけど大丈夫かな。まっ、何ともないから大丈夫だろう。

「……」

「……」

大人たちは誰もが口を開け、言葉を失う。

それからしばらくした後の出来事である。

戦士《流れる風》は正式に自分の師匠となった。

そして慣習より自分は《流れる風》から念願の〝名〟をつけてもらった。

そう……《魔獣喰い《まじゅうぐ》》という〝名〟を。

第三章　少年たちの意地

1

オレは十歳になった。

赤熊狩りのあと、自分は戦士《流れる風》が属する狩組に編入された。といっても見習い身分だったが、これがまたかなり厳しい毎日であった。

「次は南方の湿地帯へ行くぞ。おい、早く準備をしろ」

何しろこの狩組は普通の組とは少し違っていた。要請があれば至る所に出向き手助けする。その内容も調査に探索、そして凶暴な獣の退治など様々である。

それに伴い自分の行動範囲も格段に広がり、辺境の村まで何日もかけて行くなんてこともよくあった。

「ここで数日ほど滞在だ」

「うわ……神秘的な所だね、ここは……」

深く険しい森を越えて、〝秘境〟と呼ばれるような所にも連れていかれた。《流れる風》のオッサンに安全祈願の呪《まじな》いもかけてもらったりした。そういえばあのときは珍しく神妙な顔つきだった。

「次は東北部の未開拓地帯へ行くぞ」

要請が続くと連日連夜にわたり、大森林中を駆け巡っていた。《流れる風》のオッサンたちは救援要請の他にも、誰かから極秘任務を受けていたようで、付き添う自分も忙しい毎日であった。

（うーん、オレも最近は上達してきたような気がするな……）

普通では体験できないような日々を強いられ、自分も否応なしに成長していると実感できた。何しろ、すぐ目の前に最高峰の戦士や狩人がいるのだ。

（相変わらず人間離れしているな……この人たちは……）

見習いとして編入された狩組には《流れる風》のオッサンをはじめ優れた大人たちが勢揃いしていた。隠密行動に獣の狩り、屈強な重戦士に槍使いなど、誰もが達人の域だ。

そんな彼らの尋常ならぬ技術と力に驚きつつも、素晴らしい師匠たちを見よう見まねで自己鍛錬を続けてきた。

「おい、あまり調子に乗るんじゃねえぞ！」

案の定だ。調子に乗って失敗するとオッサンにゲンコツで叱られてしまう。

口が悪く手の早い《流れる風》であったが、戦士としての実力はこの中でもずば抜けていた。歩行術や剣技など、気づくとオッサンを見て真似ていた。

普段はやる気がなさそうな風貌と態度であるが、いざという時には絶対的な華やかさがあるのだ。

「なんだ、じろじろ見て気持ち悪い子供《ガキ》だ」

最初の頃はそんな感じに煙たがられていた。だがそう言いながらも《流れる風》は、自分にもわかるようにその動きを見せてくれていた。

「《魔獣喰い》か……おかしな小僧だが、筋は悪くない」

「でも、気のせいか私の着替えを覗いているのよね……」

「年頃だからな。誰かさんが小さい頃にそっくりだ」

オッサン以外の大人たちからも色々と言われていた。だが三年間も寝食を共に過ごす内に情も湧くのであろう。まるで自分の弟や子のように可愛がってもらった。

「えへへ……そんなことないですよ」

「おい、調子に乗るなって言ってるだろう」

褒められた後は必ず失敗をする。人生なかなか順風満帆にいかないものである。

「明日から村へ戻るぞ。お前はそこでしばらく待機していろ。鍛錬はサボるなよ」

「う、うん、わかった……頑張ります」

長い旅の後は必ず育った辺境の村へ戻り、自分はそこでしばらく滞在する。

《流れる風》のオッサンたちと大人の生活をしながらも、村に戻った時には他の同年代の子供たちと同じように暮らす。長旅の合間に村の仕事や弓や剣などの鍛錬を続けるのは体力勝負であった。

（おお……オレもついに長弓を引けるようになったぞ……）

成長期でもあるこの年代は、急速に筋力もつき技術の吸収が早い。成長に伴い、《流れる風》のオッサンから、次から次へと難題ともいえる試練を課せられた。自分の身体は村の同年代の中では中くらいだったが、確実に成長している嬉しさがあった。

そんな感じで自分なりにこの三年間で少しは成長していたと思う。

◇　◇

七歳の初狩りから結果を出し、更には腕利きの戦士《流れる風》に弟子入りしたオレは、狩人としては順調な見習い人生を送っていた。

だが十歳になったころ、ある大きな悩みを抱えるようになった。

「おいお前……オレと勝負しろ！」

「いや、先にオレとの約束だったはずだ！」

悩みというのは、村に滞在した午後の訓練で起こる問題だった。なぜかわからないが機会があるたびにみんながオレに絡んでくる。村では静かに森林生活を満喫したいのに困ったことだ。

「お前ら、どけ。オレからいく」

更に厄介なことにその中に要注意人物が一人いた。

（うあ……〝ガキ大将〟がまた来たよ……）

思わず心の中で愚痴る。そんなオレの気持ちに構わず、大柄な少年はオレの前に出てくる。こうなると周囲の子供たちも逆らわず道を開け、順番をこいつに譲る。

〝ガキ大将〟はオレと同じ歳のこの村の奴だ。〝名〟はあるが忘れてしまった。

こいつは同年代に見えないほど身体も大きく力も強い。遠目で見ると屈強な大人と同じくらいの背丈で、腕や首の太さも自分の倍以上はある。

更に剣や格闘技の成績も同年代の中では頭一つ飛び抜けていた。力に頼るばかりの筋肉バカ野郎ではないということだ。

「では、はじめ！」

「どりゃあ！」

〝ガキ大将〟は事あるごとに自分に絡んでくる。木製武器を使った模擬戦のときには必ずといっていいほどオレを指名し、本気モードで挑んでくるのだ。

模擬戦といっても本気だ。

特に〝ガキ大将〟の奴の気合は全開で全力だ。鬼の様な形相と気魄でオレに木剣を撃ち込んでくる。

「おりゃぁあ！」

「うわっ」

鋭い木剣が自分の目の前をかすめる。訓練用の木剣といえど、硬さと重さはかなりのものである。

当たり所が悪ければ骨折や大けがに繋がり、正に凶器である。

「逃げてばかりいないで反撃しろ！」

「そ、そんなことを言っても……」

野獣のような打ち込みをひたすら回避する。

自分の剣の腕前は〝少し〟上達していた。だが他の同年代は〝急激に〟上達していた。つまり自分の剣技はこの村でも最下層である。ちなみに〝ガキ大将〟は同年代でダントツである。

本気で打ち込んでくるそんな激しい斬撃に対して、オレは寸前で躱すことしかできない。反撃するなど夢のまた夢である。敵前逃亡は出来ないので全てをギリギリで回避する。

「よし、止め！」

時間切れで模擬戦も終わり、その日も何とか無傷で済んだ。

ふう……と訓練場の脇にある水を飲み、ひと息入れる。このあとは夕飯の準備もあり、誰にも絡まれない幸せな時間帯である。

「おい、お前！　お前はなんでいつも……いや、何でもない……」

その日に限って模擬戦が終わったあとに〝ガキ大将〟が近づいてくる。真っ赤な顔で何かを言いたそうだ。

だが最後の言葉を濁したまま立ち去る。はっきりした物言いで直情的なコイツには珍しいことだ。

（オレが一体何をしたというのだ……）

まだ十歳の子どもの言動は不思議なことが多い。

2

その日は《流れる風》たちも長旅を終えたばかりで、オッサンたちとしばらく村に滞在していた。

「年内でお前はこの村を離れかもしれない」

「えっ、また長旅？」

「いや……もっと長くだ……その内にわかる」


オッサンからそんな意味深なことを言われた数日後のことだった。

午後の訓練の前に〝ガキ大将〟がオレに近づいてきた。また絡まれるのだろうか。

「おい……今日の模擬戦は本気出して戦え……〝森の精霊〟にかけて絶対だぞ」

いつもと様子が違っていた。神妙な顔つきでそう言い去っていく。しかも大人の決闘の誓いのように、精霊の名を出す真似などして、どうしたのであろうか。

（〝本気〟って……オレはいつも本気なんだけどな……）

言葉の意味がわからず首を傾げる。いつも圧倒的な〝ガキ大将〟の猛攻の前に自分は防戦のみで必死であった。判定があれば間違いなくアイツの圧勝なはずなのに、何にこだわっているのであろうか。

「おい、子供《ガキ》……」

「んっ？　うわっ、オッサンいつの間にそこに」

背後からの声に驚愕して振り向く。そこには神妙な顔つきの戦士《流れる風》が立っていた。いったいいつからそこにいたのであろうか、気配さえ感じさせないとは、相変わらず凄腕すぎる戦士だ。

「お前も男なら、本気でアイツの言葉に応えてやりな」

普段のやる気のない顔ではない。

両眼でこちらを見つめ真剣な表情で語り掛けてくる。これまではオレの村での生活に全く関与していなかったのに、今日の《流れる風》はまるで雰囲気が違う。

「オレはいつだって本気だよ……」と言い訳をしようとした瞬間だった。

言葉の途中で激痛が自分の顔面を襲う。

自分の体は後方に吹き飛ぶ。何が起きたか理解できなかったが、辛うじて受け身をとり回転して起き上がる。左顎《ひだりあご》に激痛が走っているが脳に影響はない。

（くっ……何が……）

〝敵か！〟

意識を集中させる。弓矢を持っていなかったために腰の手斧を握り、この攻撃を繰り出してきた敵に反応しようとする。

「反射的に自分から後方に飛んで衝撃を殺したのか……相変わらず可愛げの無い子供《ガキ》だ」

《流れる風》はその握りしめた右拳からオレに視線を移し、そう呟く。状況的にどうやら目にも止らぬ速さでオレはオッサンにブン殴られたらしい。でも……いったい何故だ。

「だがよ……お前でもそんな〝いい顔〟を出来るんじゃねえか。アイツとこの調子で本気で戦《や》ってやりな」

《流れる風》のオッサンは意味深な言葉を残し、その場を立ち去る。いつものやる気のない表情に戻り。

「だから、何だよ……〝本気〟って……」

なんで自分が殴られたのか、理解できなかった。

だが、戦士《流れる風》があんな顔をする時は、無意味な言葉を発しない。それはこの濃密な三年間を一緒に過ごしていたオレ自身が一番よく知っていた。

「本気か……」

その場に一人で呆然と立ち尽くす。だが心の奥底には言い表せない何かが込み上げていた。

◇　◇

その日の午後の訓練がはじまるが、自分のもやもやした気持ちはまだ晴れていない。

だが今日の模擬戦を囲む空気はいつもと違う。

「コイツらの審判はオレにやらせてもらおう」

《流れる風》が、自分たちの模擬戦の審判を名乗り出たからだ。

いつも村のことに全く関与しない彼にしては珍しいことだ。そして森の英雄戦士の登場に村中の注目が集まる。

村中の者たちは作業を中断し遠目で見守り、他の子供たちも自分たちの訓練を一時中止していた。今や村中の者たちが自分と〝ガキ大将〟の一騎打ちに注目していた。

（ここまできたら覚悟を決めよう……）

そんな緊張感のある状況の中で軽く深呼吸して心を落ち着かせる。まずは武器選びだ。

（さて……なら、今日だけはコレでいくか……）

訓練用の武具が立ち並ぶ場所に進む。今回はお互いに自分の得意に合わせて好きな木製の武器を選ぶことにしていた。そして〝その武具〟を手にする。

「おい、あれで戦うのかよ……」

「あれでは圧倒的に不利だぞ……」

オレの選んだ武器を見て、群集と化した村人たちがざわつく。

「手斧だと……」

「あんな不利な物で……」

騒ぎの原因である自分の右手の手斧に視線を移す。そこにあったのは小振りな木製の手斧であった。

接近さえすれば強力な有効打を加えられる武器だが、その間合いは短く、形状的にも防御に向かない。その為に対人の模擬戦にコレを使う者は皆無であった。

もちろん自分も、今まで訓練では使ったことはない。

（ああ……この手の感触……なぜか落ち着くな」

〝今回は全力を出す〟

自分はそう心に決めていた。

〝ガキ大将〟や《流れる風》のオッサンにでも感化されてしまっていたのであろうか。自分でも理由はよく分からない。

（模擬戦では弓は使えない……次点の得意はこの〝手斧〟だからな……）

幼いから騎士や剣士に憧れを抱く自分は、これまで剣にばかりこだわっていた。だがまだ剣に関して自分は半人前であり、剣で戦ったならこれまでの模擬戦のように防戦一方であろう。

〝本気でアイツの言葉に応えてやりな〟

オッサンの言葉が心に残る。それなら今の自分で出せる〝本気〟はこれが最大限である。これでダメだったら後はなく、逆に後悔はなかった。

こんな小さな手斧では〝ガキ大将〟がその両手に持つ木製大矛に吹き飛ばれるかもしれない。勝負は一撃で終わってしまうかもしれない。

だがこれは自分の意志で決めたことだった。

〝コイツにはウソをついてはいけない〟

心の奥からそんな感情が湧き上がる。

そんな感情に戸惑いながら、模擬戦の相手と対峙する。さあ待たせたな。

「ああ……その顔だ……その眼をオレに向けてくれるのを待っていたんだ！」

〝ガキ大将〟の顔が歓喜の色に染まる。手の届かない場所にいた好敵手《ライバル》がはじめて向けてくれた本気の想いに。

「……よし、始め！」

《流れる風》の静かなる声で模擬戦が始まる。

村中の視線と注目が、訓練の中央に立つ二人の少年に注がれる。

「どりゃあ！」

開始早々にガキ大将が斬り込んできた。コイツが最も得意とする武具である大矛の頭上からの強烈な一撃だ。

「くっ……」

オレは辛うじて横に身を躱し、すぐさま反撃を試みる。長い棒の先端に斧が付いた武具である大矛の破壊力は凄まじい。

「いまだ！」

だが逆に懐に入ってしまえばこっちの距離である。無防備となった相手の間合いに入り込む。

「かかったな！」

どうやら誘い込まれてしまったようだ。遠心力を使い斧の付いていない反対側の部分で、こちらの横っ腹を叩きつけてくる。

「うぐぐっ」

とっさに手斧で防御する。

だが自分の身体は訓練場の端の壁面にそのまま吹き飛ばれる。完璧に防御したはずなのにこの破壊力。とても同じ年代とは思えない怪力である。まさに驚愕の一撃だ。

「オヤジから見て盗んだこの必殺の一撃に反応するのか……だがそれでこそ我が好敵手！」

驚いたのは向こうも同じであった。完璧に決まったと思った誘い込みからのカウンターを完全に防がれたのである。しかも防御に向かない小さな手斧ごときに。

「いくぞぉ！　どりゃぁああ！」

口元に不思議な笑みを浮かべながらガキ大将は追撃を繰り出してくる。

重量武具であるはずの大矛を軽棒のように振り回しながらの連撃である。雄叫びを上げ暴風雨のような刃先が押し寄せてくる。

「ああ、来い！」

オレも負けじと叫ぶ。段々と心が熱くなり身体が躍る。そしてその危険な暴風域の中へ飛び込んで行く。

この幼い身体だ。一撃でも当たれば大けがとなる打撃である。だが不思議と恐ろしさはなかった。全てをさらけ出し全身全霊で魂をぶつけてくる目の前の戦士に、こちらも答えなくてはならない。柄にもなくそんな想いで勇気と覇気が自分から湧き出てくる。

「こんどはこっちから、いくぞぉ！」

これほど心が熱くなったのは初めての体験であった。《流れる風》と赤熊を退治したあのときも、秘境を旅したときにも感じなかった熱き想いである。

「うりゃぁあ！」

「させるか！」

激しい戦いは続く。

無尽蔵とも思える体力と凄まじい膂力《りょりょく》で、ガキ大将は嵐のような連撃を繰り出してくる。そして負けじとオレもその中に飛び込む。嵐の刃をかわし、受け流しオレは手斧で反撃を繰り出す。

剛と柔のせめぎ合い、一進一退の攻防が続く。

「す、スゲエ……」

「どっちも凄い！」

固唾をのんで見守っていた子供たちはしだいに歓声を上げる。

目の前で繰り広げられる、息もつかせぬ見事な攻防に。そして一歩も退かぬ双方の勇気に。どちらかだけを応援するわけでなく、共に果敢な攻勢に賛辞をおくる。

「さすがは《岩の盾》の息子だな。今のところ彼が優勢と見た」

「奴もまだ半人前だが悪くはないな」

一方で大人たちもこの若き戦士たちを称賛する。特に大人用の大矛すらも軽々と使いこなす大柄の少年に、誰もが注目する。その実父である巨漢の大戦士《岩の盾》も嬉しいのであろう。珍しく目を細めて表情を崩す。

「だが〝颪〟の直弟子はまだ本気を出しておらぬとみた……なあ、〝颪〟よ」

「あの子供《ガキ》は甘ちゃんだからな……だが、そろそろだ……」

戦士《流れる風》が予言したように勝負が動く。

「よしっ、好機。これならば！」

「くっ、しまった……」

ガキ大将の激しい攻撃を躱しきれず、オレは姿勢を崩す。それはほんの一瞬のミスであった。

だが、相手はその隙を見逃がしてはくれない。すかさず腰に力を溜め渾身の一撃を繰り出す準備をする。そこから凶暴な獣のような闘気をまとい、一気に踏み込んでくる。

（これはマズイ……躱せない！　どうする……）

魔獣の爪牙のような大矛の鋭い一撃が迫ってくる。これを避けながら相手に反撃を繰り出すのは難しい。自分の負けか。

（……コイツに勝ちたい……）

ふと微かな願望が込みあがる。

目の前の強靭な肉体を持つ少年に勝ちたいという想いが。これほどまでに悔しい思いは今まで感じたことがなかった。

（コイツを倒したい！）

明確に勝利に対する貪欲な想いが込みあがる。生まれ持った才能に奢れることなく自分の武の研鑽を続けてきたこの若者に、自分は心の底から勝ちたかった。

〝やるんだ〟

そのときである。

絶体絶命の苦境に陥りながらも不思議な感覚に陥る。これは……赤熊に一矢放ったときにもあった感覚だった。

「これでお終いだぁ《魔獣喰い》！」

「勝つのはオレだぁ《岩の矛》よ！」

反射的に声を返す。自分の脳天に迫った大矛を手斧で受け流し、その反動を利用してこの身を反転させ相手の脇に手斧を思いっ切り振り切る。

全身全霊を込めた一撃をぶちこむ。

「うぐっ……」

それは一撃必殺であった。

急所を打ち抜かれ苦悶の声を相手は上げその場に倒れ込む。

(よし……獲物は倒れた。手負いは危険だ……とどめを刺さないと)

だが、自分の不思議な感覚はまだ続いていた。まるで森の獲物を躊躇なくしとめる感覚だった。

とどめを刺す……誰がどう見ても勝敗は決していた。

だがオレは、無意識に手斧の一撃を振り降ろす。木製とはいえ全体重を乗せたなら、人の首の骨など簡単に砕き、その命を奪ってしまうその一撃を。

「そこまでだ」

聞きなれたその声が耳に届いたと思った次の瞬間、オレの顔面に強烈な痛みが走り身体ごと吹き

飛ばされていた。

「痛てて……」

回転しながら受け身をとり状況を確認する。

どうやらまた自分は、《流れる風》のオッサンにぶん殴られたらしい。最後の方の記憶が薄れている。もしかしたら自分が興奮して暴走でもしてしまったのだろうか。


「最後の一撃を見たか……」

「気のせいか大矛が身体を通り抜けたように見えたが……」

「そんなことより、この素晴らしい村の宝の二人に称賛を！」

最後は確かに大矛が先に当たっていたはずだ。だがそれをいつの間にか躱し大逆転していた。不可思議な光景に言葉を失っていた村人たちは、声を上げ勇敢な若者たちに賛辞をおくる。

まるで年に一度の祭りのように興奮し盛り上がる周囲に、オレは苦笑いをする。結果だけを見れば最後まで立っていた自分の勝利だ。

（はっはっは……勝っちゃったのかな……）

だが自分には最後の手斧の一撃を放った時の記憶がなく、勝利の実感がない。

「おい……お前……」

呆然とする自分に近づいて来る者がいる。悶絶《もんぜつ》から回復したガキ大将であった。片足を引きずりながらオレの側に近づいてくる。

（もしかしたら勝負のやり直しか、仕返しか……）

そんな思惑から、勝者なのに思わず腰を引いてしまう。

「最後の一撃は効いたぜ、《魔獣喰い》」

だがそんな直立不動の体勢を取るオレに、相手は右手を差し出してきた。

「ああ、こっちこそ……《岩の矛》」

戦いの最後でその名を思い出した。そしてその名を呼び返す。

「次は負けねぇからな……」

「それはこっちの台詞《せりふ》だから……」

激しい戦いの後で両者の身体は熱を発し、大量の汗が全身から流れ落ちている。

（温かい……いや〝熱い〟……）

〝ガキ大将〟――いや握手を返す《岩の矛》の両手から何とも言えない温もりを感じ、オレは腹の底から高揚感が湧き上がるのを感じた。先ほどの戦いの最中にも感じていた不思議な感覚である。

「いつかは……何年かかろうと《魔獣喰い》……お前を超える……」

「うん、待っているから……」

なぜか両者とも自然と笑みがこぼれる。そしてどちらかともなく大きな笑い声があがり、心の底から二人で笑いだす。

何がおかしいかわからない。でも腹の底から笑みがこぼれてくる笑みだ。本当に、本当におかしい……そして嬉しい。

（ああ……こういうことだったんだ……）

そこでふと気づく。よく考えたらこっちの世界に転生してから初めて心の底から笑ったかもしれない。

（オレは……この《岩の矛》を、そして村の子供たちをちゃんと見ていなかったんだな……）

十四歳だった自分はある日突然、この異世界に転生してしまった。

身体は幼い子どもであるのに、精神年齢は大人びて冷めていた。

第三者的な視点でこの森の部族の皆を見ていたのかもしれない。あまり他人と関わらず本音を出さずに。森での仕事や狩りでもどこか他人行儀だった。

もしかしたら自分でも気づかない内にこの世界の人たちとの〝壁〟を作っていたのかもしれない。

〝自分は皆とは違うんだと〟

でも今、ようやく気がついた。

オレはこの森の十歳の子どもであり《魔獣喰い》という名の森の民なのである。

「オッサン……オレさ……」

目を細めどこか優しい顔でこちらを見ていた戦士の姿を見つける。

『ようやく気づいたか……面倒くさい子供《ガキ》だ』と、そんな呆れた表情で、オッサンはこの場を去っていくのだった。

そんな偉大なる戦士の背中に、オレは心の中でそっと一礼をする。

3

その決闘から月日が少しだけ経った。

「おい、子供共《ガキ》、遅れているぞ。急げ」

「オッサン……十歳のか弱い子供を相手に無理は言っちゃいけないよ」

「どこの世界にそんな可愛げのない子供《ガキ》がいるんだよ。無駄口を叩いていないで走れ」

オレはどんどん先を行く戦士《流れる風》に反論しつつ、決して遅れまいと森の中を進んで行く。

身体が小さい分だけ一歩あたりの進む距離は短い。だがこの小さい身体の利点を生かして木々をかき分けて行ったなら追いつくことも可能だろう。

「おい《魔獣喰い》、少し待ってくれ」

「ん？」

だが意気揚々と先に進もうとする自分を押し止める声がする。ああ、そうか。今日はコイツもいたんだな。自分より更に遅れている友の助けの声に足を止める。

「《岩の矛》さ……出発前にも言ったけど、そんな長物《ながもの》は森の中での行軍で邪魔なだけだぞ」

「これは親父から受け継いだ大事な成人用の大矛だ……置いてはいけねえ」

〝ガキ大将〟こと《岩の矛》は誇らしげに右手に大矛をかざし、見せつけてくる。

だが森の中では、まだ身体が完全にでき上がっていない子供とって、その大矛は無用の長物以外の何物でもない。

「置いていけないか……そうか、それなら先に行っているからな」

「だから少し待てと言っているだろう、《魔獣喰い》！」

大声が鼓膜を刺激する。仕方がないので《岩の矛》を待ってやることにした。

だがこれで遅延確定である。あとで《流れる風》のオッサンからゲンコツの刑が待っているだろう。

だが悪い気はしない。何故ならこっちの世界に来てから初めて出来た〝友だち〟である《岩の矛》の奴が一緒だからだ。

あの日の一対一《タイマン》勝負以来、オレたちは頻繁に行動を共にしていた。最近では《流れる風》のオッサンに誘われて同じ狩組に入る事も多くなり、こうして一緒に狩りに出掛けている。

性格も体格も正反対で得意な得物《ぶき》や技術《スキル》も違う……だがどこか馬が合うのだった。

（あの時の一対一勝負の時に気付いたけど、オレは素直になれずに、どこか森の子供たちを〝年下〟だと見下していたのかもしれないな）

そう思い心の底から反省し、改心し素直に同年代と接するようにした。それまで浮いていたオレは自然と同年代の中にも溶け込み、〝ガキ大将〟的な存在であるこの《岩の矛》の奴と一緒に、村の中では比肩するようになっていた。

単純な戦闘能力や身体能力はまだ《岩の矛》の奴が数段優れているが、こうした森の中での隠密行動や弓術は負けるわけにはいかない。この分野で負けてしまったら、それこそ地味なだけのオレの居場所はなくなるだろう。

「おい、子供共《ガキ》、本当に置いて行くぞ！」

優しくも少し先で待っていてくれていた《流れる風》の怒りの声が聞こえる。

「はい、今追いつきます」

「何だ……今度はバカ正直に返事をして気持ち悪い子供《ガキ》だぜ」というオッサンの声が聞こえる内に、
オレは《岩の矛》の奴の手助けをしながらあとを追うのであった。

◇　◇

そして転機は訪れる。

長老の屋敷に《流れる風》のオッサンと二人で呼び出されたのだ。


「ああ、わかった。そろそろ頃合いだ」

長老から何か話を聞き、オッサンは小さく頷いている。いったい何の話をしているのだろうか。

オッサンも目を細めて珍しく真剣な表情をしている。

「おい、子供《ガキ》。これから大村へ行くから旅の準備をしろ」

「え、これから？　わかったけど……」

屋敷を出たオッサンは、簡単に説明をしてくれる。

これから二人で〝大村〟に行くのだという。目的はよくわからないが、オレはついて行くしかない。普段から旅慣れしているので準備もすぐに終えて、集合場所へ向かう。

（〝大村〟か……）

村の大人たちから噂は聞いたことがある。

大村はこの大森林の中心にある最大規模の集落だ。各村から腕利きの戦士や職人たちが集まり栄えているという。

（もしかして大都会なのかな……武器屋や商店、それにキレイに着飾った女の子なんかもいたりするのかな……）

大人たちは大村の繁栄ぶりを誇らしげに語っていた。見たこともないような大集落なのであろう。

（装備品も毛皮や革鎧なんかじゃなくて、本物の〝金属鎧〟なんかもあったりして……）

歩きながら頭の中で妄想を想い描く。


「おい子供《ガキ》。さっさと大村に行くぞ」

頭の上にゲンコツが落ちてくる。

「痛てて……」

せめて言ってから手を出してほしいものだ。だがオレも今日はご機嫌だ。

「《流れる風》のお兄さま、待って下さい」

「なんだ急に、気持ちの悪い奴だな」

何しろ見たこともないような大集落に行けるのだから。

《流れる風》のオッサンに置いて行かれないように急いであとを追う。

急に決まった〝大村〟までのお使い。

だがまさか、このことがオレのその後の人生を大きく変える転機になろうとは、この時は思いもしなかった。

第四章　大村へ

1

目の前に荘厳で幻想的な景色が広がる。

老樹が天を突き刺しているのだ。

「アレが〝大村〟の〝精霊母樹《マザーツリー》〟であり、この大森林の〝元始《はじまり》の樹〟だ」

「アレがこの森の最初の……一本目の木……」

オレは小高い丘から見えるその光景に魅入る。

丘の上からだと森に立ち並ぶ高い木々の様子がよく見える。だがそれを更に包み込むように〝老樹〟は森の奥に鎮座していた。

自分のこの目はいい方である。最近では獲物までの距離やその大きさまでを正確に目測できるようになった。

だが、老樹の非現実的な強大さは、高さを測ることすら不可能にしていた。摩訶不思議な動植物が存在するこの森の中で、その老樹は桁外れでありそれを通り越して幻想的ですらあった。

(怖さはないな……むしろ懐かしさと温かさを感じる……)

不思議な感覚だ。初めて目にする異様な光景のはずなのに郷愁すら感じる。なんだろうこの感じは。思い出せそうで……思い出せない。

「おい、子供《ガキ》。いつまで口を開けてアホ面してやがる。さっさと行くぞ」

心地よい感傷に浸っていた自分の後ろから、現実主義な大人の声が飛んでくる。

振り向くまでもなくそこにいるのは、戦士《流れる風》だった。

「せっかく人が感動に浸っていたのにさ。オッサンって浪漫がないね……」

「ああ、そうか。ならいつまでもそうやっていろ。この辺は昼間でも〝魔獣〟が出るから気をつけな」

そう言い残し《流れる風》はオレを捨て、ひとり先に進んで行く。

「えっ……《流れる風》のお兄さま、待って下さい」

「なんだ急に気持ちの悪い奴だな」

まだ幼いこの身で危険な土地への置いてきぼりは死活問題だ。

オッサンも本気でオレを置いていくつもりはないのであろう。オレはすぐに追いつくことができひと安心だ。

(それにしても、ようやく〝大村〟にたどり着くのか)

オレは期待と不安で溢れる感情をかみしめながら、この大森林で最大の集落である大村への足を進めるのであった。

　この先に待ち構える〝運命〟にも気付かずに。

2

「この街道の先が〝大村〟だ」

「いよいよか……」

　森の中の道を先に行く戦士《流れる風》の説明に、オレは思わず笑みがこぼれる。

〝街道〟と言ってもそれほど大層な道ではない。

　深い森の木々の合間を結び、踏み固められただけの簡単な土の道だ。だが原始的な生活が営まれている森の中で、ここまで整備された道をオレは初めて見た。

　自分の育った辺境では村と村を結ぶ道は、自然にできた獣道だけであった。各村々は自給自足の生活をしており他の村を訪問する機会は少ない。

　だが自分たちが歩いているこの道は、間違いなく人の手により整備された街道であった。

「大村には近隣から人と物が集まるからな」

《流れる風》のオッサンの話だと、大集落である大村と近隣の村や砦の輸送のために昔から整備されているのだという。そう言われてみると荷車の通った轍《わだち》の形跡もある。

「ほっほー、これは〝文明〟に期待できるな……」

オッサンの説明を聞きながらオレは満足そうに頷く。

この街道の整備状況から推測するに、この先にある大村には何かしらの文明があるのではないかと期待ができる。蛮族と呼ばれる森の民の文明といっても、たかが知れているかもしれない。されど文明は文明である。

これまで自分が育った辺境の村では、木の実を拾い野生の獣を弓矢で狩り糧を得ていた。毛皮や植物繊維を織った衣類を着込み、暑い時期は半裸状態で生活だ。

住居も森の中の開けた場所に簡素な家を建て、木製や土器の皿に料理を載せ手づかみで豪快に食事をする。

狩りの武具の金属加工と防具の革製品の技術だけが異様に発達していたのは、森の中には外敵が多く、生き延びるための革新であったのだろう。

（最初は採取に狩りにと満喫していたけど、毎日だと……）

現代日本で育った中学生が異世界でそんな原始生活を十年間もしていれば、文明の香りも恋しくなるというものである。あまり期待はできないが楽しみだ。

オレは大集落〝大村〟との対面に期待に胸を膨らませ鼓動が速くなる。柄にもなく少し緊張してきた。

「《流れる風》のお兄さま……あの……少し先に行っていてください」

緊張のあまり尿意をもよおしてきてしまった。

「ん、なんだ？　糞か」

「いや、小さい方です……」

直球か。これだから大人はデリカシーがなくて困る。

「ちっ、しょうがねえ子供《ガキ》だ……小便ならその辺の草むらで適当に済ませてこい。オレは先に行っているからな」

年頃の少年を前に《流れる風》のオッサンは下品な言葉を連発だ。狩人戦士としては優秀だが、こういうダメなところは見習わないでおこう。悪い大人になってしまう。

だが今はそれどころではない。オレは街道を抜け誰にも見えないように草むらへと急ぐ。

「ふぅ……」

草木の生い茂る中で心地よいため息をつく。見渡す限り新緑で大自然満載な自然《ネイチャー》トイレだ。

「緊張して我慢していたのかな、オレは……」

思いのほか小便は長くかかる。こんな時は急いでも危険だ、服にかかったら汚してしまう。

「よし、終わったぞ」

身だしなみを整えたオレは先を行く《流れる風》のオッサンのあとを追いかけるために足を進める。

「ん？　なんだこの感覚は……」

街道に急ぎ戻る途中だ。

オレは〝何か〟を感じた。

殺気や覇気……そんな軽々しいものではない。

これまでに感じたことのない感覚であり〝予感〟だ。

〝自分の死〟

深い森の中でオレはそれを具現化するものに襲われたのだった。

「やばっ」

風が爆ぜた。

「っ！」

その音が自分の身に届く前にとっさに身を翻し回避する。

次の瞬間には先ほどまで自分がいた空間が消滅していた。間一髪であった。あのままあの場に残るか、防ぐ対応をしていたのでは、この身はこの世界から丸ごと消えていたであろう。

『へえ……コレを回避できるのだね、きみは』

声が聞こえた。誰かが自分に話しかけてきた。

いや、声の主が自分のすぐ後ろにいたのだ。

感情のこもっていない冷徹な口調だ。だがどこか懐かしく親しみもある声質。

（いつの間に、後ろを取られたんだ、くっそ）

反射的にオレは一足飛びで距離をとり弓を構える。矢先をその者に向けいつでも射られるようにする。

（仮面……男……戦士……いや、コイツは何なんだ……）

自分の背後にいたのは仮面の男であった。

身長は十歳であるオレより少し大きいくらいであろう。顔は不思議な紋様をあしらった黒い仮面で隠しているが声質は男性のそれである。

声質も若々しく、せいぜい青年期であろう。身体の筋肉の付き方も少なく、筋肉隆々の森の戦士から受けるような圧力も感じない。どう見ても弱弱しい黒い仮面の青年だ。

だがオレの背中にはぞっとする寒気と汗がこぼれて落ちる。一瞬で全身に鳥肌が走り危険信号を発する。

なぜならこの自分が〝背後を取られた〟のだ。

『そんなに警戒しなくて大丈夫だよ。僕はキミの敵じゃないよ』

仮面の青年は両手を広げ敵意がないことをこちらに示してくる。仮面の下から見える口元に笑みを浮かべ感情のない声質で語りかけてくる。不思議な感じだ。その声を聞いているとどこか懐かしく警戒心が解けていく。

「でも、さっきの攻撃はアンタがしてきたんでしょう」

そんな自分を奮い立たせるようにオレは言葉を発する。そうしなければ自分の心の奥底から芽生えた恐怖心に押し潰されそうになるからだ。

『ん……ああ、さっきの〝神獣殺槍《シンジユウグンニール》〟かい？　キミの今の力を試そうと思ってさ。ギリギリ合格点といったところかな』

まるで自分の子どもに問題を出しそれを解答させるダメな親のように仮面の青年は答える。

（コイツはヤバイ……〝槍〟なんてどこにもないぞ。くそっ、意味がわからない）

オレは弓を構えながら警戒を解かない。少しでも気を許したらこの男の不思議な言葉に心を奪われ信じてしまいそうになる自分がいたからだ。心を強く持たねば。

『へえ……僕の〝隷属魅了《ドレーム》〟も通じないんだね、キミは。何かの耐性があるのか……面白いな』

先ほどまで何の感情もこもっていなかった仮面の男の声質が少し変わる。

嫌な予感がする。

『ねえ、僕と一緒に来ないか。僕ならキミを幸せにしてあげる』

「幸せって……一体お前は何なんだよ。どこに連れていくつもりだよ！」

オレは力を振り絞り大きな声で問い掛ける。オッサン頼む、この声に気づいてくれ。

『残念ながらこの一帯は僕の〝神域〟で閉じているからあの男は助けに来ないよ。あの男だけは厄介だからね……これから行く場所はそうだね……この森の秘密、闇を知ることが出来る場所だ、そこで僕の正体も明かそう。きっと仲良くなれるはずだよ、僕たちは』

仮面の男がこちらに一歩踏み出してくる。両手を広げゆっくりと歩み寄ってくる。オレを包むように、いや捕縛するようにその両手を伸ばしてくる。

逃げることも逆らうこともできない。自分の野生の勘が警笛を全開で鳴らす。

「くそっ！」

とっさにオレは構えていた矢を放つ。狙うは相手の急所。素肌が見えるのど元だ。この近距離ではどんな腕利きの森の戦士でも防ぎ躱《かわ》すことは出来ない奇襲だった。

『矢筋も悪くはない』

だがオレの渾身の矢は仮面の男に届くことはなかった。

見えない壁……男の素手に阻まれてその眼前で矢は四散したのだ。まるで蚊でも追い払うように。

『次に抵抗したらキミを消す』

なんの感情もこもっていない声質にまた変わる。だがオレは圧倒的な実力の差を見せ付けられたばかりだ。あいつは本気だ。

足がすくみ逃げることすら出来ない。まさに蛇に睨まれた蛙の状況だ。

『抵抗を諦めたか。それが懸命な判断だ』

仮面の男が目の前に立つ。

絶体絶命だ。

◇　◇

『てめえが、もし圧倒的な奴に襲われた時のコツを教えてやる』

「へっ？　どうしたの急に、オッサン」

なぜか、《流れる風》のオッサンに前に言われた言葉が脳内に響く。幻聴か。もしくはこれが死ぬ前に見るという走馬灯か。

『いいから聞いとけ。まずは〝一目散に逃げろ〟だ』

「逃げろか……逃げられないときは？」

酔っぱらいのたわごとだと思って当時は気にも留めなかった言葉だ。

『その時はそうだな……』

この場にいないはずのオッサンの言葉。

だが今となって急に胸に響く。

◇　◇

「断る……」

『ん？　なんだい』

「断るって言ったんだよ！　誰がお前みたいな怪しい奴について行くかよ！」

相手の圧力に屈して片ひざを突いていたオレは両足で踏ん張り立ち上がる。弓矢を地に置き自分の腰に手をやる。

『無駄なあがきを。そんな剣では僕を傷つけることはできない』

相手の声質がまた変わる。だがそんなことは気にしていられない。

『逃げられないときは――――自分の信じる最大の武器で悪あがき、だ』

オレは腰帯からソレを外し自分の正面に構える。

弓以外で今の自分が信じられる最大の武器をだ。

『その斧鉞……手斧はまさか――――くっ、僕の〝神域〟が破られた……それの力だとでもいうのか』

仮面の男の表情は口元以外は見ることができない。だが明らかに驚き狼狽していた。オレの構える刃のない小さな手斧に驚き怯えてでもいるようだ。

『くっ、あの男がこちらに向かって来たか……僕の力もまだ完全じゃないからね』

「〝あの男〟……オッサンが来てくれるのか」

仮面の男の言葉でオレはその気配を察知する。《流れる風》のオッサンがここに向かって来ているのだ。

『残念ながら今日のところは見逃してあげよう。でも、覚えておくんだね。この森の部族はキミが思っているような奴らじゃないよ。そしてこの森もね……』

「待てっ、どういう意味だ……」

仮面の男はそう言い残す。

そしてさっきまで目の前にいたはずなのにスーッと消える。

「ちっ、逃げやがったか野郎め……」

そしてその直後に聞きなれた頼もしい声が聞こえる。

ガサガサと茂みの奥から抜剣した《流れる風》が姿を現す。

鍛えられた身体は息さえ乱れていないが急いでここに来たのだろう、その表情には珍しく少し焦りの色が見えていた。

「オッサン、助けに来るのが遅いよ……」

「悪ぃな……殺気がないものだから、油断していた」

珍しくオッサンがオレに謝ってきた。腰元で愛剣の柄に手を当てているところを見ると、本気を出そうとしていたのであろう。赤熊すらも一刀で葬り去ったあの一撃を。

「あの〝仮面の男〟はいったい何なの……オッサンのことを知っていたみたいだけど……」

「気にするな。森の精霊の気まぐれだ……そのうちにわかる」

周囲に危険がなくなったことを確認し《流れる風》は臨戦態勢をとく。そして何事もなかったかのように先に進んで行く。

「精霊の気まぐれって……あっ、ちょっと待ってよ」

置いていかれないように必死でその背中を追いかける。今度離れたら何が起こるかわかったものじゃない。

そのあとしつこく聞いても、〝仮面の男〟のことは教えてくれなかった。気にするなと言っていたし、それ以上は深く追及せずに後ろをついて行くことにする。

（それにしても一体何者なのだろう。〝仮面の男〟……）

圧倒的な隠密能力と身体能力で、一方的に押されてしまった。

それに、まるで魔法のような光の槍に不思議な術の数々。精霊神官の自然に語りかける精霊術とは別次元の力だった。

殺気がない、とオッサンは言っていたけど明らかに死を予感させる危うさがあった。憎み苦しみ後悔がないまぜになった、何かの飢えみたいな感情を感じた。そしてどこか懐かしさも。

（まあ、オッサンが言ったとおりに、そのうちにわかるかな……）

難しいことを考えるのは苦手だし、深く悩まずにそう結論づける。

いちいち悩んでいたら、摩訶不思議なことだらけの大森林の中では生きてはいけない。

今はとにかくオッサンの言葉を信じて背中を追いかけよう。

3

「おい、着いたぞ」

「ん？　おぉぉお……」

前方を進む《流れる風》のオッサンの声にオレは顔を上げる。先ほどの襲撃から森の中の道をしばらく進んでいた。

オレはオッサンの指し示す方向に視線を向け感嘆の声を上げる。

「じょ、城壁だ……」

そこは深い森の街道の終着地点であろう。左右の深い木々が開けた眼前に巨大な〝城壁〟がそびえていたのだ。

「この辺は大森林でも凶暴な獣が多いからな。ほら上も見な」

城壁は大人の身長の数倍ほどの高さはゆうにある。

緩やかな弧を描くように左右対称に広がり中の集落を取り囲んでいる。その城壁の上には等間隔で見張り櫓《やぐら》が設けられており、見張りの戦士がいることが遠目にも確認できる。弓の矢先をこちらに向けている。まさかこの距離で狙い撃ちが出来るのだろうか。恐ろしい弓術の持ち主たちである。

「大丈夫だ。いきなりは射ってはこねえよ。さあ、中に入るぞ」

「うん。アレ、木？　ここは木製の城壁なのか……」

オッサンの後を追い、城壁の素材が判別できる距離まで近づきオレは驚きの声を上げる。石造りの城壁だと勘違いしていたが素材には木目が見えた。

「〝鉄木〟の城壁だ。頑丈な上に燃えにくい木だ。その分かなり希少な材木だがな」

オレの驚きに先を行くオッサンが教えてくれる。

「〝鉄木〟は知っているけど、これが全部そうなのか……信じられないな」

この大森林には〝鉄木〟と呼ばれる特殊な性質の樹が存在する。さっきオッサンが説明したように木材の中では密度が高く燃えにくく頑丈な木だ。

オレの育った村でも長老の館の一部が〝鉄木〟を利用して建てられていた。貴重な物を保管する宝物殿としても利用されていた。

だがそれ以外の建物にはこの木材の使用は一切許されていなかった。それだけこの〝鉄木〟が貴重で希少な材木である事を表していた。

その黒みのかかった貴重な材木が、左右の端が見えなくなるほどの長さの量で使用されていたことに、オレは驚きの声を隠せなかったのだ。

「この辺は魔獣も多く現れることがあるからな。これだけ惜しげもなく使われているのは大森林広しといえどもここと、もう一か所ぐらいなもんだ」

若い頃から大森林中を回っているオッサンが説明してくれる。丁寧で優しい口調だ。珍しいな。いつもなら「おい子供《ガキ》、置いて行くぞ」みたいな感じで先に行っていたのに、この大村に近づいてからやけに親切に説明してくれる。

(何かあったのかな。それとも改心して、これまでのオレに対する不条理な対応を改めようと決心したのか……)

「おい、子供《ガキ》。なにまたボーっとしている。城壁の外に置いて行くぞ」

そんな推測をしていると、いつもの台詞が飛んでくる。

「《流れる風》のお兄さま、お待ち下さいませ」

「だから気持ち悪いんだよ、それ」

オレは拒否されながらも、精一杯の可愛らしい十歳児の表情《かお》で、先に城門に入ろうとするオッサンの背中を追いかけるのだった。

4

「おい、お前たち止まれ」

正門らしき門に近付いた《魔獣喰い》ことオレと《流れる風》のオッサンに向かって、門を警備する戦士らしき男からそんな命令口調の指示が飛んでくる。

「二人とも見ない顔だな……どこの村の者だ？　名乗れ！」

その声には明らかに警戒と威圧の意が込められていた。地鳴りのように低く響き、気の弱い者なら腰を抜かしてその場に座り込んでしまう程の迫力だ。

（ただの門番のクセにコイツ……出来るな……）

身体能力と身体《ガタイ》に優れている森の部族の戦士の中でも、この門番は群を抜いて圧倒的な巨軀だ。丸太の様なたくましい太ももや二の腕を見せつけ、立ち振る舞いに隙はなく、そして凶暴な猛禽類の獣のような危険な殺気を隠す事なくこちらに放ってきている。

（前にオッサンと退治した〝岩獅子〟の獣に似ているな……髪型を含めて）

そんな感想は心に留めておく。

これ程の巨軀を誇る戦士を、オレは同じ村の歴戦の戦士である《岩の盾》のオジサンくらいしか見たことがなく、これだけ殺気を前面に出されたのも初めての経験だった。

「……」

一方、尋ねられているはずの《流れる風》のオッサンは、名乗りも返事もせずに無言を貫く。この若い巨軀を誇る門番を射るような視線で値踏みし、腕を組んで何も言葉を発しない。

「名乗らないのか、名乗れないのか……どちらにしろ怪しい奴らめ」

いっこうに名乗らない怪しい来訪者に対し、門番の大男はその右手に持つ重槍の穂先をこちらに向けて構えてくる。

（くっ……）

オレの背中に嫌な汗が流れる。

命のやり取りをおこなう凶暴な獣の狩り場に似た緊張感が走る。オレは腰にある手斧と右手に持つ弓の存在を確認し、いつでも抜いて射られる体勢をとる。

まさかこんな所で同じ部族同士で殺《ヤ》り合うなんて、夢にも思っていなかった。ん？　そういえば森の民や村同士で争いや戦って聞いたことも見たこともないな。


「おい、その方は通しても構わんぞ！」

そんな緊張感を破るように、城門の奥から渋い男の声がする。その声と共に姿を現したのは初老の戦士だ。口調や威厳ある雰囲気から、恐らくはこの門番の上官であろう。

「隊長……ですが、この者たちは明らかに怪しいです……自分の勘がそう告げています」

門番の若い大男は納得がいかないような表情でそう反論する。その証拠にその手に持たれた重槍の穂先はまだこちらに向けられたままだ。

「お前のようなヒヨっ子がそういきり立っても、この方……《流れる風》には触れることすら出来んぞ。さあ、さっさと通して差し上げろ」

「なっ、《流れる風》……この方が……大変失礼致しました！　どうぞお通りください」

初老の上官の口から出た名前に、門番は大慌てで礼の姿勢をとり道を空けてくれる。先ほどの威圧的な態度とは打って変わって、直立不動で背筋を伸ばし緊張のあまり足も震えている。

それもそのはず、大森林の狩人戦士《流れる風》と言えば各村々でその勇名が鳴り響き、彼の者の英雄譚を、村の子供たちは小さい頃からおとぎ話のように聞かされているのだ。

この若い門番もそれは例外ではなく、その伝説の戦士に槍先を向けてしまったことに、今更ながら恐怖と後悔で全身が震えてしまうらしかった。

「最近の若い衆はお前の顔を知らん者が多くてな。許してやってくれ、《流れる風》よ」

「ああ自業自得で気にしていないさ。それにしても爺さんこそ、まだ現役で出張《でば》っていたのかよ……オレが子供《ガキ》の頃から相変わらず元気だな」

「この通り左腕を魔獣に喰われてから前線からは離れておる。今はこうして専ら若い戦士の指導じゃ」

「無茶ばかりするからだ……だが、あの〝鬼鉞《おにまさかり》〟と呼ばれたアンタが教官とはな……若い衆に同情するぜ」

初老の戦士の謝罪に《流れる風》は気にするなといった感じの返事をする。さっきの言葉の通りに、初老の男の左腕の肩から先の服は、風でひらひらと揺れていた。

「怪しい者を決して通さない勇気と良い心掛けだ……これからも大村を頼むぞ」

「はっ、はい！　ありがとうございます！　精進します！」

伏し目がちに震えていた若き門番の胸板を強めに叩き、《流れる風》はそう声を掛ける。それを受け男は先ほどまでの真っ青な表情から、嬉しさの余り目に涙を溜め直立不動で礼の構えをとる。

「さすが英雄《流れる風》……」

「くそっ、オレも激励を受けたかったぜ……」

先ほどの騒ぎで他の若い番兵たちも駆け付け辺りは騒然とする。英雄《流れる風》の姿を間近で一目見ようと輪を作り始める。

「相変わらずこの森の戦士には絶大な人気だな、オッサン」

「これがあるからこの大村には近寄りたくなかったんだ……」

オレの冷やかしに反論もせずに、《流れる風》は面倒臭そうに頭をポリポリかく。さっきの初老の戦士との会話の流れから、オッサンがこの大村を訪れるのは久方ぶりなのだろう。

「さあ、《流れる風》とお伴の若き戦士よ。〝王〟がお待ちだ。ついて参れ」

片腕のない初老の戦士に案内されオレと《流れる風》のオッサンは、城門を無事に通り抜け大村の内部へ進むのであった。

◇　◇

「これは……まさに大村だな……」

案内役に先導されながら通りを進むオレの口から、そんな言葉が自然と漏れる。

土を踏み固めただけの簡素な大通りを中心に、左右に木製の背の低い建物が乱雑で不規則に立ち並ぶ。その建物と建物の間隔には余裕があり、所々には広場や樹木が生い茂り圧迫感はまるでなくまさに自然の中の大集落である。

この大森林で一番大きな集落という話だったので、前世のＴＶやネットで見たヨーロッパの城塞都市を想像していたが、オレのその予想とは大分違っていた。

まさに前述の言葉の通りに大きな村の集合体だ。

だが、それでもこの規模は自分が育った辺境の村はもちろん、通り掛かったことがあるどの村とも桁が違っていた。

通りのいたる所を人々が練り歩き、荷物や水樽を積んだ人力の荷車がひっきりなしで交差し交通量が多い。

更に進みひと際大きな広場にたどり着くと、なんとそこには〝市場《マルシェ》〟の様な露店や出店が立ち並び人々で賑わっていた。

「ん!?……これは店なのか……」

「大森林の中でも、この大村だけは〝貨幣〟が流通している。物々交換で物を回すには人が多すぎるからな、ここは」

オレの唖然とした顔を見て、《流れる風》のオッサンが丁寧に説明をしてくれる。

よく見ると、買い物をする人々の手には金属製の貨幣らしい物が握られている。その貨幣と引き換えに露店に立ち並ぶ工芸品や加工品を購入しており、まさにオレも良く知る商店街の光景であった。

「〝お金〟があるのか……これは期待できるな……」

そんな賑やかな光景を見てオレは、ブツブツと呟きながら通りを更に奥に進む。

進めば進むほどこの大村は賑やかだ。先ほどの大広場の他にも、各地にある広場には同じように市場が立ち並び活気に満ちていた。

　更に、街行く人々の髪型や服装も派手で華やかでもある。

　色鳥の羽や明るい色で染めた衣類で着飾り、どことなく道を行く女性たちも美しく見える。オレのいた辺境の村と同様に、薄着で露出度が高い若い女性たちに思わずドキリとする。

「これがあるから大村には近寄りたく無かったんだ……」

《流れる風》のオッサンの視線も、明らかにすれ違う露出度の高い豊満な女性の胸元や腰に向けられていた。

　オッサンの周りを護衛として進む歴戦の戦士たちにも全く気づかれない、相変わらず恐ろしいチラ見技術だ。

（さすが伝説の英雄……勉強になる）

　自称弟子であるオレもそんな師匠を見習いチラ見を満喫しつつ、通り過ぎる村並みを注意深く観察する。

（あるのは食料品や生活品を扱った店ばかりか……武器屋に防具屋はどうやらなさそうだな……）

　異世界ファンタジーの最初の街にありがちな武器防具屋はもちろん、宿屋や冒険者組合《ギルド》も残念ながら無さそうだ。色っぽいお姉さんのいる色町もない。

　この大村の集落の規模や貨幣流通に興奮して期待していたが、念願の金属鎧は簡単には手に入らないのかもしれない。だが、この森には剣や槍斧など、金属製の武器はあるのだから、専門の鍛冶職人はどこかに必ずいるはずだ。

（絶対に全身金属鎧《フルプレートメイル》を……もしくは部分的な金属鎧《プレートメイル》を手に入れるんだ……）

中世的な異世界ファンタジーに憧れていたオレは、この世界に来てから密かに願っている目標に一歩近づき新たに心に活を入れる。

「おい子供《ガキ》、早くしないと置いていくぞ」

そんな妄想に浸っているオレを、大人気なく置いて行こうとするオッサンの声で現実に戻り、その背中を急ぎ追うのであった。

「爺さん、悪いが少し寄って行く所がある。先に行ってくれ」

大村の賑やかな通りを抜け切った頃、戦士《流れる風》は先導していた初老の戦士にそう告げる。老戦士は静かに頷き、護衛の戦士たちと共にこちらを離れて先に進んで行く。

「お前はこっちだ」

どうすればいいのか右往左往していたオレは、《流れる風》のオッサンのそんな指示に従いあとを付いて行く。何しろ全く知らない土地だ、迷子になっただけでも何が起こるかわからない。

「ちょ、ちょっと待ってよ……」

そんな感じで急ぎ足のオッサンの後を付いて行きしばらく進むと、華やかな大通りを逸れて少し建物もまばらな地区に入る。

急に左右の建物が切れて何もない大広場へとたどり着く。

「ん？　大きい……これが〝元始の樹《はじまり》〟か……」

感嘆の声が自然とオレの口からこぼれる。驚きのあまり口を半開きにしながら遥か頭上の彼方に

視線をやる。

大きな広場の中心にそびえ立っていたのは、天まで届こうとする一本の大老樹であった。

大人十人が手を繋ぎ輪になっても足りない位に幹は太く、この場の頭上がすっぽり覆われ空が見えなくなる程に枝を広げた青葉。更にそれを支える為に大蛇の様に大地にしっかり張り巡らされた逞しい根が、まるで生き物の様にそこにそびえていた。

「遠目でも大きく見えたけど、間近だと更に圧巻だ……」

その全景を目にして独り言を呟きながら、オレはしばし言葉を失う。それ程までにこの大老樹の姿は荘厳であり幻想的でもあった。

「遥か古代《むかし》、人も獣も住めない死の荒野だったこの地に天から一粒の種が落ち、〝元始《はじまり》の樹〟が芽吹く。やがて気の遠くなるほどの長い年月をかけてその周りに豊かな大森林が広がっていった……まあ、これも精霊神官たちの口伝の昔話だがな……」

《流れる風》は大老樹を目の前に絶句していたオレに聞こえる様にそう呟く。

(この水源豊かで様々な生き物の宝庫の大森林が、昔は死の荒野だったなんて信じられない話だ……でも……)

実際にこの幻想的な大樹をすぐ目にし、その昔話もあながち迷信ではない、と思ってしまう程に不思議な力に満ちている。

「おい、そろそろ行くぞ」

感動の渦に浸っているオレを現実に引き戻し、オッサンはその老樹の根元へと先に進んで行く。

（ん？　建物……館がある）

その行き先にあるのは老樹の幹や根を巧みに利用して建てられた館であった。あまりにも規格外の大樹の下にあるので気付かなかったが、森にある建物としてもかなり大きな部類の館になる。

「精霊母樹《マザーツリー》の根元にあるという事は〝精霊神官の館〟か……」

近付くにつれて詳細が見えてくる館にオレはそう呟くのであった。

◇　◇

「少しここで待とう」

大老樹の下の館の正面玄関から普通に《流れる風》のオッサンが入って行く。門番や出迎えの者などは居なく出入りは自由だ。オッサンは以前もこの館に来たことがあるのだろう、勝手に中に入り奥の部屋まで進んで行く。そこでオレはオッサンとしばらく待機する。

木製の大きな建物だが中は質素でどこか気品もある。更に室内だというのに深い森で感じられる〝精霊氣《エレナー》〟に満ち溢れているような気がする。さすがは〝元始の樹《はじまり》〟の精霊神官の館だ。

そう〝精霊神官〟というのはこの森の部族に特有の職種だ。

どんな辺境の小さな村にも必ず一人の精霊神官がいて、村で一番大きな精霊母樹《マザーツリー》の側の館に住んでいる。

仕事としては森の精霊の声を聞き、婚礼の儀や新しく生まれた子供に健康の呪《まじな》いをかけたり、その年の狩りや狩猟の吉方角の決定、精霊の声を聴いて大雨や暴風などの災いを避けたり、ある意味で長老よりも重要な役職だ。

更には様々な薬草や毒薬にも詳しく、村の者が大怪我した時はこの精霊神官の薬草を付けると怪我の治りも格段に早い。

普段は館に籠りあまり表舞台に出てこないが、村では誰よりも尊敬されていたりする。

「精霊たちが騒がしいと思ったら……珍しく〝風〟の坊やじゃないか」

そんな事を思い出しているとオレとオッサンの待機する部屋に女性が二人静かに入って来る。

その言葉を発した一人はフードで顔はよく見えないが、声質や歩き方からして老婆であろう。だが背筋はピンと伸ばされておりどこか風格さえある。身に着けている装飾品から恐らくはこの館でも高位にあたる精霊神官であろう。

「よう、婆さん。まだ生きていたのか……相変わらず元気そうだな。今日は頼みがあって来た」

「何だい、久方ぶりに可愛い坊やが訪ねて来たかと思えば、また無理難題かい……悪いがお前さんの〝剣〟はまだ浄化中。まだ半分といったところだよ」

《流れる風》のオッサンは入室して来た老女の精霊神官に皮肉めいた言葉で返す。だがその顔には珍しく柔らかな笑みが浮かんでいる。

一方で老婆の口から出る言葉は厳しいが、その小さな目にも明らかに親しみと喜びの色が見える。

「それは知っていた。それよりも……」

オッサンは少し声のトーンを落とし老婆に相談をし始める。

「こちらをどうぞ」

「ん？」

そんな時、老婆と共に入室していた付添人から木の器に入った飲み物を出される。恐らくは道中の喉の渇きを癒す浄化された水であろう。来客に飲み物を出すとは流石は大都会の精霊神官の館である。

（ん、この子は……）

だがオレが注目したのはそんな些細なことではない。その水を出してくれたのが自分と同じ年頃の少女であったことだ。

いや、同年代の少女というだけなら、自分の育った村にも何人かいた。だがこの少女はこの世界に来て……いや、前世も合わせて初めて見るタイプの女の子であった。

（透き通るような……白い肌の子だな……）

第一印象で思わず目を奪われてしまった原因はそこにあった。

どちらかと言えば暑い地域に属するこの大森林で、殆どの部族の民は年中薄着で生活している。そうすると必然的に男女を問わず健康的に日焼けする。それは当たり前のことでありむしろ誇らしいことであった。

だがこの少女はまるで日の下に一度も出たことがない程に透き通った白い肌をしていた。年代的にはまだ十歳であるオレと同じ位だろうか。質素な白い神官着と精霊装飾を身に着けている所をみると、間違いなくこの子も先ほどの老婆と同じく精霊神官であろう。

（か、可愛い子だな……今でも十分可愛いけど……数年後にはどんな風に美しく成長しているんだろう……）

自分を擁護する訳ではないが、十歳以下の女の子を見て可愛いと思ったことはほとんどない。何しろオレは元々十四歳の中学生……あまり変わらないような気がするかもしれないが、この年頃の四歳は大きい。幼児愛好者《ロリコン》では決してない。

（アレっ……こんな感じは前もあったような……あっ、もしかして、この子は……）

そこでオレはハッと気づく。

五年前に、オレがまだ五歳の時に一度だけ感じた想い。そして、この少女はあのときの子とよく似ている。

（でももしかしたら、似ているだけで、本人じゃないかもしれない。姉妹とか従妹とか）

そう考えると声もかけづらい。少女はこちらの目線に気づいていても気にすることなく、大きな瞳でジッとオレを見つめ返している。ニコリとも笑顔を浮かべないところがまた幻想的だ。

その視線に、こちらの方が急に恥ずかしくなり視線を逸らす。

少女は更にオレのことを見つめてくる。視線を決して逸らさずに真剣な表情で真っすぐにこちらを見つめている。

「どうだ？」

恥ずかしいけど何とも言えない心地よいその視線を受け、オレが硬直していると、老婆と話をしていた《流れる風》のオッサンがその少女に問い掛ける。少女は無言で頷き、小さな声でオッサンに何か伝えている。

　そして先ほどまで無表情だったその少女の顔に、一瞬だが笑みが浮かんだのをオレは見逃さなかった。それは本当に一瞬だったが年相応の少女の明るい笑みであった。

　小声で内容は聞こえないが、この少女とオッサンはどうやら顔見知りなのだろう。何となくだが二人のやり取りでその事に気づいた。どういう関係なんだろう。やっぱりあの時の子かな……気になり過ぎる。

「おい、ボーっとしてないで、次に行くぞ」

「えっ？」

　用事が済んだのか《流れる風》のオッサンはそう言い、この部屋を出て行く。相変わらずマイペースなオッサンだ……オレが言うのもなんだが。

　オレは名残惜しさに後ろ髪を引かれながら、そのあとを追う。

（それにしてもさっきの女の子は……）

　館を出てまた大通りに戻りながら、オレは心の中で呟く。冷静に思い出してみるとやっぱり、あの時の精霊神官であるような気がした。

（ここで見習いしていたのかな……相変わらず無愛想だったけど、本当に可愛かったな……きっと、五年前のあの子だと思うんだけど。名はなんていうのかな……またあそこに行けば会えるのかな……）

　思春期の少年のように上の空で考え事をしながら歩く。まあ、まだまだ思春期のようなものだが。

「おい、目的地に着いたぞ。ここから先は気を引き締めておけ……気を抜いたら下手したら死ぬぞ」

（死ぬ？）

オッサンのそんな声で我に返る。

「ん？……ここは……」

いつの間にか辿り着いたその視線の先にあったのは堅牢な構えでそびえている〝城〟であった。

「し、城だ……」

賑やかな大村の通りを抜け、道も少し上り坂になった頃に、〝城〟は眼前に姿を現す。

その城は小高い山の山頂に築かれ、ここから見えるだけでも道中には大小様々な曲輪《くるわ》や砦が配置され、小山全体が複雑な構えを形成していた。

この麓からでも山頂の城の姿はすぐ目に入る。しかし実際には断崖絶壁に反り建つ本城に辿り着くまでは、尾根が設けられた何重もの砦の防御陣を突破しなければたどり着けない仕組みになっていた。

「知恵のない魔獣は本城を目指しこの絶壁を駆け上ろうとして、上からの槍や落石の攻撃に殺られる。また辛うじて知恵を巡らせあっちの山道から頂上を目指そうにも、道中の罠や猛者揃いの城門で全滅だ……まあ、天然の要害を持つ難攻不落の城と言ったところだな、ここは」

目を丸くして明らかに興奮していたオレに、戦士《流れる風》のオッサンが詳しく説明してくれる。オッサンはこの城に在籍していた経験があるのだろうか。

「本当だ……巧みに山の中に隠ぺいしているけど、隠し罠や迷い道がたくさんある……凄いな……」

「おいおい、初見でここの罠や迷い道を見抜いちまうのか。全く相変わらず可愛げのない子供《ガキ》だな、おい」

そう愚痴りながらオッサンは少し悔しそうな表情を浮かべる。恐らくは何も知らないオレを驚かせようとしていたのだろう。

「ふん、それならお前だったら、ここをどう攻める？」

オッサンは鼻を鳴らし意地悪くオレに聞いてくる。その顔はもはや迷路や謎解きを出題して相手を困らせる子どもその物……相変わらずオッサンの方が大きな子供《ガキ》だ。

「いや……流石にこの山城に潜入は無理じゃないかな……せめてもう少し大人になってからじゃないと……」

この森の部族は幼い頃から様々な訓練を課せられる。その中にはこの様な難所に潜入する隠密訓練も有り、部族の者は無意識的に難所に忍び込む意識を植え付けられている。

恐らくだが今のオレでもちょっとした砦くらいなら簡単に潜入できるだろう。

その経験を踏まえてもこの山城の要害さは段違いだ。

「そうか、無理か……オレがお前の年頃には一人でここに忍び込んだこともあったぞ……まあ、その後は大人たちにボコボコに叱られたがな……」

オレの出来ないという返事を聞き、オッサンはドヤ顔でそう答える。

「えっ、一人でここを？」

「ああそうだ……おい、そろそろ行くぞ」

あまりの規格外の答えに、オレは思わず間抜けな声で返事をしてしまう。その反応に《流れる風》のオッサンは気を良くして山道の城門の方へと進んで行く。

（この山城を単独踏破かよ……）

本当かどうか怪しい内容だが、このオッサンなら有り得るかもしれない。何しろ《流れる風》と言えば、この森の戦士では知らぬ者はいない勇敢な戦士であり英雄なのである……オレは未だに信じられないが。

「ちょっ、オッサン待ってくれってば……」

オレは初めて見る山城に興奮しつつ、またもや置いて行かれないようにそのあとを必死で付いて行くのであった。

◇　◇

「門番の者から話は聞いています、どうぞお通りください。偉大なる戦士《流れる風》とそのお伴の方よ」

山頂の城にたどり着くまで各所に設けられた城門で、屈強な戦士たちは礼の姿勢でこちらを出迎えてくれる。まあ、こちらというよりは一緒にいる《流れる風》のオッサンに対してだが……相変わらず戦士系には絶対的な人気を誇る。

それでも厳重な城門を顔パスで、オレは鼻高で気分はいい。なぜならオレもそんな《流れる風》のオッサンの直弟子だからな。

「おい、調子に乗るな」

そんなオレの浮かれ気分を超人的に察したのか、きついゲンコツが脳天に落ちて来る。相変わらず予備動作の全くない避け難い恐ろしいゲンコツだ。

本城までの各所を守る戦士たちの雰囲気は浮かれた様子もない。一目見ただけで歴戦の戦士の気感《オーラ》が半端ではない。オッサンに敬意を払いつつ、万が一敵にでも回ろうものなら容赦なくこちらを取り押さえてくるだろう。

まさにこの城を守る為に徹底的に鍛え込まれた戦闘集団である。

そんな緊張感のある雰囲気とゲンコツに気を引き締めたオレは、オッサンのあとを付いて行きながら本城までの道中を観察する。麓から見ても険しい構えであったが、中に入ってみると更にその堅牢さが実感できる。

（さっきはもう少し大きくなったらここに忍び込めるなんて軽々しく言ったけど、こりゃ半端じゃない難攻さだな……オッサンは本当にここに侵入出来たのか？）

断崖絶壁の地形を上手く使い、要所に土塁や柵に囲まれた曲輪《くるわ》を設置し侵入を妨げる。死角となりそうな所には見張り櫓も建てられており、恐らくは目のいい弓戦士が常駐している。

「おい、気を付けろ。その先の道外れには〝即死級の罠〟が有るぞ」

周りをキョロキョロして進んでいるオレに、オッサンが注意を促す。見るとその言葉通り、その先には対魔獣用の強力な罠が仕掛けられていた。

森に住む獣が突然変異した〝魔獣〟は人知を超えた恐ろしい能力を持つ。だが、たとえ崖を駆け上る健脚を持つ異形の魔獣であろうが、その行く先に待っているのは袋小路の罠である。対人であっても同様であり、身体能力の優れたこの森の民であってもここに侵入するのは至難の業だろう。

（まさに攻めるに難し、守るに易しの天然の要塞だ……）

うっかり罠に落ちないように気を付けながら、オレはオッサンの背中を追いかけ更に山頂へと進む。

「おい、着いたぞ」

そんなオッサンの声でようやく目的地にたどり着いたことをオレは知る。

道中は山城の各地を観察しながらの移動だったので結構な時間が掛かったが、直線的にはそれ程の距離はないだろう。だが道中を守る戦士たちの威圧感や罠や城壁の圧迫感は、その何倍もの精神を間違いなくすり減らしていた。

「ここが……本城か……」

ようやく辿り着いた城の全貌を見つめオレはそう呟く。小高い小山の山頂に建てられたその建物は、まさに〝城〟と言っても過言ではない規模であった。

基本的に質素で実用的な物を好むこの森の部族で、大きな建物は少ない。そんな中で自分がこれまでこの大森林の中で見てきた人工建築物の中では、ダントツにこの本城は大きいであろう。

（城と言っても自分の記憶にある中世ヨーロッパの古城とは少し違うな……）

ここの城はこれまでの建造物と同じように、木材を組み合わせて出来た城であった。だが驚くべきことにここに使われている材木も、希少であり頑丈さがウリの〝鉄木〟が殆どであった。

「おい、半口開けてボーっとしてないで中に入るぞ」

オッサンの声で我に返り、急いでそのあとを追いかけて城門の中へと進んで行く。

屈強な門番が睨みを利かせる城門を過ぎると、目の前には大きな中庭が広がっていた。山頂部ということだが意外にも敷地内は広々している。本城以外にも小屋や宿舎のような建物が数か所にあり、この本城の戦士団の規模を表している。

「えいっ！」

「とりゃぁあ！」

そして丁度その中庭で、戦士たちが実戦形式の稽古をしていた。訓練の動きを見るだけでも、彼らのその凄まじい実力が窺える。

辺境の村の訓練にはなかった激しい緊張感だ。年齢は自分とあまり変わらないはずなのに、全員の目つきや雰囲気が違う。

「全員、訓練やめ！」

地鳴りのような号令で、全員の動きがピタリと止まる。

この場の責任者と思われる大柄な戦士が、外部から来たオレたちの存在に気づいたのだ。

ゆっくりとこちらに近づいてくる戦士の身体をはっきりと見て驚く。

（大柄な……えっ、女の人？）

まるで鉄塊のような大剣を軽々と片手で背負っていたので、男の人だと思い込んでいた。

だがその開放的な胸元からは褐色に日焼けした豊満な胸が輝いていた。短めの髪の毛で目鼻立ちも整っており、美しい部類に入る。

男の戦士顔負けの筋肉隆々な身体つきではあるが、腰元も丸みを帯びており、間違いなく女性であった。

「ふん、どこの誰かと思えば……」

その美しい女戦士は大剣を持ったままこちらに近づいてきて、目の前で立ち止まる。

目付きは鋭く、立ち振る舞いに一切の隙がない。自分の育った村にも女性の狩人や戦士はいたがここまでの気迫を放つ腕利きはいなかった。

気の弱い者ならこの場で腰を抜かしてしまう程の鬼のような凄味《すごみ》である。

「〝風〟野郎か……」

オレの隣に立つオッサンをにらみつけ、明らかに敵意を剝き出しにしている。

「……」

一方で《流れる風》は無言のまま、女戦士の両眼から目を逸らさない。何か二人は恨みか因縁があるのか。オッサンは口が悪いから敵が多いのかもしれない。

「ちっ……」

舌打ちのおかげで女戦士の凄味は更に増す。それに触発され、この中庭にいる戦士たちにも張り詰めた緊張感が走る。誰もが手に持つ訓練用の武器の感触を確認する。

（まさかここまで来て……やり合わなきゃいけないのかよ）

オレも弓と手斧の存在を確認する。場合によってはオッサン以外のここにいる全員が敵に回る可能性がある。こちらの数倍の森の戦士が相手だ。

（万が一の時は牽制しながら退避するか。状況によっては前に進み相手の裏をかくことも……）

全神経を集中しつつ周囲を警戒する。力では敵わないが素早さと瞬発力で勝負だ。呼吸が浅くなり、ここにいる誰もが緊張感で顔をしかめる。

「ぷっ」

突然だ。

いきなり何の前触れもなく空気が吹き出す音がする。新手の威嚇音か武器か何かか？

「くっくっくっ……」

続いて森の蛙が夏夜に鳴くような声が続く。だが、こんな山奥に蛙がいるはずはない。

「ぷっ、ハッハッハ！　相変わらず冗談の通じない奴だな、《流れる風》よ！」

こらえきれずに女戦士は顔を真っ赤にして吹き出す。

「ふん、筋肉女め。お前の冗談は洒落にならないんだよ、《黒豹の爪》」

一方で《流れる風》は苦笑いするだけだ。この女戦士は《黒豹の爪》という名で互いに顔見知りなのだろう。

だがその表情はまんざらでもない感じで、こんな表情をするオッサンも珍しい。

「ありがたい褒め言葉だ！」

女戦士は更に笑いながら強引に《流れる風》と肩を組み、ご機嫌そうである。あっ。胸が身体に当たって、オッサンが一瞬だけ少し鼻の下を長くしたのをオレは見逃さなかった。

「よし、引き続き訓練再開だ！」

「「はっ、教官！」」

副教官らしき男が女戦士に変わり訓練の再開を指示する。

慣れた様子から、この笑えない冗談のやり取りは日常的茶飯事なのであろう。おかしな上役や師匠を持つ心中の苦労を察する。

「ん？　何だ、この小僧は？」

やたら暑苦しくスキンシップをしていた女戦士《黒豹の爪》は今頃オレの存在に気づく。地味で存在感がなくて本当に申し訳ない。

「こいつか。そうだな……昔のオレみたいなモンだ。これからオヤジ殿の所へ〝顔見せ〟に行く」

「ふーん……こいつがそれ程のタマなのか？」

女戦士の顔つきと気配が変わる。顔を近づけオレの全身を値踏みするように見てくる。

汗の甘くていい匂いが鼻孔を刺激し、巨大な胸の谷間が眼前に迫る。凄い圧力だ。

「オヤジ殿は気難しい……何とか生きて戻ってきな」

何かに満足したのであろう。スッとオレから顔を離して真剣な表情になる。〝生きて戻って〟……縁起でもない別れの挨拶だ。嫌な予感しかしない。

「ああ、そうだ……さっきはいい気迫だったぞ、坊主」

白い歯をニッと見せ笑顔でオレを褒めてくれる。どうやらこの女戦士には気に入ってもらえたらしい。

それでも背中の骨が折れるほどの怪力で叩くのは勘弁してほしい。

《黒豹の爪》に見送られ、オレと《流れる風》は城の中で一番大きな建物に入る。森の民の住居には珍しく、堅牢で重厚な造りだ。

（日本風に言うなら〝本丸〟かな、ここは……）

城内に入りつつ、心の中で《魔獣喰い》ことオレは、そんな感想を抱く。住居というよりは砦の造りに近く外敵から身を守る工夫が各所に見える。

だが彩光性もあり、中は意外と明るく広々としていた。

城内の要所には重装備の屈強な戦士が番兵として立っていた。外部からの怪しい者に鋭い睨みをきかせている。

しかし、どうやらここでも英雄《流れる風》は顔パスらしい。誰の案内もなく城内を進み、扉を開け最深部の部屋の中まで勝手に入っていく。

「ここで待っていろ」

どうやらここが待ち合わせの部屋らしい。

周囲に人気《ひとけ》がないことを確認し、オレを置いて誰かを探しに出てゆく。見知らぬ土地の誰もいない部屋に一人で取り残された状況だ。

（誰かを呼びに行ったのか。さっきのオッパイ教官との会話で〝オヤジ殿〟と呼んでいた人だろうけど……）

いったいどんな人なのだろうか。女戦士からは命の心配までされていた。いきなり斬りかかってくる危ない人なのかもしれない。筋肉バカ揃いのこの森の戦士ならどんな展開もあり得る。

（そもそもオレは、この大村へ何のために連れてこられたのだろうか……大神官の館でもじろじろ見られたし、オッサンも〝顔見せ〟って言っていたし……）

今更ながら今回の旅の目的に疑問を持つ。

長老とオッサンの会話では大村へ来ること自体が目的だったようだ。

だがここまで来たのには何か目的があるはずだ。オレの直感がそう告げている。たった今、気づいたけど。

いろいろ考えていたら、何だか緊張してきた。急に尿意をもよおす。

（これはいかん……前回はこれで謎の〝仮面の男〟に襲われたからな。別のことを考えて忘れよう……）

部屋の中の調度品を見て気分を紛らすことにする。

それにしても殺風景な部屋だ。

壁に大きな獣の皮が一枚飾ってあるだけで、他に何も調度品がない。大集落の王城ということでもっと豪華絢爛な城内を想像していたけど。

「ん？　この毛皮は……〝森獅子〟のかな……」

　壁の獣皮を眺めていて、ふと気づく。

　毛皮の模様には自分も見覚えがあった。〝森獅子〟という種の肉食獣でオスが数頭のメスを従え群れをなし、時にはこの森の民すら襲うこともある恐ろしい獣だ。

　だが不意打ちさえなければ、弓矢や罠を使い、数人で取り囲めば苦戦しないのでそれほど脅威ではない。

「なんだ、この大きさは。倍……いや三倍はあるぞ」

　しかし、その大きさに驚愕する。

　壁に掛けられていた毛皮の大きさは、自分の知る森獅子の範囲を遥かに超えていたのだ。普通の三倍以上……前に退治した〝赤熊〟にすら匹敵する巨軀だ。

「これは魔獣化した獣か……」

　近くまで寄り毛並みを触ってみて確信する。これは間違いなく魔獣化した〝森獅子〟であると。

　森の獣に〝魔〟が憑依すると突然変異が起こり、例外なく巨軀となり、性格も凶暴化する。硬質化した毛皮や皮下脂肪に普通の武具が通じにくいのは、赤熊退治の時に嫌というほど実感していた。

「これほどの魔獣がこの森にいたのか……ん？　しかも、よく見ると〝一刀両断〟されているのか？」

　全貌を観察して気がつく。

　この毛皮には脳天から尻尾の先まで一刀両断されたあとがあるのだ。他に矢傷や槍跡もない。一本の剣筋だけで真っ正面から斬り裂かれている。

「息の根を止めてから魔獣を真っ二つに裂いたのか？　いや、違うな……これは襲い掛かってきた魔獣の突進に一歩も退かず、真っ正面から一刀両断したあとだ……」

この森で生活をするようになり、《流れる風》たちと狩りに出て、自分にも観察眼が身についていた。獣に残った傷跡からどのような狩りが繰り広げられたか、ある程度は推測できる。

「この桁違いの大きさの魔獣を、一刀両断なんて……」

導き出した答えに恐ろしくなり、ゴクリとツバを飲み込む。背中にゾッと悪寒がはしる。

この魔獣を斬り裂いた者の剛剣と膂力《りょりょく》、更には一歩も退かぬ不倶戴天の意志に。これまでに相対したことがない、人外の剣技と狂気の持ち主の存在に、恐怖すら覚える。

「本気を出した《流れる風》級か……いや、剣技だけならオッサンを上回る……」

いつも何だかんだ軽口を叩いてはいても、自分の中での最強戦士は《流れる風》であった。調子に乗るから本人には言えないけど。

その英雄《流れる風》以上の剣技を持つ者の存在に、言い表せない悔しさが込み上げてくる。しかし《流れる風》の本気をまだ自分は見ていない……そう信じている。

「それはいい物であろう」

「ええ、凄いですね……」

確かに、この魔獣の毛皮は素晴らしいものだ。思わず相づちをうつ。

「三十年も昔に〝密林の覇王〟と呼ばれた〝森獅子〟が魔獣化し、多くの民を食らった。これは、まさに最悪の魔獣であった……」

「やっぱり魔獣……」

〝密林の覇王〟……《流れる風》のオッサンに聞いたことがある伝説の魔獣だ。

「森を代表する腕利き戦士たちですら、こいつの動きには反応できなかった。被害を最小限に抑えるために一人の戦士がこの魔獣の眼前に対峙した」

「たった一人でこの魔獣と……」

単独でこの強大な魔獣の前に立つことを想像し足が震える。自分ならどう戦うかと自然に考えを巡らせる……だが今の自分が戦って勝てるイメージが一切浮かんでこない。

「対峙したものの両者の実力は拮抗し、睨み合いが続いた。互いに動けず覇気のみでけん制し合った……根負けし先に一歩で動いた方が負けであることは明らかだった。そしてそれは雨風が吹く中、三日三晩続いた……」

「三日三晩も睨み合いを……」

ゴクリとツバを飲み込む。

実際に魔獣を目の前にすると、その瘴気《しょうき》に当てられこちらの精神力の消耗も激しくなる。それを三日三晩も続けるとは凄まじい精神力の持ち主なのであろう……その勇敢な戦士は。

「先にしびれを切らしたのは〝密林の覇王〟で、そこからの勝負は一瞬であり僅差であった。我は全身全霊の一刀でこやつを倒す事を成したのだ……」

「オジサンがこの魔獣を……凄い！　凄いよオジサン！」

語り部の話に興奮する。

口伝による英雄譚ではなく実際に対峙した者による臨場感溢れる話だった。久しぶりに少年のように心躍る内容であった。

「ん？……我が、倒した……オジサン……えっ……」

オレはそこでやっと気がつく。

さっきまでこの部屋には自分しかいなかったはずだ。

それがいつの間にか自分の後ろで英雄譚が語られていた。

「えーっと……オジサン？」

ゆっくりと後ろを振り返る。

そこには一人の偉丈夫が立っていた。

「ハッハッハ。お主から見ればそうであろうな」

見るからに威厳と覇気のある大柄の戦士が、低い声で笑みをこぼす。だが、気のせいかその鋭い眼光は笑っていない。

「オヤジ殿、探しましたぞ。ここにいたのか」

《流れる風》が部屋に戻ってきた。そしてオレの目の前にいた語り部のオジサンに片ひざを付き、礼の姿勢をとる。

誰にも屈しない唯我独尊なオッサンが他人にこの礼をするのを、オレは初めて見た。

「な、《流れる風》のお兄さま……この方はいったいどちらのオヤジさまですか……」

おそるおそる尋ねる。

「この方こそ、大森林の全ての部族を総べる王……大族長〝獅子王〟だ」

オレは言葉を失い、平伏するのであった。

「気にするな、若き戦士よ……名は……」

「《魔獣喰い》だ、オヤジ殿」

緊張と後悔のために言葉を発せないでいた自分の代わりに、隣にいる《流れる風》が答えてくれる。

「よ、よろしくお願いします。《獅子王》さま」

慌てて自分も挨拶をする。

何しろさっきまで気軽に話をしていた語り部のオジサンが、この森の部族で一番偉い人だったのだ。

下手したら不敬罪で処罰、最悪だと打ち首獄門なんてのもあるかもしれない。ここには土下座という風習はないのでひたすら平伏する。

「珍しいな〝風〟よ。お主が誰かを連れて来るとは」

「そうだったかな。何しろ気まぐれな風だからな、オレも」

年齢は離れているが二人は気心が知れた仲なのであろう。親密に世間話をしている。

(このオジサンが……いや、この方が《獅子王》さまか……)

平伏しながらチラリと視線を向ける。

年齢は《流れる風》のひと回り以上は年上であろう。だが年齢を感じさせない覇気が全身から溢れ出ている。

鍛え抜かれた全身に無駄な肉は付いていない。眼力は鋭く野性の獅子のように髪が逆立ち、黙っているだけで王者の貫禄がある。獣の毛皮や牙爪の装飾品を身に着け、腰には対になった朱色の双剣が下げられている。

(でも、ただ覇気が凄いだけじゃない……さっきは気配と存在感を消していた……)

先ほどは壁の毛皮を見とれていた自分の背後にいつの間にか立っていた。そして何事もなかったかのように自然の流れで会話をしていた。

隠密の達人とかいう話ではない。

恐らくはオレの呼吸を読み、思考のすき間を狙って近づいたのであろう。

(隠密技術の更に上をいく高等技か……)

あの技があれば、どんな相手の背後にも忍び寄り消すことができる。今の自分には無理かもしれないが、いつかは会得したい技である。

「いい目だ……ん?　その腰の手斧は……まさかな……」

オレの視線に気づいたのか《獅子王》が目を向け、声の質が少し変わる。

「ああ……どうやらそうだ。だが今はこの通り生意気なただの子供《ガキ》だ」

《流れる風》の答えに《獅子王》は目を閉じ言葉を探す。

「ここに連れて来たのは……そういうことか……」

「ああ……そうだ。すまないが、頼む」

オレにわからない意味深な会話を二人で交わす。

〝まさか〟とか〝そう〟とか何を指すのか意味不明だ。だが《流れる風》が最後に言った〝ああ〟に嫌な予感しかしない。

「どれ、試してみるか」

《獅子王》が椅子から腰を上げる。そして双剣の一振りを抜きこちらに剣先を向ける。それは見たこともないような綺麗な朱色の刀であった。

（試す……）

その言葉の真意がわからず口を塞ぐ。

剣先を向けられてはいるが殺気はない。命の危険はないはずだ。

だが、次の瞬間だった。

目に見えない〝何か〟がこの部屋を覆い尽くす。剣気……覇気……そんな生易しいものではない。数多の鋭い槍先が全身を圧迫するような空気だ。

「くっ……」

自分の隣にいる《流れる風》が苦悶の声を漏らす。その額には脂汗が流れ、何かに耐えているようだ。いつも飄々としているオッサンのこんなに苦しそうな顔を初めてみた。

（一体、何が起きているんだ……）

違和感はある。

だが何が起きているか、自分では把握できずにいた。

《獅子王》は剣先をこちらに向けて鬼のような険しい顔でこちらを睨んでいる。

「〝これ〟を受けて正気を保つとはな……」

その言葉と張りつめていた空気が、元に戻る。隣で苦しそうにしていた《流れる風》は深呼吸をして息を整える。

「これが〝ただの生意気なガキ〟か、風よ」

「ああ……これ位なら可愛いもんだろうが」

《獅子王》と《流れる風》は顔を見合わせて苦笑する。

「よしこの城で預かろう……任せておけ」

「それじゃ、頼んだぜ……オヤジ殿」

二人の間に他の者には入り込めない意味深な会話が続く。

いったい何を頼んだのであろうか。オレには理解不能である。

「じゃあ、そういうことだ。死なない程度に頑張るんだぞ」

「へっ……?」

オッサンは呆然とするオレの肩をポンと叩き、ひとり部屋の出口に向かう。

状況が把握できないオレは呆然と立ち尽くすだけだ。いったい、誰が、死なない程度に何を頑張るのであろう。

「訓練所は……いい所だぜ」

《流れる風》はそう言葉を言い残し、立ち去っていった。

「えっ……訓練所に……？」

こうしてオレは意味もわからず大村の戦士団の訓練所に入ることになったのだった。

第五章　剣の姫

1

〝大村〟に来て一年が経つ。

《魔獣喰い》ことオレは、十一歳になっていた。

『異世界だから時間が進むのが早い』とかではない。オレもこの一年間を必死で頑張っていた。

一年前のあの日、何の説明もなく《流れる風》のオッサンに置いていかれた時は本気で涙目になったものだ。

見知らぬ土地に置いていかれるのは辛《つら》い経験だった。一体どうなることかと不安で心細かった。

だがその直後に、例の大柄の女戦士《黒豹の爪》が事情を説明してくれた。

「なんだい、〝風〟の奴は何も教えてくれなかったのか？　ハッハッハ、アイツも冗談が上手くなったな！」

彼女は大きな胸を揺らしながら嬉しそうに笑い飛ばしていた。陽気な彼女らしいとらえ方だ。

だが、オレにはわかっていた。

オッサンは冗談ではなく本気で置いていったのだ。勘弁してほしい。

「あとは教官である私に任せておけ！　今日からお前はこの大村の戦士団の正式な〝訓練生〟だ！」

そう言いながら強引に抱擁をしてくる。オッサンにもしていたのでこれは、彼女なりの挨拶なのであろう。

（む、胸が顔に……）

だが彼女は長身であり、まだ子どもの自分とは身長差がある。

彼女に抱擁されると豊満で柔らかい双山がオレの顔に当たり挟まれてしまう。これまで体験したことがないような素晴らしい感触と夢の境地である。

（せ、背骨が折れる……こ、呼吸も……）

だが獣の首すら素手でへし折る彼女の怪力で、オレの背骨も折れる寸前だ。訓練生になる前に治療所行きになってしまう。

「わ、わかりましたから……離していただければ助かります……教官……」

「おう、すまん。これからは頼むぞ、小僧。ハッハッハ！」

背骨粉砕死の一歩手前で、オレは無事に開放された。夢心地のまま呼吸停止もあり得る恐ろしい技だ。

「ふーん、見た目は細いけど……全身を無駄なく鍛えているわね。これからは訓練所で腹いっぱい飯を食って、私が鍛えてあげるから大きくなるんだよ！」

どうやら抱擁をしながらオレの身体を調べていたみたいだ。観察眼にも優れているところをみると、この人は腕利きの戦士でもあり優秀な教官なのであろう。

だが毎回ハグによる身体調査を強要されたら、一人前になる前にオレの身体の方が潰れてしまう。嬉しいような恐ろしいな、複雑な心境である。

「はい、こちらこそ宜しくお願いします」

姿勢を正し優等生風に、丁寧に挨拶をする。何事も最初の印象が肝心だ。

その後は教官である《黒豹の爪》に先導され、城の中や村にある訓練所や宿舎を案内される。これからは同年代の訓練生と共に宿舎で共同生活をしつつ、日々の訓練や狩りに勤しむようだ。

「狩りと訓練漬けの楽しい毎日だぞ!」

そう聞くとこれまでの生活とあまり変わり映えがしないように感じる。だが詳しく聞くと、ここでは集団行動に座学、軍事訓練なども盛り込まれるようなので、忙しい日々になりそうだ。詳しい説明を受けながら案内は続いた。

(戦士……あっ、そこにも戦士がいる……)

だがオレは、周囲の光景の素晴らしさに〝心ここに在らず〟の上の空状態で聞いていた。

〝戦士団〟……聞き間違いではない。

ついにオレは正式に戦士団に入団することになったのだ。

異世界に転生して苦節十年……ようやく〝戦士《訓練生》〟になることが出来たのだ。

(大変な十年間だったな……)

思い返せばこの十年間は本当に辛い毎日だった。

服装といえば、暑い日は半裸状態で、外出時も植物繊維で編んだ布の服や毛皮をファッショナブルに着込んでいた。

食生活も貧しく、ご馳走といえば獣の肉に木の実ばかりだ。もちろん個人部屋もなく村人みんな床で雑魚寝だ。

弓や剣の訓練を幼少期から課せられ、危険な狩りも強いられていた。働かない者は村で生きる資格すらない。まさに〝働かざる者、食うべからず〟だ。

《魔獣喰い》十歳　職業：見習い狩人

昨日までの自分を表すならこんな感じであろう。まさに華やかさや格好よさとは無縁な状態であった。何しろ名前が尋常ではない……カッコイイけど。

だが今日からのオレはひと味違う。これまでの苦労と努力が遂に報われたのだ。

まずは初心者である〝訓練生〟の職業《クラス》から開始するようだが、これまでの〝狩人〟に比べたらかなりの大躍進だ。

いずれは〝戦士《ファイター》〟へ……そして〝騎士《ナイト》〟となり、手柄を立てたら〝勇者《ユウシャ》〟の職業に昇進《ランクアップ》できるかもしれない。

何しろ《流れる風》のオッサンはこの森の〝英雄《ヒーロー》〟って呼ばれているらしいからな、希望は持てる。

「えへっへへ……」

あまりの感動でいつも以上に妄想が広がる。教官の説明は頭に全く入ってこない。

「おい、こら聞いているのか、小僧！」

この後にたっぷりと鬼教官《黒豹の爪》に叱られることになった。だが、オレの希望に満ちた心は頭の痛みを吹き飛ばしてくれた。

大村での訓練生活はこうして始まったのであった。

2

入所した次の日から、さっそく訓練に参加した。

ここでの訓練はかなり大規模で本格的で、まずは集団訓練や合図を徹底的に教え込まれる。

少隊に分かれ、笛や合図に合わせて陣形を変え、合流し中隊や大隊に組み替える。〝狩組〟という少ない人数でこれまで活動していたオレにとっては未知の訓練だった。

「獲物を迂回し殲滅《せんめつ》せよ！」

「はっ！」

鳥笛の合図の組み合わせによって〝攻め・守り・包囲・退却・迂回〟など、何通りもあり複雑だ。

これを一気に覚えるのは大変だが、これぞ戦士団の訓練っていう感じで、興奮し必死で学んだ。

「おい坊主、この合図は違うぞ！」

「あれ、そうだったっけ……？」

必死で勉強してもなかなか覚えきれずゲンコツが落ちてくる。周りの奴らの動きをチラ見して、何とか補うしかない。

身体を酷使する訓練に加えて軍学座学など、覚えることが山ほどあり大変だが、オレの毎日は充実していた。なにしろこれも立派な〝戦士〟になるための大事な訓練だから。

「対人訓練はじめ！　相手を殺す気合いで本気で殴れ！」

また集団訓練とは別に、弓矢や武器の個人稽古の時間もあった。みんなが大好きな木製の武器を使った対人訓練もある。槍や斧にこん棒や盾、格闘術など、様々な状況を想定した訓練だ。オレはもちろん〝剣技〟を念入りに鍛錬した。何しろ将来の夢は戦士や騎士だからね。

「坊主、言いにくいのだが……お前は違う武具を選んだらどうだ」

「検討しま……す」

残念ながら鬼教官に適性を判断され、別の道をすすめられた。だが、それでも諦めない。確かに今の自分の剣技は訓練生の中でも下の方だろう。

だが〝大器晩成〟かもしれない……そう信じて剣の鍛錬を人一倍励んだ。

◇　◇

「訓練、やめ！　そろそろ飯の準備だ！」

毎日の辛く厳しい訓練の中で、自分にとって楽しみと目標があった。

その一つはこの豊富な食事である。

「うん！　これは美味しい！　あっ、こっちも」

大村には多種にわたる獣の肉や木の実や野菜・穀物が集められていた。周辺の各村から定期的に運び込まれるという。

更には大きな河川が近くにあり、魚や甲殻類も充実していた。将来を期待され選ばれた訓練生ということもあり、身体を大きくするための食糧の供給に困ることもなかった。

「またお前か……お代わりはこれで最後だ」

だが無限にお代わり出来るわけではないようだった。忘れていると叱られてしまう。

（おお……これが通貨か……）

次に楽しみにしていたのは〝通貨〟を貯めることだ。大村に着いた日に見かけた通り、ここでは貨幣が流通していた。

（おお！　経済だよ、経済）

その話を聞き、誰にも気づかれないように心の中で小躍りをした。

「〝貯金〟だと？　なんだそれは、小僧。そんな暇があったら訓練に精を出せ、ハッハッハ！」

基本的に訓練生は食事や衣類などが支給されるため、貨幣を活用する機会はあまりない。そんなわけで貨幣を利用する者は少数だった。

割り当て以上に仕留めた肉類や毛皮を通貨に換えて、自分用に酒や美味珍味を購入するくらいだ。

（狩りに……通貨に……貯蓄……いいことを思いついたぞ）

大村の暮らしに慣れるに従い、壮大な計画が浮かんだ。この一連の流れは自分の秘密計画の大きな柱となる。

（〝金属鎧計画〟とでも名づけよう……）

〝金属鎧計画〟……これは戦士や騎士に憧れていた自分にとって、夢の大計画である。

（この革鎧も悪くはないよ……でも男だったらやっぱり金属製の騎士鎧でしょう！）

この森の戦士や狩人は、誰もが獣の皮を加工した革鎧を着用している。これは森の中での消音性能に軽量性能などを重視した結果だ。

また魔獣の硬皮《こうひ》を加工した革鎧に至っては、防御力にも優れていた。普通の槍先程度なら弾き返し、金属鎧を凌駕している。

このような自然環境と理由もあり森の民には〝金属鎧を造る〟という概念がこれまでなかったのだ。

（理屈はわかる……だが、男の浪漫は最終的には金属鎧にたどり着くのだ）

金属鎧さま……鍛え抜かれた鋼の合板を重ね磨くことにより輝く表面。そして無骨ながらも滑らかな曲線のフォルム。想像しただけでオレの心を刺激する。

（でもここにはそんなものはない……転生した場所が悪かったか、オレは）

現実を直視し夢を諦めかけていた。

だが、その夢を実現できる可能性が、なんとこの大村にはあったのだ。

「小僧、ここは鍛冶工場だ」

その衝撃の出会いは訓練生となり、しばらく経ったある日のことだった。教官《黒豹の爪》に案内された場所で、オレの心は稲妻のような衝撃を受けた。

「か、鍛冶屋さん……いや、工場って言っても過言じゃない規模だ……」

その地下工房の光景に言葉を失う。

なんと大村には武具を専門に製造する鍛冶工房があったのだ。

村外れの地下にあったためにこれまで気づかなかった。

(百人……いや、その何倍もの鍛冶職人が一心不乱に鋼を打っている……)

それは圧巻な光景であった。

防音性に優れた広い工房では、数えきれないほどの多くの職人たちが従事していた。いたる所で火の粉が舞い上がり、金属を激しく打つ音が鼓膜を刺激する。金属と脂の混じった工房の独特の臭いが充満していた。

「凄いだろう、小僧」

自分の育った辺境の村にも鍛冶師の爺さんはいた。もともとは腕利き戦士だったが今は現役を退き鍛冶作業をしていた。

だがそこで加工されるのは生活用品や破損した武器ばかり。製造も剣や矢槍の穂先などの程度だった。

「は、はい……凄いです……」

言葉を失う。それほどまでに大村の工房はケタが違っていた。説明によると大森林の各部族で使われる専門の武器はこの大工房で作られ、そのあとに各村に運ばれているという。

「あれ……違う部族……かな？」

「ああ、彼らは山穴族の民だ」

よく見ると鍛冶仕事をしている者たちは自分たちとは外見が違っていた。教官の説明によると、この工房にいる者の多くは〝山穴族〟という山の民であった。

低い背とたくましい二の腕、そして口ひげが特徴的な外見だ。無口な彼らは炎と岩と金属の精霊神を崇拝し、優れた鍛冶技術を有しているという。

そんな彼らの職人をこの工房に招き、森の民が使う武具を製造してもらっているという。

『ワシらは造るのは得意だ。だが使いこなすのはヌシら森の戦士が相応しいであろう。酒と飯、火と面白い鋼さえ用意してもらえたら、ワシらはそれで満足だ』

これは彼らの口グセである。

大昔に魔獣の大群に襲われ全滅しかけた山穴族を、森の民が助けた時から、この友好関係は続いているのだという。

（す、凄い……あんな大きな大矛や大剣も手際よく造っちゃうんだ……）

大規模な工房の光景にオレの心は躍った。

（これだったら金属鎧もきっと作れるはずだ……絶対に）

そう確信し、忘れかけていた自分の壮大な夢の計画の再開を心の中で誓う。

だが、油断は出来ない。

何しろこの森の部族に常識は通用しない。

自然をこよなく愛し精霊の神を心から信仰している。うっかり金属鎧を作っただけでも罪になりかねない。

これについては焦らずに調査していかなくては。

◇　◇

日々の訓練や仕事をこなしながら、オレは鍛冶工房や武具に関して情報収集をしていた。この城の状況や鍛冶工房について、そして山穴部族や通貨についてだ。

（思っていた以上に難関が多いな……これは）

その過程でいくつかの事実が判明した。

まずは鍛冶工房に関してだが、工房は公の機関であり個人的な武具の注文が出来ないのだ。

「小僧、お前ら訓練生が専用武具など十年早いわ！」

自分用の武具が必要なときは、所属する戦士団長に申請をして製作となる。身長や筋力や得意武器に合わせた完全なオーダーメイドシステムだ。

つまり普通の武器屋のように通貨を貯めて購入という手段はないのだ。これは難関の一つだ。

次に〝山穴族〟に関して。

前述のように彼らは武具鍛冶を一手に引き受ける山の部族だ。見た目は背の低い無骨な一族で、工房に一日中籠り石と金属と火と対話して鋼を打つ。口は悪いが頑固で曲がったことが大嫌いだ。

頑固な彼らに貨幣の賄賂作戦は通用しないであろう。だが彼らは美味い酒と武具加工に使う貴重な素材に目がないのだという。

調査を終えたオレは情報をまとめ今後の作戦を練り考える。

「うーん……えーと……」

だが、いい案が全く浮んでこない。難関がいろいろあって少し考えただけで頭が痛くなる。

そういえば思い出した。

自分は策謀を考えるのは得意ではない。頭から湯気が上がり知恵熱が出そうだ。

「よし、こんな時は直球勝負でいこう」

考え方を切り替え箇条書きにしてまとめる。

一つずつ順番に真っ正面から解決していこう。

その一：仕事や狩りに精を出し教官に認めてもらう。
その二：非番でも狩りに積極的に参加し、貴重な魔獣の素材を集め通貨に交換する。
その三：貯めた通貨で上質な酒を買い、魔獣の貴重な素材と共に工房の山穴族に献上し友好度を上げる。

その四．訓練所を卒業後に自分用の武具の製作を発注する。

おお、いい感じにまとまったぞ。

まるで仕事ができる敏腕社会人のようだ。これによると最終的な計画達成は卒業後となる。金属鎧さまはそれまで辛抱である。

これまでは異世界生活をのんびり満喫してきた。だが大きな目標と計画ができあがり、自分のやる気がみなぎる。目標とは素晴らしい。

「よし、これで日々の厳しい訓練にやる気が出てきたぞ。あっ、でもそういえば……」

自分の人生設計を立てつつ、あることを思い出す。

金属鎧計画とは別に、密かに調べていたことがあった。

（今日もあの子……神官ちゃんの情報は手に入らなかったな……）

それは精霊神官の少女についてだった。

《流れる風》のオッサンに連れて行かれた大神官の館、あのときいた色白の可愛い女の子。無表情で無愛想だったけどどこか気になる神官ちゃん。

「大神官の館にいる色白の少女だと？……はは〜ん。さては小僧、色気づいたのか！」

鬼教官に〝W生意気め！〟とゲンコツを食らいながら聞き込みを中心に調べてみた。

だが、判明したことは僅かであった。

彼女は大神官の館に住み込みで働く神官見習いの一人……という情報だけである。

名も齢も不明。

他の見習い神官とは違い雑務で出かけることもなく、いつも館に籠り誰とも顔を合わせないのだという。もしかしたら特別な子なのかもしれない。

(これは困ったな……)

糸口がまったく摑めずに途方に暮れる。

同じ集落にいるのだから、いつかは会う機会があるだろう、と高を括っていた。だがここで焦っても仕方がない。相手は神聖な精霊神に仕える神官なのである。

そんな事もあり、このことに関しては持久戦を覚悟していた。

(あのときの、子どもの頃に肉鍋を持って行ったときの子かどうか。会って確認したいだけなんだけどな……)

《魔獣喰い》十一歳……障害が大きく会えなかった時間だけ、初恋への想いは深くなるのであった。

3

気持ちを切り替える。

訓練生としての目標を決めオレは次の日から行動を起こす。

〝その一・仕事や狩りに精を出し教官に認めてもらう〟

これは問題ないだろう。何故なら自分は常に真剣で全力だった……成績は伴わないけど。

よし次だ。

〝その二．非番でも狩りに積極的に参加し、貴重な魔獣の素材を集め通貨に交換する〟

これが今回の計画の肝であった。〝その三と四〟はあとから何とでもなる。

獣や魔獣をより多く狩れないとこの部族では富や名誉は得られない。

「まずは優秀な仲間を探そう……そして魔獣を狩るのだ」

いくらこの森の戦士の身体能力が優れているといっても、一人で狩りをおこなうのには限度がある。狩りとは仲間を集め役割分担を決め連携で仕留めることにより、初めて成功するのだ。

とにかく魔獣を狩りに行くために優秀な仲間を探して狩組を結成しないといけない。

「よし、そろそろか……」

大村の時間を知らせる鐘の音が鳴り響く。

目を付けていた同年代の訓練生に会い、説得するために宿舎に向かう。

この時間に彼らが集まる大部屋があった。同期の中でも秀でた訓練生たちが集う場所が。

（よし……一世一代の大芝居を成功させてやる！）

自分の狩組に誘う為に考え抜いたシナリオが今回の秘密兵器であった。そのために考えておいた説得の台本の言葉も用意してあった。

覚悟を決めたオレはその宿舎の大部屋に突撃する。

◇　◇

「〝魔獣〟を狙って狩りに行こうだと？」

「おい、こいつの頭は大丈夫か？」

「面白い冗談だ……だれか治療の神官さまを呼んで来い、ハッハッハ」

突拍子もない自分の提案に大部屋に集まった誰もが言葉を失い、かと思えば馬鹿にする嘲笑が響き渡る。

説得するべき同期生は約十人弱。

どこにも属さない一匹狼ばかり、かつ誰にも従わない問題児だらけだ。だがそれぞれの者が得意に秀でた才能の持ち主たちであった。

その誰もがオレの途方もない説得を鼻で笑っていた。

「魔獣は危険だ……」

「ああ、自分の生まれ故郷の大人たちも餌食になっていた……」

そして〝魔獣〟という危険性を帯びた単語に反応する。

〝魔獣〟……それは本来なら自然界には生息しない獣だ。野生の獣に〝魔〟が憑依《ひょうい》し、体格や肢体が禍々しく変異し凶暴化するモノだ。

〝魔獣化〟すると例外なく身体も巨大化し毛皮や皮膚も硬質化する。牙や爪は大きく鋭く変形する。

屈強なこの森の狩人であっても魔獣を狩るには命がけである。各村から選ばれた若人である訓練生とはいえ、魔獣を相手にしたら命の保証はない。

「確かに魔獣は危険だ……だからこそ勇気を示そう！」

ここまでの反応はオレの描いていたシナリオ通りだ。オレはこぶしを握り提案を口にする。この森の民の性格は把握していたつもりだ。基本的に熱く単純な性格な者が多い。

台本通りに話せば上手くいくはずだ。

「魔獣を狩って、名誉を勝ち取るのだ！　そして精霊祭の〝若獅子賞〟の栄誉をみんなで勝ち取るのだ」

この大森林の民は地位やお金より、名誉や義理人情を重んじる。

若手戦士の誰もが憧れ、死ぬまでに一度は手にしたい〝若獅子賞〟の名を出す。この名を出して奮起しない者はいないであろう。

これが今回の説得のオレの切り札であった。

「〝若獅子賞〟か……夢のような話だ……」

オレの言葉にみんなの目が輝き反応する。

「だが、卒業してからでも遅くはないのでは……」

「まだ、オレたちは若く未熟だ……今のところは大人たちに任せよう」

空気が冷え込む。

幼い頃から口伝で聞かされてきた魔獣の恐ろしさは、皆がその身で実感していたのであろう。誰もが下を向き言葉を失う。

オレが考え用意してきた台詞は不発に終わった。その言葉に重みはなく、逆に彼らの目には闇が下りてしまう。完全な失敗だった。

（やっぱり、魔獣狩りをするなんて無謀だったのか……）

自分自身の胸にも辛《つら》い思い出が甦る。

魔獣はとにかく恐ろしい。

幼いころに《流れる風》たちと行動を共にして、それを更に実感していた。

そういえば、あれは酷かったな。

木の実拾いをしていたか弱い幼児や女性が、魔獣により殺戮された現場に遭遇したのだ。子供たちは恐怖で目を見開いたまま絶命していた。

この森の魔獣は自然界の獣とは違い〝災厄〟の一種である。どこからともなく現れ、恐怖と悲しみだけを振りまく存在なのだ。

その亡くなった子どものたちの親の涙を思い出し、オレは胸が熱くなる。

「明日、もしもさ……」

熱くなった胸から思わず、そして自然と言葉がこぼれてしまう。

「自分の大事な人が魔獣に襲われたら……どうするのさ……」

別の光景を思い出し、乾いた口が開く。

妻や子どもを守るためにたった一人で魔獣に立ち向かい、そして朽ち果てた若き戦士の死に顔を。

死んでもなお剣を離さなかった戦士の手の冷たさは今でも忘れない。

「もしも今さ……自分の生まれ育った村が襲われたら……まだ訓練生であることを言い訳にして、納屋にでも隠れているのか……」

また別の絵が思い出され言葉が続く。

魔獣から我が子を守るために戦った母親の亡骸のことを思い出してしまう。だが、残酷なことにその赤子は魔獣に丸呑みされて息絶えていた。

この優しくない世界では、想いだけでは大切な人は守れないのだ。

「ねぇ、明日っていつさ？　大人になってからって何っ？　オレたちのこの手は何のためにあるの？　誰のためにこんな血豆まで作って必死で剣を振るっているの！」

ダメだ。

感情がこぼれて……心が乱れて口調が荒れる。

こんなのはオレらしくない……自分らしくない。

駄目だ……目頭が熱くなって目がにじんできた。

「……」

「……」

部屋は静まり返る。

誰もが下を向き口を塞ぐ。

オレが感情に任せてこんな話をしてしまったからであろう。

やってしまった……こんなはずではなかった。

冷静に説得に来たはずなのに、思わず感情で言葉を発してしまった。

「オレは……」

沈黙が破られる。誰かが小さく口を開いたのだ。

「オレはやる……大切な家族を守る」

同期で随一の怪力の持ち主である大棍棒《メイス》使いが小さく呟く。無口だが大の子供好きだと聞いたことがある。

「オレもやる……今やるんだ……」

同じく槍の使い手が拳を握りしめる。夢は大森林一の槍使いとなり、生まれ故郷を守ることだ。

親孝行で才能ある者だ。

「あんた……演説が下手だったな……だが、ここに響いたぜ。その話に乗った」

訓練生でも随一の剣の使い手の男が立ち上がる。

オレの目の前に立ち自分の胸を指差す。

「みんな……それで、いいの……」

啞然としたオレは言葉を失わないように尋ねる。

「ああ、今日からあんたがオレたちの狩組の班長《リーダー》だ」

その剣士は隣に立ちオレの右拳を空に高くかかげる。

「《魔獣喰い》に栄光を！」

「我らの熱き魂に戦士に誓いを！」

それに呼応して、部屋にいた若者たちが頷き吠える。

剣先を天に掲げ、雄叫びを上げる。

それはまるで魂の咆哮《ほうこう》であった。

これから魔獣に挑む自分たちの心が折れないように、そして冷めきっていた自分たちの心を荒ぶる魂で燃やした偉大なる頭《魔獣喰い》に向けて。

これまで誰にも従わず属さずにいた荒くれ共は、今ここに誓い心を一つにした。

（なんでこうなっちゃったのかな。でも、これは悪くない……そう、この胸が熱くなるこの感じは悪くない）

《魔獣喰い》の用意した一世一代の演説は失敗した。

だが、その代わりに嘘偽りのない言葉がそこにはあった。

それは教え込まれたものでも学んだ言葉ではなく、自分自身が経験し浸み込んでいた想いであった。

どこの世界でも辛く苦しく悲しいことばかりが胸を突き刺す。迷い苦しみ倒れ、逃げ出すこともあった。だが若者たちは何度でも立ち上がり雄叫びを上げる。今の自分を信じ、明日の己を負けないように。

4

それから二年の月日が経つ。

オレは十三歳になっていた。

時間を見つけてはあの仲間たちと共に魔獣を狙い、狩りに出ていた。最初の頃は魔獣を見つけることすら出来ずに悪戦苦闘していた。

だが今年になってから運気が傾いてきた。

ベテランの狩人や腕利き戦士たちの経験談に耳を傾け、個々の能力の底上げと連携を強化した。

そしてなんとか最初の魔獣を狩ることに成功したのであった。

その後も定期的に魔獣を仕留めることを成す。ときには手痛い反撃を食らい大怪我をした仲間もいたが、精霊神官の治療を受け前線に復帰していた。

「問題児だらけを集めて一時はどうなるかと思ったけど……でかしたわね、小僧」

果敢にも魔獣狩りを成功させていた功績で、鬼教官《黒豹の爪》からも一目を置かれお褒めの言葉をいただいていた。例によって背骨圧潰のハグつきだが、嬉しい限りだ。

「おお、これは大蛇の魔獣の毒牙か……酒の好みといい、森の小僧にしては話がわかるな、ヌシよ」

工房を取り仕切る鍛冶長のオヤジさんにも顔を覚えられた。

彼ら〝山穴族〟の好きな酒と魔獣の素材を定期的に献上したからだ。成人したら一緒に朝まで飲み明かす酒会にも誘われたが、そちらは丁重にお断りしておいた。鍛冶職人たちとも親密度が上がり、オレの計画は順調そのものだった。

また、その頃になると自分たちを取り巻く状況も一変していた。

〝訓練生でありながら魔獣を狩る少年たち〟

〝命知らずの勇敢な若者たち〟

そんな声が自然と耳に入ってくる。恥ずかしいけど気持ちのいいことだ。

「あの長身の彼……素敵ね」

「大柄の大棍棒を持った彼もたくましいわ……」

素肌も眩しい村の年ごろの若い女の子たちが、自分たちを男として値踏みする視線も感じる。前にも言ったかもしれないが、この部族では狩りができる男は女性からモテモテなのだ。素晴らしい。

「あれ……あんな地味な奴もいたのか？」

「しっ、あの子が班長の《魔獣喰い》とやらよ……」

だが残念なお知らせだ。

どうやらこの世界でもオレは異性に人気がないようだ。前世の悲しい思い出が甦る。

（へん、いいんだ……オレには貯まった貨幣に、魔獣の貴重な素材があるから……いいんだもん……）

人気や名誉は仲間にくれてやろう。オレは平気だ。あれ……目から汗が流れてくるな……おかしいな。

そんな感じでオレの壮大な計画は順調に進んでいた。

このままでいけば今年の年度末の精霊祭で、オレたちの狩組は更に脚光を浴びるはずだ。若手の栄誉者に与えられる〝若獅子賞〟の有力候補にも上がっているのだから。

（この大村に来てから本当にいいこと尽くしだな……怖いくらいに。嫌なことが起きなきゃいいけど……）

全てが順調だった。

だが、オレの嫌な予感は良く当たる。

そして今回もそうだった。

オレたち《魔獣喰い》組の前に彼女が現れたのだった。

5

その運命的な出会いはある日の夕方のことだった。

オレは頼もしい仲間たちと共に狩りを終え、大村に戻ってきた。狩ってきた獲物を木製の台車に載せ、解体所まで報告に向かう。

「おい、戻ってきた狩組がいるぞ」

「わーい、見に行こう」

大通りの沿道にはその成果をひと目見ようと人が群がり、歓声があがる。毎回のことだがちょっとした凱旋状態で気分はいいが恥ずかしい。

今回の獲物は残念ながら〝魔獣〟ではなかったが、かなり大物の獣を仕留めることができた。これも対魔獣の鍛錬で狩りの地力が身についていたたまものであろう。

最近はとにかく何でも順調だ。

「確かコイツらは例の若手の狩組か」

「こりゃ、いよいよ本物かもしれんな……」

「見て、やっぱり今日も素敵な彼」

「ねえ、いいわね……」

最近では追っかけの女の子からも黄色い声援が沿道から飛んでくる。まあ、主にイケメンの腕利き剣士の奴にだが。

「あの……これ良かったら食べてください……素敵ですね」

沿道から年ごろの女の子たちが差し入れに駆け寄ってくる。これももちろんイケメン剣士にだが。

この森の民の女性は異性に対して結構……というかかなり積極的にアプローチをする。成人が十四歳ということを考えると性に関しても進んでいるのかもしれない。大きく開いた胸元や悩ましい腰をイケメン剣士にくっつけている。

（おお……これは眼福だ……ありがたい……）

その光景にオレは、生唾をゴクリと飲み込む。この森の女性たちは引き締まって健康的な肉体の持ち主が多い。顔立ちも整いオリエンタル美女的な雰囲気だ。更には熱帯気候に属するので薄着で肌の露出も多い。これはまさに天国だ。

「今は忙しい。そういうのはあとにしてくれ」

ところがイケメン剣士の奴は女につれない返事をして追い払う。それでも女の子は寄ってくるのだからイケメンという人種はどこの異世界でも幸せだ。

大通りを過ぎ裏路地に入る。

（ふう……ようやく静かになったか）

獣の解体所まではこの道が一番近く、それ以外に用事がある者は通らない為に人通りも少ない。人気《ひとけ》のない静かな場所だ。

「ん……？」

前方の人影が目に入る。

普通なら気にしないが、この細い路地を塞ぐように仁王立ちしている。これでは獣を積んだ荷車が通ることができずに困る。

（森の戦士かな……）

夕日が逆光になり、顔まで確認できないが、腰に差してある剣が、その者が戦士であることを表していた。

（あれ……もしかして……）

その者は腰に手を置き、こちらをじっと見つめており、光沢のある上等な生地の衣装からスラリと健康的な美脚がのびていた。

また胸元は少し控えめだが形よく膨らんでおり、水鳥の羽飾りがピョンと飾ってある赤毛の長い髪の毛をポニーテール風に結っている。

「あれ、やっぱり……女の子……だ」

裏路地で立ちふさがっていたのは少女の戦士であった。

「おぬしが噂の《魔獣喰い》とやらか？」

口元に軽く紅を塗った形の良い唇が開き尋ねてくる。その口調から、恐らくはオレたちをここで待ち伏せしていたのであろう。

（キレイな瞳《め》をした女の子だな……）

歳はオレと同じくらいだろうか。気の強そうな目つきをしているが整った顔立ちをしている。強い意志が感じられる、迷いのないキレイな目だ。

（こんな真っすぐで澄んだ瞳は初めて見た……）

その両眼に吸い込まれそうになり返事をすることが出来ない。

今のままでも十分キレイな少女だが、あと数年もしたらもの凄い絶世の美女になるであろうと容易に想像できる美しさだ。

この森の女性たちは素敵な女性が多いが、その中でも群を抜いている。

（空にのぼる陽のような魅力だ……）

陽の光に反応する向日葵の花のように見とれてしまう。

「お主が《魔獣喰い》かと聞いているじゃ、そこの者」

形の良い唇が再び開く。

「そうです、こいつが《魔獣喰い》です」

隣に立つイケメン剣士がオレに親指を向けながら返事をする。なぜかその声は緊張で震えて額にも汗が浮かんでいる。

（《魔獣喰い》……あっそうか……）

つい見とれてしまい、自分の名を忘れるところだった。

そう、オレの名は《魔獣喰い》……若手注目の《魔獣喰い》だ。ああ、わかったぞ。もしかしたらこの少女はオレの熱烈な追っかけなのかもしれない。きっと恥ずかしがり屋で人気のない裏路地で待ちかまえていたのであろう。

「そうだ、オレが《魔獣ぐ……」

恥ずかしがり屋さんの少女にと名乗ろうとした瞬間だった。

目の前を赤い閃光がはしる。

さっきまで晴れていたにもかかわらず、天候が変わり落雷でも落ちたのであろうか。

（いや！　違う？　赤い稲妻……くっ！　赤毛の髪か！）

その閃光の正体に気づきオレはとっさに身を躱す。そして次の瞬間には、自分の顔があった空間を鋭い剣先が斬り裂いていた。

「ちょっと……何するのさ……真剣で危ないよ」

地を蹴り少女との距離をとる。

先ほどの少女が腰にあった真剣で、いきなりオレに斬りかかってきたのである。とっさの判断で回避できたが、全く狂気の沙汰である。

「ほう……初見で〝コレ〟を避けるのか……城での噂通りということか」

赤毛の女の子は自分の突きが躱されると思っていなかったのであろう。目を見開き驚いた顔でこちらをじっと見てくる。

「ま、まあね……オレくらいになればこの位は楽勝だね」

作り笑いで余裕の言葉を出す。

〝大ウソ〟である。内心はギリギリの反応であった。心臓がまだバクバクしている。

(あ、危なかったな……《流れる風》のオッサンに感謝だ……)

一緒に旅をしていた時に、オッサンの〝斬られ役〟として練習台になった経験があったから反応できた。無意識からの攻撃を勘だけで躱すでたらめな鍛錬であったが。

「ふむ……手加減したとはいえ、アレを余裕でか……面白い」

少女の耳元の羽飾りが感情に合わせてピョンと動き、口元に笑みを浮かべてこちらを見つめてくる。その笑顔は小悪魔的な危険も潜むが魅力的な表情であった。

(手加減していたのか……あの踏み込みの速さはオッサンと同等……いや、速さだけならそれ以上かもしれない……)

自分の命が狙われていたのにもかかわらず、その天賦《てんぷ》の才に対して純粋に感動する。

少女の太ももに見とれていたとはいえ、彼女の抜刀や踏み込みの瞬間が見えなかったのだ。

「面白い……では、またなのじゃ《魔獣喰い》よ」

そう言い残し、何事もなかったかのように少女は去っていく。その後ろ姿も猫科の獣のように俊敏で野性的で美しい。

「班長、大丈夫か！」

「班長！」

少し間があり仲間たちが心配して駆け寄る。彼らの額にも汗が浮かんでいる。恐らくは先ほどの危険な少女の剣気に押されていたのであろう。

「厄介な方に目を付けられたな、班長」

イケメン剣士の奴が少女の去っていった方向に見ながら呟く。

「あの方は《獅子姫》さまだ……」

低い声でオレに彼女の名を教えてくれる。先ほどの行動からもわかる通り、かなりの問題児で有名なのであろう。

「《獅子姫》さま……」

だが、そんな心配の声は自分の耳には入ってこなかった。

「《獅子姫》ちゃんか……」

もう一度そう呟きながら、オレは赤髪の少女の去って行った彼方を見つめるのであった。

6

〝獅子姫ちゃん〟

ここ最近のオレのマイブームだ。

訓練中も狩りのときも、うわの空で考えてしまう。

「おい小僧、死にたいのか！　集中しろ！」

おかげで鬼教官《黒豹の爪》に手痛いゲンコツで叱られる。頭が割れそうだ。

だが教官の言うことも一理ある。このままでは気が抜けて大怪我したり、魔獣に食べられてしまうかもしれない。

（よしっ、《獅子姫》ちゃんについて調べよう）

思い立ったが吉日だ。

非番の時間などを使いオレは調査を開始する。

「《獅子姫》さまはその名の通り大族長《獅子王》さまの愛娘だ。確かオレたちと同じく戦士団の訓練生に席を置いているはずだが……」

まずは身近な奴から情報収集をする。情報通でもあるイケメン剣士から詳細を聞き出す。

「姫さまの剣技は我々の常識を超えている。この森で最強の戦士といわれる《獅子王》さまをも超える天賦の才を持つとまで噂されている」

同年代の中でも随一の剣技を誇るコイツが言うのだから、噂は本当なのかもしれない。確かにあの踏み込みと抜剣の速さは尋常ではなかった。

（もっと彼女のプライベートなことが知りたい……）

更に情報収集をおこなう。

「ん、《獅子姫》さまだと？　やめておけ。落ちこぼれであるお前と姫さまとでは〝月《ルナ》と森亀〟ほどの差がある。身分も才能もな！　ハッハッハ！」

いつもながら肩の骨が折れそうになる。だがそのおかげで女教官《黒豹の爪》から彼女に関して更にいろいろ聞くことができた。

《獅子姫》は席こそ戦士団の訓練生となっているが、成績優秀なために訓練の参加を免除されているという。それは実戦や座学など、全てにおいてだ。

通常は三年ほどかかる訓練生の日程や試験を一年で終わらせた才女だという。弓学以外の全ての分野において落第ギリギリな自分とは大きな違いである。

そんな彼女だが、普段は自由奔放に行動しているという。

「《獅子姫》さま？　そういえば最近は大村の中では見ないな」

村の人や城の戦士に聞いても最近はその姿を見かけないらしい。それこそ自分に斬りかかってきたあの日から。

どうやらお供の護衛を連れてどこかに出かけたらしいとのことだ。自発的に狩りに出ない姫さまにしては珍しいことだという。

（そっか……いないのか。残念だな……）

いきなり斬りかかって来るのは勘弁してほしいが、せめて遠目でその姿を拝見したかった。天賦の才を持ち、勝気な赤毛の少女の姿を。

村にいないものは仕方がないので、気を取り直しいつもの訓練三昧の生活に戻る。

◇　◇

それからしばらく経ったある日のことだった。

訓練を終えいつものように仲間たちと大村の大通りをぶらぶらしていた。

「ん？　なんだ、あの人だかりは……」

大村の正門の辺りに人が群がり賑わっていた。時間的にどこかの狩組の人たちが大物の獣を仕留めて帰ってきたのかもしれない。これほどまでに人だかりが出来ているのは珍しいことであった。

「すみません……オレたちにも見せてください……」

人だかりをかき分けながら前の方へ進んで行く。軽く興奮してきた。これまで食べたことのない珍しい獣とかだったらいいな。想像しただけでよだれが出てくる。

「ふう……最前列まで出られたぞ……」

ようやく群集の最前列まで出ることができ、この騒ぎの中心人物を目にする。そこにいるのは見たことのある少女とその集団であった。

「あっ、《獅子姫》……ちゃん？」

最前列に出たためにちょうど目が合う。群集の輪の中心にいたのは武装した《獅子姫》とその狩組の戦士たちだったのである。

「おや、そこにいるのは《魔獣喰い》とやらではないか……ちょうどよい」

彼女の方も自分の存在に気づく。

もしかしたら向こうもオレのことが気になって会いたかったのだろうか。あれ、でもその割には狩りに行っていたみたいだし。

「これを見るのじゃ、《魔獣喰い》よ」

そう叫びながら《獅子姫》は群集の中心にあった荷車の包み布をはがし取る。荷台に乗っていた獲物がその姿を現す。

「おお……」

「おい、あれはまさか……」

「西方の湿地帯の主である〝闇沼の大鰐〟じゃ……」

その獲物の姿に人々は絶句し、次第に大歓声へと変わる。

「さすがは《獅子姫》さまだ！」

「姫さまに栄光を！」

集まった村人たちは異様な盛り上がりをみせる。

村人たちの話では荷台に乗っていたのは〝魔獣〟であったのだ。しかも古くから西の湿地帯に住みつき、これまで誰も退治したことがない凶暴な魔獣であったのだ。

肉食である森鰐《もりわに》が〝魔〟により巨大化し変異したのであろう。頭部と主要部分だけを切り取って持ち帰っていたが、かなりの大きさだ。まるでおとぎ話に出てくるような〝竜〟にも見えるほど巨体で荒々しい。

「姫さまに精霊神のご加護を！」

「これで次代も安泰じゃ！」

お祭りでも始まったかのように村人たちは騒ぎ続ける。《獅子姫》という存在はこれほどまでに人々から愛されていたのか。

（いや……流石は《獅子姫》ちゃんだな……まさかこんな巨大な魔獣を狩ってくるなんて……）

まるで自分のことのように嬉しく思う。自分の気になる女性が才色兼備で人気があるのは気持ちいい。

「ほれ、土産じゃ」

村人たちが巨大な魔獣に見とれている隙に、《獅子姫》がこちらに、布に包まれた何かの塊を投げてよこす。お土産って言っている……何だろう。

「あっ……これは、魔獣の肉だ」

包みの中にあったのはキレイに血抜きされた獣の肉の塊であった。恐らくはこの〝闇沼の大鰐〟の肉であろう。

「《魔獣喰い》という〝名〟を持つくらいだから、お主に相応しい上等な土産であろう……まあ、魔獣など食べられたものではないがな」

魔獣の血肉には例外なく〝魔素〟と呼ばれる猛毒が含まれている。それ故に人がそれを食することは叶わない。誤って口にでも入れたらなら命はないであろう。

「見たか！　我《われ》も本気を出せば魔獣くらい余裕で狩れるのじゃ」

余裕の笑みを浮かべながらこちらに宣戦布告をしてくる。そして耳元の羽飾りがピョンと跳ね上がり、まるで彼女の感情を表しているようだ。

だが〝余裕〟と言いながらも、今回の狩りは恐らく死闘であったのだろう。前に見たときと違い彼女の全身は魔獣との激闘で薄汚れ生傷も痛々しく見える。

「さて、これで〝若獅子賞〟も我のモノじゃ。負けを認めてこれからはおとなしくすることじゃ」

更に羽飾りがピョンと跳ねる。そう言い残し、自信に満ちた表情で《獅子姫》は目の前を立ち去る。

(負けず嫌いで強がりなのかな……それもまた可愛い……)

改めてその勇姿に見とれ、心が躍る。何しろお土産に貴重な魔獣の肉までくれたのだから。

(もしかしたら《獅子姫》ちゃんの方もオレに気があるのかな……)

真実を言うならば、食すことのできない毒素のある魔獣の肉をよこしたのは、彼女なりの冗談であったのだろう。普通なら恐怖の土産に腰を抜かす話である。

だが食いしん坊な《魔獣喰い》は、勘違いして軽く有頂天になる。

「厄介なことになったな、班長……」

高揚し妄想世界に入りかけたオレに、イケメン剣士が苦い表情を向けてくる。厄介なこと……いったい何のことであろう。

「えっ、なにが……？」

「さっき言っていただろう。《獅子姫》さまも〝若獅子賞〟を狙っている。今回のそれは宣戦布告であろう」

彼女から貰った大事な魔獣の肉を指差し、説明してくれる。

「《獅子姫》ちゃん……魔獣を狩ってきた……〝若獅子賞〟……宣戦布告……あっ」

そこでようやく気がつく。

自分たちの目標であったこの森一番の名誉が狙われたことに。

あとで聞いた話だが、《獅子姫》はオレたちが今年の精霊祭の〝若獅子賞〟の栄誉を狙っているのを耳にして、それを横からかっさらおうとしているのだという。

これまでの功績では自分たちが最有力候補であった。だが名のある魔獣〝闇沼の大鰐〟を仕留めて来たことにより一気に形勢は逆転した。

「何か打開策を考えないとな……」

「ああ……だが、このままだと、いたちごっこになるな……」

仲間たちと難しい顔で談義を重ねはじめる。天賦の才を持つ剣姫の功績を越える策と計画を。

もうすぐ卒業を控えていた自分たちには今年の〝若獅子賞〟が最後のチャンスなのだ。これを逃す訳にはいかないのだ。

（《獅子姫》ちゃんを越える作戦……）

皆の談義を見つめてオレも名案を考える。

（……）

ダメだ、全く浮かんでこない。

自分の欲望には全力を尽くすが、こういった駆け引きは苦手だ。

（まっ、何とかなるかな……）

諦めたオレは談義する仲間に隠れて、《獅子姫》ちゃんから貰った魔獣の肉をこっそり食べることにした。

7

最近は時間の経つのがやけに早い気がする。恐らくそれは、毎日の訓練や狩りの生活が充実している証拠であろう。

逆につまらない軍学座学などの苦痛な時間は永遠に感じる。仕方がないのでオレはいつも妄想で現実逃避していたけど。

「では、今後はオレたちも〝獣や魔獣狩りでもっと結果を出す〟ということにする……それでいいか班長？」

そういえば前回の出来事のあとの談義で次の作戦がそう決まった。作戦もへったくれもないが、自分は何も考えていないのに優秀な仲間たちは頭脳も頼もしい。

「うん、それでいこう……全力を尽くそう」

ほとんど聞いていなかったオレは、わかったふりで返事をした。

「相変わらず班長は適当だな……」

「オレたちにとっては、それくらいが丁度いいでしょう」

「それもそうだ」

仲間たちは苦笑いを浮かべていた。

二年間も一緒に組んで、馬鹿みたいに命懸けな毎日で、いつの間にか皆の心は通じ合っていた。

死線を共にした一日は平時の万年を越えるのであろう。

そんな感じでオレたちは年末に開催される精霊祭にむけて日々精進していた。

◇　◇

そんな中、ひとつの事件が起こる。

オレにとっての十三歳の最後の月、年の瀬も迫ったある日のことだった。

鬼教官である女戦士《黒豹の爪》に呼ばれて宿舎の個室におもむく。

「失礼します。《魔獣喰い》です」

「うむ、入れ」

この異世界にノックの習慣はないが、ついついしてしまう。

「あっ、《獅子姫》……ちゃん」

教官の他に見慣れた少女がいた。《獅子姫》ちゃんである。

「お主も呼ばれていたのか、《魔獣喰い》よ」

相変わらず自信に満ちた笑みでこちらに視線を向けてくる。あれ以降も彼女は狩りで結果を出している。

一方、下馬評では微妙に負けているオレは少し気まずい。

「もうすぐ精霊祭じゃの、《魔獣喰い》よ」

勝利を目前にかなり嬉しそうに話しかけてくる。小悪魔のような笑みを浮かべ、機嫌よさそうに耳元の羽飾りがピョンと動く。

どういう仕組みなのであろうか不思議だ……でも可愛い。

「そ、そうだね……噂ではこの時期になると魔獣が増えるみたいだから、油断はできないよね」

「むむ、なんだと……」

聞いたこともないような噂を口に出し、オレは少し強がる。だがそんな話はどこにもなく、むしろ獣自体がおとなしくなる絶望的な時期だ。

大逆転は夢のまた夢の中だ。

「ふむ、噂通りに最近は仲むつまじいの、お前たちは。これなら話は早い！」

オレたちのやり取りを眺めていた女教官は満足そうに頷く。おお、そんな噂があるのか、デマ話だとしても嬉しいことだ。

「話というのは二人に調べてほしい案件があるのだ……」

《黒豹の爪》の表情が戦士のものへと変わる。

そして今回呼び出した依頼内容を語りはじめたのであった。

◇　◇

「ということは、その〝怪しい獣〟を調べてくればいいのか？」

「ああ、そうだ」

女教官《黒豹の爪》の話を聞き終え《獅子姫》は確認する。オレは話を半分くらいしか理解できなかったから有り難い。

話によると、何でも最近になり北の辺境で〝奇妙な獣〟が目撃されたという。近隣の村の狩人たちが仕留めようにも獣の動きは素早く、いつの間にか姿をくらましてしまうという。

そして挑発するかのようにまた現れる。今のところ害はないが気味の悪い見たこともない獣だと。

「その村から調査の依頼が大村の戦士団に来たわけだ」

害はないが不気味な獣の存在の調査、それが今回オレと《獅子姫》の二つの狩組に課せられた任務であった。

（この森の大人の狩人が見失うなんて……もしかしたら……）

話を聞きながら思惑を広げる。見たこともない奇妙な行動をする獣なら、魔獣の可能性があった。

だが〝魔獣〟は基本的に凶暴で見境なく人を襲う。少ない人数の狩人相手に逃げ出し姿を消し、また現れるなどという奇行をしない。

「不思議な獣じゃの、そいつは……」

幼いころから英才教育を受け、森の生態系にも詳しい《獅子姫》も奇妙な獣の話に怪訝な顔をする。

「じゃが、その程度の調査は我の狩組だけでも十分であろう」

チラリと横目でオレを見て《獅子姫》は強気な態度に出る。確かによほど大型で凶暴な魔獣でもない限り、今の彼女たちの組だけでも調査にせよ討伐にせよ可能だ。調査だけなら尚更である。

「姫よ、これは《獅子王》さまの意向で決定もある」

「くっ、父上か……それは仕方がない……」

《黒豹の爪》の言葉に《獅子姫》は言葉を詰まらせる。

不満はあるかもしれないが大族長である《獅子王》に逆らうことの意味を、実子である彼女が一番理解していた。耳元の羽飾りがしゅんと下がり、それもまた可愛らしい。

「ふん、足を引っ張るではないぞ、《魔獣喰い》よ」

「はい、よろしくお願いします」

鬼教官からの要請で、同行することになった王族のお姫さまに、普通の下っ端訓練生であるオレは直立不動でその命令に従う。なるべく邪魔をしないようにお供するしかない。

（よし……）

だがオレは誰にも気付かれないように、思考回路をフル回転させる。

（きたよ……これはチャンスがきた！）

更に内心でガッツポーズをする。まさに好機到来で運気急上昇だ。

（《獅子姫》ちゃんと旅ができるのか……）

その事実にオレの心は舞い上がる。

何しろこれまで高嶺の花であり、話をするだけでも精いっぱいだった《獅子姫》ちゃんと一緒に旅が出来るのだ。

説明のあった目的地までは片道で数日間の行程だろう。

昼食《ランチ》あり、野営《キャンプ》ありで、もしかしたら水浴び回なんかもあるかもしれない。何しろこの部族はキレイ好きで水浴び好きだから。

（旅の道中の狩りでカッコイイところを見せたら、彼女の心もオレに……）

更には食糧調達時に男らしいところを見せて、好感度を上げる絶好の機会である。

こう見えてもオレは狩りや料理は得意だ。生肉も大好きだけど何しろ文明ある現代人だったからね。

彼女のために獲物を仕留め、自慢の手料理を披露したら好感度抜群であろう。

（見たこともない獣……魔獣狩りのチャンスだ）

そして今回の任務でオレが一番心躍るのが、謎の獣の存在であった。

腕利きの狩人でも仕留められず、《獅子姫》ちゃんですら手こずる獣をオレが軽快に打ち倒す。

その成果があれば、もうすぐ開催される精霊祭での〝若獅子賞〟も夢ではないであろう。

『流石は我の見込んだ男《魔獣喰い》なのじゃ……完敗である……我を妻にするのじゃ！』

表彰されるオレに対して《獅子姫》ちゃんから熱い眼差しと愛の言葉が。

尊敬はいずれ敬愛、そして〝好意〟に変わるって《流れる風》のオッサンは言っていた。そういえば〝女を口説くには自分の力を見せつけてやれ！〟って教わっていた。それを今こそ実行するときだ。

（まさに一石二鳥。いや〝一石三鳥〟のチャンスだ……）

明るい未来の妄想を広げ心の中でガッツポーズを連発する。まだ見ぬ精霊神さま、ありがとうございます。

◇　◇

「というわけだ……二人とも頼むぞ」

いつの間にか女教官からの任務の説明も終わり、その場は解散となる。

しまった、説明の後半は妄想の世界に入っていたので聞いていなかった。でも何とかなるだろう。いざとなったら《獅子姫》ちゃんに聞けばいいし。

その場を退散して、すぐに準備をおこなう。宿舎で待機していた仲間に声をかけ、いざ出発だ。

「では、〝獅子姫隊〟とその他、調査に出発するじゃ」

「はっ！」

至急を要する調査ということで、その日の内に大村を出発する。

号令をかけ先頭を進む《獅子姫》ちゃんは相変わらず凛々しくカッコイイ。それに比べて〝その他〟であるオレたちの狩組は定食のパセリのごとく控えめにその後をついて行く。

「じゃあ、オレたちも行こう！」

遅れてオレも仲間たちに声をかけ気合を入れる。彼女に〝やれば出来る男〟だというところを見せないといけない。普段の倍の気合いの声を出す。

「班長、そんな気合いを入れてどうした？」

「何か悪いものでも食べて具合でも悪く……いや、それはないな」

いつにもなくテンションの高いオレに、仲間たちは心配そうな視線を向けてくる。

「ケッケッケ……どうせ、また、女の尻でも追いかけるんだろよ、班長は」

皮肉る声も聞こえるが、本当のことなので広い心で全力無視だ。

「……ん？　誰かの視線を感じるけど……まっ、いっか」

ふと誰かが見ている気がした。だが回りを見渡しても誰もいない……きっと気のせいであろう。

とにかく今は先に行く《獅子姫》ちゃんに置いて行かれないように、全力でその尻を追うのだった。

◇　◇

『まさか当人が釣れるとは想定していなかったな』

大村を出発した《魔獣喰い》を、遠くから見つめる者がいた。

だが、その者に姿と気配は全くない。

勘の鋭い《獅子姫》をはじめ、彼女の護衛の腕利き戦士たちですら誰も、〝その者〟の存在には気づけなかった。

それはもはや隠密術というレベルを越えて、存在そのものをなくす秘術であった。

だが、この術ですらあの者は気づいていた。

これ以上の不要な接触は自分自身の因果の崩壊の危険を伴う。

だからこそ今回は直接には手を出さず、このような面倒な仕掛けをした。

『サイは振られた。あとはどんな目が出るから彼らの因果次第』

漆黒の仮面の音の口元に、笑みが浮かぶ。

この先で彼らに襲いかかる運命が引き起こす荒波を想いながら。

第六章　幻と想いのはざまに

1

深い森の獣道を、十数人からなる集団が北へ進む。

道とはいっても自然に踏み固められただけの森道で起伏も激しい。だが集団は苦にする様子もなく、言葉少なく足を進める。周囲への警戒も万全で、凶暴な獣の襲撃がいつあったとしてもそれに対応できる準備も怠っていない。

この様子だけで、彼らが森の民であり、また厳しい鍛錬で高い技術を身につけた優秀な狩人であり戦士であることが窺える。

か弱い生き物である人にとって、過酷なこの大森林の環境は厳しい。

〝森は多くの恩恵を与えてくれる。だが同時に厳しくもある。それが生きるということだ〟

幼いころから森に対する想いを格言として聞かされ育つ。

この民は森に対する畏敬の念を常に持ち、そして恐れも忘れず森の中を静かに進むのであった。

◇　◇

「いや～、この辺まで来ると生えている植物とかも違うものだね」

「……」

森の中を進む集団の中から、一人だけ能天気な声が聞こえる。場違いではあるが当事者は重い空気を和ませようとしただけだった。だが集団の中に応える者は誰もいない。

（あれ……今の滑っちゃったかな……）

無言の返事に急に恥ずかしさが込み上げてくる。その当人であるオレは、顔を赤く染めて足を進めることにした。

（それにしても、随分と北の方まで来たな……あれ、これはダジャレか）

冗談はさておき、オレたち調査団は北へ向かっていた。〝謎の獣〞が現れた辺境の村へ向かうのは、自分たち《魔獣喰い》狩組と〝獅子姫隊〞の合同組だ。

面識の少ない両班の重い空気を和ませようと、オレは頑張ってみたが、空振り三振を連発していた。

「班長、この辺は危険な獣もでるという話だ。気を付けて警戒してくれ」

落ち込む自分に、隣を進むイケメン剣士が声をかけてくれる。こいつはいつも冷静で優秀で気が利く素晴らしいやつだ。むしろこいつの方が班長に相応しいのではと常々思うのだが、なぜ自分を慕ってくれていた。

（はあ……それよりも、思っていた旅《デート》とは少し違うな。先頭の《獅子姫》ちゃんの背中が遠い……）

自分たちがいる最後尾から先頭を眺め心の中でため息をつく。先を行く赤髪の少女との距離は遠く離れ、楽しい旅の会話もできない。

「《魔獣喰い》よ、この辺で今日は野営するぞ。準備じゃ」

「はい、了解しました《獅子姫》さま。我々にお任せください」

そんな自分に女神の指示が飛んでくる。彼女とは同じ歳で訓練生という身分ではあるが、おかまいなしに上から目線の命令がくる。

だが、悪い気はしない。むしろ彼女のために全力を尽くそうと、自分の心の奥底からやる気が出てくる。これが王者の娘として生まれもった剣姫のカリスマ性というやつか。

「命令ばかりしてきて気に食わんな……」

「我慢しろ、相手はあの《獅子姫》さまだ……」

「ケッケッケ……班長を見習って野営の準備でもするか」

元々は荒くれな問題児だった仲間たちは、たとえ相手が姫君であっても容赦なく愚痴る。だが、得意に秀でている彼らは手早く野営の準備をおこなう。火を熾し寝床を準備し、周囲の警戒網を張る。

「《獅子姫》さま、野営と食事の準備ができました！」

指示された準備が終わり報告に行く。

「うむ、それにしても今日もやけに早いな、《魔獣喰い》よ」

《獅子姫》はオレたちの手早い手際に感心して笑みを浮かべる。耳元の羽飾りがピョンと動き、腰をかけて休憩をしていた彼女の美脚が目に入る。

（ふふふ……驚いているな……作戦成功だ）

美脚に祈りを捧げながら心の中でガッツポーズをする。このお褒めの言葉を頂くために、オレは密かに夜営と食事の事前準備を行っていたからだ。

周囲を警戒しつつ、森の中を行軍しながら、誰にも気づかれないように作業をした。少し大変だったが、彼女からの好感度を上げるための努力は惜しまない。

「歩きながら野営準備とか何を考えているんだ……浮かれているのか、うちの班長は」

「気にするな、いつものことであろうが」

「その分、オレたちで補佐だ」

上司が抜けていると部下が優秀に育つと聞いたことがある。自分が抜けているとは思っていないが自分の仲間たちはとにかく優秀なヤツが多い。おかげで自分は自由気ままに行動することができていた。本当にありがたい。

（さて次は、甘味《デザート》を《獅子姫》ちゃんに用意して、親密度を上げよう……）

焚き火を囲んだ夕食も終わりが近づいていた。

このあとは皆がひと息つき雑談の時間。そして時間がきたら交代で見張りを立てて寝るだけであった。

◇　◇

夕食が終わると気配を消して、野営地をこっそり離れる。

仲間には〝小用〟とだけ伝えて、薄暗くなりはじめた森の中を進む。

（確か……この辺だったよな……）

微かに甘い香りを頼りに森の中を歩く。この辺りに芳醇な甘味がする果樹が生えていたのを先ほど確認していた。視界は悪いが五感に優れた森の部族の特性はこんなときにも重宝する。

周囲に誰もいないことを確認しつつ、《獅子姫》の食後のデザートために森の中を進む。

「おい……」

「ん？」

誰もいないはずの森の中で呼び止められる。幻聴であろうか、もしくは幽霊とか……それは怖い。

「おい、《魔獣喰い》とやら」

それは幻聴ではなかった。目の前に誰かがいたのだ。

「はい？　って、うわっ」

突然のことに思わず変な声を出してしまう。幽霊ではなく実際に人がいたのだ。目を凝らしてよく見てみると黒衣の男が薄暗い木々の間に立っていた。

「あなたは確か……」

見覚えのある顔であった。名は思い出せないけど《獅子姫》に仕える護衛の戦士だ。

（黒衣の護衛のおじさん……）

年齢は不明であるが、かなり年上の戦士だ。若い訓練生だけで編制されたオレたちとは違い、〝獅子姫隊〟は大人の戦士や狩人など手練れで固められていた。重要人物である姫さまの護衛といったところであろう。

（それにしても、この人……一体いつの間に……）

突然の登場で驚いたが少し冷静になってきた。この人は声が聞こえてから現れるまでほとんど時間差《タイムラグ》がなかった。

恐らくは気配を完璧に断ち、高速で先回りしたのであろう。自分が野営地を離れた時にはそこにいたはずだから。それだけでこの戦士が隠密の手練れということを表していた。

「あまり《獅子姫》さまに馴れ馴れしくするな」

「えっ……そうですか」

黒衣の男は凄味のある声でオレに命令してくる。お願いではなく命令口調である。

「不用意な会話もするな。そして……密かに姫さまをいかがわしい目で見るな」

「へっ……か、会話もダメですか……」

最後の言葉には明らかに殺気がこもっていた。その思いもよらぬ指摘にオレは思わず間抜けな声を出してしまう。

（この人……オレが《獅子姫》ちゃんを〝チラ見〟していたのに気づいていたのか……）

殺気よりもその事実に驚愕する。

〝チラ見〟……この森の英雄《流れる風》のその技を盗み見て真似た、自分のだけの秘伝である。

それがこうも簡単に看破されてしまったことに心にダメージを負う。

幼い頃から必死で鍛錬をして習得したこの技は、普通の〝のぞき見〟とはわけが違う。相手の視線をかいくぐり絶好の場所に移動し、意識と意識の空白のすき間の瞬間を狙い〝見る〟のである。

まさに必殺の秘技ともいえよう。

だがその〝チラ見〟にこの護衛の男は気づいていたのである。先ほどの隠密技術といいこれまでに対峙したことがない、かなりの手練れだ。

「警告を守らなければ……」

相手の声の質が変わる。

そして不意に目の前の男の〝存在〟が薄くなる。それ同時に気配が消え、闇と空気に紛れてその姿は全く見えなくなってしまう。

「お前を……森に〝還す〟」

気づくと背後をとられていた。

黒装束の男に一瞬で背後に回り込まれ、オレの喉元には鋭利な短剣を当てられていた。正真正銘の冷たい殺気が全身に突き刺さる。

（いったいどうやって……）

背中に嫌な汗が流れ落ちる。暗闇だが油断はしていなかった。だが、その動きが全く見えなかったのだ。

（自慢じゃないけど〝目〟はいい方だったんだけどな……）

恐ろしいほどの隠密技である。

《流れる風》のオッサンですら教えてくれなかった技である。恐らくはこの黒衣の男が独自に編み出した秘技なのかもしれない。

「警告したぞ……」

オレの無言を肯定と受け取ったのであろう。音もなく、また男は暗闇の森の中へ消えていく。

先ほどの背後をとった行動は、〝いつでもお前を殺せる〟という無言の宣告だったのかもしれない。

「ふう……」

過ぎ去ったことを思い出し全身からどっと汗が溢れ出す。突然の出来事に言葉を失い、呆然とする。

（《獅子姫》ちゃんに、不用意に接するな……か）

恐らくはオレがあまりにも馴れ馴れしく《獅子姫》に接したのを見て、あの護衛の男が激高したのであろう。

近づいただけで〝森に還す〟とか過保護すぎるかもしれないが、彼女はなんていってもこの森のお姫さまである。警護も含めて過保護も仕方がないのかもしれない。

（さて……どうしたものか……）

オレは今回の道中で《獅子姫》ちゃんと仲良くなれたら、と密かに期待していた。だがそんな計画も今後は修正が必要だ。さっきの黒装束に気づかれないように行動をしないと本当に自分の命が危ない。

（新しい作戦が必要だ……綿密な計画が……うーん……まあ、何とかなるかな）

考えはじめてすぐに諦める。

難しい案件を考えることは苦手だし、これぱかりは運命を信じよう。

その後の数日間は大人しく行動することにした。

真面目に哨戒や野営の任務も行い優等生を演じる。〝必殺猫かぶり作戦〟である。自慢ではないが〝目立たないこと〟に関しては、オレも天賦の才を持っているのかもしれない。

「目的地の村が見えたぞ」

しばらくして先行く斥候の者から報告が入る。

〝謎の獣〟が目撃されたという目的地の村へと到着したのであった。

2

「ここが目的の村……」

辺境の小さな村にたどり着き、オレは村の様子を眺める。

大自然豊かな光景である。

村の中心には大木〝精霊母樹《マザーツリー》〟が天高くそびえている。その周囲の木々に住居が立ち並び、森と調和し共存して人々は暮らしている。

辺境の村ということもあり人口もそれほど多くはないであろう。自分の育った村よりも更に小規模であり、この広大な大森林に星の数ほどある典型的な村の様子だ。

（あれ、この感じはどこかで……）

昼前だということもあり、小さな村も賑やかであった。女衆や老人たちが村の中で忙しそうに仕事をしている。広場ではまだ幼い子供たちが木剣を素振りして体を鍛えていた。

「なんか、懐かしいな……この感じは……」

ふと呟く。

オレは自分の育った村を思い出す。何の特色もない辺境の村の雰囲気がよく似ていたのだ。

最近では大集落である〝大村〟を中心に生活していた。そのために忙しい華やかな情景に慣れてしまっていたのだろう。

（村を離れて結構経つな……みんな元気だろうか）

厳しい女頭さんに、ガキ大将《岩の矛》、長老の爺はどうしているであろうか。

村の中を歩きながら、柄にもなく感傷にふける。

（それにしても随分と平和な村だな……）

見たところ、獣に襲われた形跡や怯えている様子も全くない。女教官《黒豹の爪》の話では、困り果てたこの村の若者が息を切らして大村に救援の願いに来たと言っていたが。

「我々は大村から来た調査団じゃ」

「ようこそ来てくださいました。まずはノドの渇きをこちらで……」

この合同狩組の代表である《獅子姫》が出迎えてくれた村の長老と挨拶を交わす。

「もてなしは不要じゃ。さっそく話を聞かせてもらおう」

《獅子姫》の顔付きは、オレに向ける小悪魔的な表情とは違いとても真面目だ。この森の姫君として英才教育を受けていた才女は、こういったことに関しても万能なのであろう。流石だ。

「では、さっそくですがお話します……」

村の小さな広場で聞き取り調査が始まる。長老と村の狩人たちの話を《獅子姫》が聞き取り、彼女の回りの腕利き護衛が補足で確認をする。それに対して〝謎の獣〟に対する調査の方法を立案し検討していた。

そんな中、オレは村の様子をぼんやり眺める。怠けているわけではない。話は一応聞いてはいるが、難しい話にまったくついていけないだけである。

(家事をする女衆たちに笑顔は絶えないし、子供たちも元気だな……ん？)

違和感がある。

ボーっと眺めながら〝何か〟が引っかかるのだ。

言葉にして上手く説明することは出来ないが、この村に入ってから〝何か〟を感じていたのだった。

意識を集中して村の様子に目を配る。周囲の森に建物の陰にと。だが特に何がおかしいとかは見当たらない。

（オレの勘違いかな。もしかしたら《獅子姫》ちゃんとの旅で浮かれていたのかもしれない……）

何かが引っかかるが、気持ちを切り替えることにする。

「よし、それではさっそく班を分けるぞ」

長老の報告を聞き終えた《獅子姫》が指示を出す。目撃した狩人の話だとこの村から少し離れた所で〝謎の獣〟を目撃したのだという。

気配を消して風下から近づいても気づかれてしまい、獣は消えるように逃げて行くという。だが次の日になると、何事もなかったかのようにまた同じ場所にいるという。

「流石にあっしも二度目のときは気を配りました。かなり気配を消して注意深く近づいたのですが……」

〝謎の獣〟を目撃した狩人はそう語っていた。その立ち振る舞いから彼はかなりの腕利きの狩人であると推測される。だがそんな狩人でも気配を察知され逃げられたのだ。かなり五感の鋭い獣かもしれない。

「獣はかなりの知覚をもつようじゃ。まずは少数精鋭で両班から一名ずつ選出して二名で偵察じゃ。残りの者はここに残り警戒だ」

「はっ！」

作戦が決まり《獅子姫》が的確に指示を出し、各々が準備を始める。まずは偵察を出して状況を確認である。

（偵察係か……こっちは隠密に優れた《大耳》のヤツが適任かな……）

《大耳》のやつはいつも『ケッケッケ……』といつも不気味な笑い声が特徴の男である。主に斥候が担当で口が悪く身体が小さいが、その動きは野生の獣のように身軽で視力と聴力に秀でる優秀なヤツだ。

「こちらの班からはオレが偵察にいこう！」

だがそのセオリーに反して、《魔獣喰い》組の頭たるオレはすっと右手を上げ名乗り出る。

「どうした班長、珍しいな。いつもなら泥だらけになる役は《大耳》に押し付けるのに」

副官であるイケメン剣士は、オレの突然の名乗りに首をかしげる。

「ワシは構わん。ケッケッケ……どうせまた何か企んでいるんだろう、班長さんは」

怪しまれながらも、どうやら満場一致の賛成が得られたようだ。自分の邪な作戦はバレバレなような気もするが気にしない。

（さて……向こうの偵察役は小柄なオッチャンか……それともあの黒装束の脅迫オジサンか……）

〝獅子姫隊〟で隠密を得意とする者はオレの目から見て二名ほどいた。恐らくはその内のどちらかだろう。

「そちらは《魔獣喰い》が行くのか……」

オレの立候補に《獅子姫》は口元に手を当て、思案の表情を浮かべる。耳元の羽飾りが上下に動き誰を送り出すか悩んでいた。

「それなら……我が行くのじゃ」

「へっ？」

自分の予想は見事に外れた。

《獅子姫》はスラリと細い右腕をあげて名乗り出る。もしかしたらオレの真似であろうか。動きやすいノースリーブ型の衣類のすき間から、真っ白な脇の下がチラリと見える。

（おお……脇の下まで可愛いな……ん？　あれ？　《獅子姫》ちゃんが偵察に行くですと！　オレと二人で……）

思わぬ急展開で状況が把握できず、少し混乱する。

彼女自身が名乗り出るとは、いったいどういうことであろう。

「姫さま、そのような危険な役は我々にお任せ下さい」

「あのような下賤な者と行くなどと……」

混乱していたのは護衛の戦士たちも同じだった。危険な斥候役に名乗りを上げた主をいさめる。

あれ？　もしかしたら〝下賤な者〟ってオレのことかな。

「我の決定に異論があるのか」

「いえ……ありません」

そんな声を剣姫は一蹴する。

護衛の者たちは困惑の顔をしている反論はない。恐らくは普段から自由気ままな姫に付添い、その性格には慣れているのだろう。心中を察する。

「さてと……」

人選と役割分担が決まり、オレはさっそく出発の準備に取りかかる。

「じゃあ、行ってくるけど……この村は〝なにか〟がおかしい……油断せずに警戒してくれ」

「特に異変はないようだが……」

出発の前に副官であるイケメン剣士にそっと耳打ちしておく。優秀な彼ならばどんな異変にも臨機応変に対応してくれるだろう。

「だが班長の言うことだ……間違いはないだろう。警戒しておく」

オレの顔を見てちいさく頷く。

いつも不思議に思うのだが、こいつをはじめ班の皆はオレに全幅の信頼を寄せてくれる。それに応えて自分もたまには頭らしい事をしてやらないとな。

「何をしている《魔獣喰い》。行くぞ」

「は、はいっ！」

もたもたしていたら《獅子姫》に急かされる。置いて行かれたら大変だ。荷を背負いその後を急いで追う。

途中までの案内をする狩人とオレ、そして《獅子姫》の三人は深い森の獣道を進んでゆく。

（なんで《獅子姫》ちゃんは偵察役に名乗りでたのかな……）

どんどん先行く彼女の背中を追いながらそんなことを考える。考えて悩んでも理由がわからない。

だが、これは絶好のチャンスだ。

3

熱帯地方に属する大森林とはいえ、冬の準備をはじめた木々の緑は濃い。空には雲も多く、心なしかいつもよりも森の中は薄暗く感じる。

「姫さま……この先の泉がある所が、あっしが〝獣〟を目撃したところですぜ」

「うむ、案内ご苦労であった。ここから先は我らに任せるがよい」

「へい、お気を付けて……」

予定通り、村の狩人の案内はここまでである。相手はかなり鋭敏で臆病な獣のため、少数精鋭で近づく作戦であった。

「《魔獣喰い》よ、ここから先は気配を〝消して〟行くぞ」

「はい、気をつけます」

オレの返事を聞き終えると《獅子姫》の気配は薄らいで消える。〝謎の獣〟を警戒しての隠密技術である。

「遅れたら置いてゆくからな」

そう言い残し彼女は森の奥へと駆けて行く。音も気配もない完璧な歩行術である。急いで後を追う。

（それにしても《獅子姫》ちゃんは凄いな……隠密も完璧だ……）

森の中を駆ける彼女の背中を追いながら心の中で感心する。

この起伏の多い獣道を《獅子姫》は音もなく駆け進む。倒木などの障害物にも速度を落とさず、気配を消してここまで駆ける技術は並大抵のものではない。それだけで人目を阻み密かに鍛錬を繰り返す彼女の光景が容易に想像できる。

一緒に行動して気づいたが、《獅子姫》は才能に奢るだけの女ではなかった。密かに努力と鍛錬を繰り返し、その剣技や全ての技術を身につけていたのであろう。

天賦の才と努力の才を併せ持つ剣姫。それ故に全てにおいて同年代では群を抜いて優れていた。

（可愛いだけじゃなくてやっぱり凄いな……あれ？　でも、よく考えたらそんな《獅子姫》ちゃんと二人きりだ……）

背中を追いかけてながら、ふと気づく。

これまでは護衛の戦士や他の奴らが邪魔で、彼女に近寄ることも困難だった。だが今は、この瞬間は正真正銘の二人きりの時間。

（《獅子姫》ちゃん、か……）

チラリと前方に視線をおくる。彼女は周囲を警戒しながら獣のように軽やかに森の中を駆けている。

（《獅子姫》ちゃんの魅力は何といっても〝美脚〟なんだよね……）

身体の動きを阻害しないように《獅子姫》は動きやすい格好を好む。そんな軽装のすき間から時おり見える美脚がオレの眼に眩しく映る。

（お尻や胸はそんなに大きくないけど……それが逆に可愛いかも……）

引き締まった形のいい腰と控えめな胸元が、地形の起伏で微かに揺れている。森の地形と精霊神さんに感謝である。

高速移動しながらの〝隠密チラ見〟は、さすがの自分も骨が折れる技だ。だがこの眼福があれば全く苦にはならない。

（でもそういえば、《獅子姫》ちゃんは何で偵察役に名乗り出たのだろう……）

ふと最初の疑問が思い浮かぶ。

護衛戦士の反応を見た感じでは、オレの名乗りを受けて彼女が勝手に変更したのであろう。

（もしかして、《獅子姫》ちゃんも……内心ではオレと二人きりになるのを望んでいたのでは……）

ここで素晴らしい一つの仮説が自分の脳裏に浮かび上がる。

今まで自分に対して厳しくしていたのは実は好意の裏返しなのでは……という新説が。

妄想が加速する。

『《魔獣喰い》よ……実は我もお主のことが……』

薄暗い森の中で急接近する若い男女。

もはや言葉はいらない。

その二つの影はやがて一つに重なり愛を育む……

（……なんて、みたいなことになったりして……）

オレの妄想は激しく熱くどんどん膨張してしまった。

◇　◇

〝止まれ警戒しろ〟

場の空気が変わる。

前を駆ける《獅子姫》から〝止まれ〟の手信号《ハンドサイン》が出たからだ。これは音も出さずに何通りもの意思疎通ができる、森の部族の共通の合図だ。

合図に従い停止して周囲の状況を確認する。

(泉があるな……)

どうやら〝謎の獣〟が目撃された場所にたどり着いたらしい。

(ここがさっきの狩人が言っていた場所か……ん？　獣の気配がする)

少し離れたところに獣の気配を感じ、《獅子姫》と一緒に茂みに身を隠す。風向きからも相手にはまだ気づかれていないであろう。

(あれか……　〝謎の獣〟とやらは……)

遠目にその影を確認できた。

少し大きめな泉の対岸に、水面に口をつけている大きな獣の姿が見える。その数は一匹だけで周囲には他の気配はない。

(これはビンゴかな……)

遠目で判別しづらいが〝森鹿〟に似ている。だが角や肢体が大きく変形しており形状が違うことから〝謎の獣〟で間違いないだろう。これまで見たことがない獣である。

〝左右から追い立て、仕留める〟

隣にいる《獅子姫》からの無言の合図が下る。

正体不明の獣は危険である。その存在を放置して後に甚大な被害が出ることも少なくない。

こちらは二人だけだが、《獅子姫》ちゃんが状況を判断し、逃げられる前に仕留めることにしたのであろう。この場の上官である彼女の決断は正しく、オレもそれに従う。

（よし……狩りだ……）

意を決し〝了解〟の合図を返したオレは、泉を挟み彼女と左右に別れて移動する。慎重に気配を消して泉の左側から回り込む。

獣の風下から身を隠しつつ、茂みを移り渡り、詳細まで目視できる距離まで近づく。すぐ目の前で〝謎の獣〟は泉の水を飲んでいた。

（〝森鹿〟の変種かな……いや、それにしては大き過ぎる……それに角の部分が……ん？　なんだ、アレは……）

その光景に首を傾げる。

見た目はこの森に生息する草食の〝森鹿〟に近い。だがあまりにも巨体すぎる……距離感が狂うほどだ。

そして最も不可思議なのは牡鹿の角の部分である。

（七色に光る角、だと……陽の光の反射かな？　いや、まて……あの角そのものが発光しているんだ……）

それは驚愕の光景であった。

獣の大きく広がった雄角が鮮やかな七色で発光していたのであった。

蒼色、碧色、朱色……これまで見たこともないような色彩豊かに輝く。水晶《クリスタル》を陽にかざしたような、万華鏡を覗きこんだような幻想的な美しさだ。

（キラキラしてキレイな色だな……）

思わず目を奪われる。

これほどまでに幻想的で美しい光景は見たことがなかった。これから狩りをする任務すら忘れ魅入ってしまう。

（もしかしたら〝いい獣〟なのかもしれない……きっとそうだ……）

事前の情報から〝謎の獣〟は魔獣でないか、と想定をしていた。

だがこの幻想的な獣はまるで正反対であった。性格も大人そうな草食系だし、人畜無害の獣に感じる。

（あっ、《獅子姫》ちゃんに〝中止〟の合図をしないと……）

彼女はこの獣を退治するつもりだった。自分の笛の音で連絡しないといけない……そんな気持ちになるほど、目の前の獣は暖かい光を発していた。

（本当にキレイだな……心がぽかぽかして眠くなってきた……）

視界が幻のように揺れ思考回路がゆっくり進む。身体中がダルくなり手足の感覚が薄れていく。

夢心地で気持ちいい。このまま眠りたくなる。

〝警戒ヲ……〟

そんな夢幻の世界へ堕ちそうになった瞬間である。

〝警戒セヨ〟

声が響く。

その声と共に轟雷のような激音が脳内に鳴り響く。眠りかけてもうろうとしていた頭を、大槌で殴られたような強烈な刺激が襲う。

一気に目が覚め、我に返る。

（なんだ今の……そうか、何かの術にかかっていたのか、オレは！）

そこでハッと気がつく。

目の前で毅然としている美しい獣の違和感の正体に。

本来あるべき獣感がまったくなかったのだ。全身の毛並みには生きている証である汚れがなく、またあるはずの獣臭が全くしないのである。

「こいつはヤバイ……」

知らず知らずのうちに術にかかっていた。恐らくはその姿を目にしただけでかかる幻術の一種であろう。《流れる風》のオッサンに前に聞いたことがあった。

これまでにない危険な獣である。

分かれて行動していた《獅子姫》の身が心配だ。

「し、《獅子姫》ちゃん……」

獣の反対側に視線をおくると、彼女の姿はすぐに見つかった。隠れているはずの茂みから出歩き、その身を泉の岸辺にさらけ出していたのである。

獣に斬りかかるつもりであろうか。だが様子がおかしい。目がうつろで足元がふらふらして歩いている。

それは先ほどまでの自分と同じ状況……いや、それ以上に強力な幻術にかかっているかもしれない。

「《魔獣喰い》……コイツは〝幻獣〟だ……逃げるのじゃ……」

うつろな瞳の《獅子姫》の口から〝幻獣〟という言葉が出てくる。やはりそうか。

〝幻獣〟……前に《流れる風》のオッサンから聞いたことがある。悠遠のときを生きた獣が幻想を司る精霊と融合し誕生する珍しい獣だ。

その姿を見た者は強力な幻術の力に囚われてしまうという。そしてそのまま夢幻の世界に堕ち死に絶えるという。

「《獅子姫》ちゃん、しっかりして！」

その名を叫び注意を促す。だが彼女の瞳には生気がなく虚ろだった。

いつもの勝気な生気にみなぎる瞳ではない。剣も抜かない無防備なままで幻獣の前にその無防備な身を差し出す。

「《獅子姫》ちゃん……う、足が……腕が動かない……」

危険が迫っている彼女を助け出そうと弓に手を掛ける。だが自分の身体も動かすことができず思わずひざを地につく。頭と意識はスッキリしており、足だけはなんとか動く。

だがまだ手元が痺れて動かない。恐らくはまだ幻獣の術にかかっているのであろう。

「クソッ……どうする……」

早く彼女を助けないと。だが思いもよらない事態の対応に判断を迷う。

相手は強力な術を使ってくる幻獣が一匹。この催眠術以外にも正体不明の力をまだ何か隠し持っているかもしれない。

そしてこちらは身体を操られている《獅子姫》に、辛うじて動ける自分の二人だけある。

身を挺して彼女を助けに行くか。だが迂闊に手を出したら二人とも殺られる可能性がある。

「くっ、《魔獣喰い》よ……救援を呼びに行くのじゃ……」

か弱い声で《獅子姫》は指示を出す。

確かにオレ一人だけならここから逃げ出すことは出来るだろう。さっきの村に戻れば狩組の仲間や〝獅子姫隊〟の戦士もいる。何とかなるかもしれない。

（訓練所での教官の教えだと……こん状況下では一人は撤退して仲間に救援を求めるのが正解だ……）

私情を挟み撤退の時期を見誤り全滅、というのは戦士として一番の愚行である。任務の目的のためには個人の感情を捨てる覚悟も必要とされた。

指揮官として英才教育を受けてきた《獅子姫》もそれを理解して、オレに撤退の命を下したのだ。

（でも戻って来るまで彼女は無事でいられるのか……いや、その保障はない……）

撤退か強行の狭間で、オレは決断の時を迫られた。だがそれはどちらも選ぶことが出来ない究極の選択である。

「《魔獣喰い》よ、お主だけでも……」

小さくなってきた悲痛な彼女の声が耳に響く。

ああ……どうすればいいんだ……


『てめえは、まだ子供《ガキ》だから理解できないかもしれない。だが好いた女ができた時に〝落とす〟コツを教えてやる』

『えっ？　恥ずかしいからいいよ……』

幼いころに《流れる風》のオッサンに言われた言葉が頭の中に響く。いきなりなんだ、これは……

もしかしたらこれも幻獣の術なのか、オレを惑わせるための。

『いいから聞いとけ。いつか使える技《テク》だ』

ああそうだ、思い出した。

これは酒を飲んでいたある日のオッサンの言葉だ。あのときは酔っぱらい大人のたわごとだと思って全く気にも止めなかった。

『この森の部族の女たちは規律や命令に厳格だ。負けず嫌いで情熱的ないい女もいる。窮地に陥ったそんな女を口説くときはこう言ってやれ』

酔っ払いのオッサンその時の言葉が今ごろになって甦り胸に響く。

なぜだろうか……。


「お主、だけでも……」

小さく悲痛な彼女の声で我に返る。

まだ痺れが残っていた手足に活を入れ、オレはゆっくりと立ち上がる。こんな状態では満足に弓を射ることも出来ないであろう。

オレは両手をぶら下げ幻獣と《獅子姫》のいる方へとゆっくり歩き出す。

「《魔獣喰い》……何をしている……撤退しろ……これは命令じゃ……」

痙攣する身体の最後の力で《獅子姫》は声を絞り出す。幻獣の術に深くかかり身も心も完全に支配される一歩手前なのであろう。

強靱な精神力で安否の言葉をむける。命令に従わず自分を助けに向かって来る愚かな男……《魔獣喰い》へ。

「命令だって……」

オレは想いの言葉を発する。

幻獣はなぜか術にかからない自分を怪訝に見つめてくる。その両眼は更に強力な光を放ち自分に対する戒めを強化してくる。このままでは《獅子姫》の二の舞となり自分も傀儡と化してしまう。

「そんなものは……」

オレは痺れる手で腰の小袋をまさぐりそれを取り出す。先端が鋭く尖った二本の縫針を取り出す。ほつれた革鎧を補修する時に使う極太針だ。

「命令だなんて！　そんなのは！　クソッ食らえだ！」

オッサンが教えてくれたそのときの言葉を大声で吐き出し絶叫する。

「どりゃぁあ！」

それと同時に自分の親指の爪の隙間に鋭い針をぶっ刺す。

「うぐぐ……」

続いてその針を引っこ抜き、両足の太ももに突き刺す。

「いぎぎ……」

言葉にできない激痛が全身を走る。

全身の毛穴から脂汗が吹き出し大粒の涙が目からこぼれそうになる。自分の両手の親指と太ももから真っ赤な血が流れ落ち服と大地を染めていた。

あまりの激痛に意識が飛びそうになる。

「へっへへ……でも、これで動く……」

両手両腕の感触を確かめる。弓矢を持つ感覚がはっきりと戻っている。先ほど極太針を突き刺した激痛が、幻覚による痺れを上書きしてくれていたのだ。

『キャルゥウ』

突拍子もなく奇怪な行動をした目の前の人に、幻獣は不可思議な目を向ける。そしてひと鳴きをあげ警戒をする。なぜなら自分の絶対的な効果をもつ幻術が、このわい小な人に通じないのだから。

「《魔獣喰い》……お主は……」

「幻獣さんよ……姫さまは返してもらう！」

オレは喉が焼き裂けるほどに雄叫びを上げる。目の前の幻獣にむかって真っ正面から突撃するのだった。

◇　◇

「うぉお！《獅子姫》から離れろ、この鹿野郎！」

絶叫にも近い雄叫び上げながら牡鹿《おじか》の幻獣に突撃をする。

叫びながらの突進など普段の狩りなら決してしない奇行だ。だが、今は幻獣の注目をこちらに向ける必要がある。

『キャルゥウウ』

その作戦が功を奏したか、幻獣は奇声を上げながらこちらに身体を向け巨大な雄角を構える。その両眼が怪しく光りこちらを睨み付ける。

「《魔獣喰い》……視線を合わせるのではない……」

幻獣の視線から逃れ、先ほどまで棒立ち状態だった《獅子姫》はその場にひざをつく。恐らくは幻獣のこの視線を正面から受けると、さっきの彼女のように強力な催眠で操られてしまうのであろう。

『ギャルルウ！』

自分に雄叫びに反応したかのように、幻獣を取り巻く空気が一変する。それと同時に先ほどまでとは全く違う種の咆哮を上げる。

「くっ……」

凄まじい咆哮だ。

思わず両耳を塞ぐが、その手を貫通し鼓膜に直接刺さる恐ろしい音だ。まるで自分の心臓を素手で鷲づかみされた苦しさだ。

「変色に変化だと……」

咆哮を終えると、幻獣の形相が大きく変わる。

先ほどの神聖な獣のような穏やかな顔付きから一変する。瞳は血のように不気味で赤い色に染まり、あれほど美しかった白銀の体毛も漆黒に変色する。

「これが本性かよ……この鹿野郎が……」

表面上では軽口を叩くものの足が動かない。

先ほどの恐ろしい咆哮で胸は激しく鼓動し、恐怖で足がすくみそうになる。〝この場から逃げ出したい〟〝絶対にこの獣には敵わない〟と自分の本能が警告をする。

「くっ、速い……」

目の前にいた幻獣が鋭い雄角を振りかざし突進してきた。巨体でありながらもその身の重さを感じさせない踏み込みと猛攻だ。

「いまだ！……なに、弓が通じないのか！」

回避しながら幻獣の身体に矢を放つ。森鹿の獣の急所である心臓に強烈な一撃。だがその身に矢を受けながら幻獣はその猛攻を止めない。

「普通の武器が通じないのか……いや、肉片には矢はめり込んでいる……まだなにか幻術があるのか」

まだ動けないでいる《獅子姫》を巻き込まないように泉岸から離れて、森の中へ退避する。それに反応し周辺の木々をなぎ倒しながら、漆黒の幻獣はオレに追って来る。

こちらの思惑通りに標的を自分に変更したようだ。その猛攻を回避しながら何度か矢を射る。

「くっ、不死身なのか……幻獣は……」

だが一向に効いている様子はない。まるで空を舞う霞で無駄に攻撃しているような不安感に襲われる。

（どうする……なんとかしないと……）

早く打開策を見つけなければ状況は悪化する。まだ動けない《獅子姫》を狙われたら守り切る自信はない。何とかここで仕留めなければ。

（でもどうすれば……）

オレは思考回路を全開にして考える。この追い込まれた状況を打開する策を。

「ん……？」

その時だった。

オレの視界の中を赤い閃光が駆け抜ける。その閃光は地を蹴り中に舞い飛び、抜剣する。

「我を舐めるなぁあ！」

気合の声とともにこの戦場に赤髪の少女が飛び込んでくる。

「《獅子姫》ちゃん！」

その名の少女は全体重を乗せて愛剣で幻獣を頭上から斬りかかる。強力な全身のバネから繰り出された剣の振り降ろしは、幻獣の牡鹿の右角を砕き切り落とす。

『ギャャルウウ！』

幻獣の鳴き声にはじめて悲痛な感情が混じる。先ほどまで、いくら肢体を矢で狙っても効かなかった不死身の幻獣に、はじめて攻撃が効いていたのである。

「《獅子姫》ちゃん……幻術は……身体の痺れは大丈夫なの」

激痛で暴れる幻獣から彼女と共に一度距離をとり安否を確認する。

「お主に〝解き方〟を見せてもらったからの……」

にこりと笑みを浮かべながら《獅子姫》は真っ赤に染まった左手の親指を見せてくる。真っ赤な血が流れ落ちていた。

恐らくは先ほどの自分と同じ様に、革縫い用の極太針で突き刺して幻術を打ち破ったのであろう。

だがその顔には苦痛の色はなく、いつもの勝気な笑みが浮かんでいる。

『ギャャルルウ！』

自慢の角を砕かれ激昂した幻獣は、これまで以上に禍々しい咆哮で吠える。周囲の空気は揺れ木の葉が砕け散り、両眼には先ほど以上に不気味な真紅の色が宿る。

まるでこちらを呪い殺さんとばかりに睨み付け、その後ろ脚に力を貯め姿勢を低く踏み込んでいる。

「《獅子姫》ちゃん、来るよ！」

「ああ、次で決めるぞ！」

隣に立つ少女と、幻獣の次の攻撃に備える。幻術で疲労したこちらの体力もそろそろ限界に近い。次の一撃が勝負となる。

「だが、あの幻眼は厄介じゃ……こうして相対するだけでも身体が重い」

二人とも既に満身創痍であった。燃え尽きるロウソクのように、最後の力を振り絞っている状態である。

「オレが盾になる。《獅子姫》は後ろに！」

「それではお主がモロに幻術を食らうぞ……」

「オレのことは大丈夫だから……さあ、くるよ！」

巨大な幻獣が動き出す。片角を失った幻獣は狂ったように咆哮を上げ、周囲の木々を吹き飛ばしこちらに突進してくる。

「さっ、こっちも行くよ！」

「ああ、死ぬなよ！」

突進してくる幻獣へ向かってこちらも駆けだす。《獅子姫》を後ろにしてオレが先頭を駆ける。

自分が盾となり彼女が剣となる。

『ギュュゥウウル！』

突進して来る幻獣は更に違う種の咆哮をする。するとその姿は陽炎にように揺らぎ何重にも見える。

「分身だと……いや幻覚か……」

目の前の光景に驚愕する。

牡鹿の巨体が何頭もの分身となりこちらに突進してくる。いったいどれを狙えばいいのか見当がつかない。これも幻術の一種なのか。

「どれが本体からわからねば、全て叩き斬るまでじゃ！」

オレの後ろを駆けていた《獅子姫》が一足で前に飛び出す。

「ハッ！　ハッ、ハッ！」

強脚による移動に加えた連撃の乱舞。

剣姫は何重にも姿をわけた幻獣に全て斬りかかる。まるで瞬く赤い稲妻であり一撃多重の凄まじい連撃だ。

「よしっ！」

そしてその一つの斬撃に手応えがあった。

「《魔獣喰い》よ、コイツが本体じゃ！　うぐっ……」

だが次の瞬間に《獅子姫》は吹き飛ばされた。怒り狂った幻獣の巨大な蹴りをまとも食らって身体がくの字になる。

大型の肉食獣ですら即死させる一撃を受けて、《獅子姫》は木々に激突しながら倒れ込む。

「《獅子姫》ちゃん！」

「わ、我のことはいい……止めを刺すのじゃ……《魔獣喰い》よ！」

反射的に身体をひねり受け身をとったのであろう。うめき声を上げながらも命はある。

「オレに……まかせて」

目の前に巨大な幻獣が迫る。

だが心を鎮め深呼吸をして、弓を静かに構える。

幻獣は次の獲物である自分に向かって再び突進してくる。前方の木々を吹き飛ばし一直線だ。これを食らったら自分も無事では済まないであろう。だがここで退くわけにはいかない。身を挺してこの好機をくれた彼女のためにも。

「これは……」

静かに弓矢を構え目の前に集中する。足踏みで大地を感じ息を整える。目の前の恐怖に押し潰されそうになる心を、勇敢なる想いで抑える。

「この一矢は外さない」

静かにそう呟き、そして自分を信じてスッと指を離す。

狙う点は一か所――――幻獣の〝急所〟だ。

微かに光り輝いて見える箇所。

先ほどまではまったく見えなかった不思議な感覚だ。今の自分は興奮しているような、それでいて凪の水面のように心静まっているような気がする。

（この一射が通じなければオレは死ぬ……）

幻獣の突撃《チャージ》を食らい絶命するだろう。だが、それも仕方がないと思う。

〝弱いモノは、強いモノに狩られる〟

それがこの大森林の……自然の摂理だからだ。人が偉くて上に立つわけではなく、強靱な獣だけが生き残る訳でもない。弱肉強食。生命の連鎖がこの森での摂理なのである。

（ん……あれ？）

いつの間にか集中し過ぎていた。いつもの妄想ではなく集中し過ぎていたのだ。

（あっ、そういえばオレの放った矢はどうなったんだろう……）

ふと視線を送る。

オレの目の前には一匹の〝獣〟が横たわっていた。その光る急所には一本の矢が突き刺さり絶命している。

どうやらオレの矢が何とか効いたようだ。

「ふむ、数百の年月を越えた獣は幻獣と化す……まさか本当に目にするとはな……」

《獅子姫》が身体を抑えながらゆっくりと近づいて来た。先ほどの蹴り足の衝撃を受け流しきれずに痛めたのだろう。

「《獅子姫》ちゃん……大丈夫？」

「なに、手足の痺れはまだ若干残っているが……お前の酷い有り様に比べたら可愛いもんじゃ、《魔獣喰い》よ……」

「ん？」

彼女にそう言われてはじめて気づく。

自分の全身は汗まみれで、衣類は極太針を刺した血で染まっていた。確かにこれは酷い。

「ハッハッハ……緊張のあまりに忘れていたよ。でも《獅子姫》ちゃんも泥だらけで酷い顔だよ」

「ん？　お主の顔よりはマシじゃよ……ふっ」

「そうかなぁ……そうだね……ぷっ」

先ほどまでの張り詰めっぱなしだった緊張が抜ける。疲れがどっと溢れてその場に座り込む。でもなぜか込み上がる笑い声を抑えられない。

《獅子姫》も耳元の羽飾りを上下に動かしながら笑い声をこぼす。激戦を終えて静寂と化した森の中に二人の男女の笑い声が響く。

「ああ……それにしても疲れたな……」

オレはその場に寝そべり天に目を向ける。

そして木々の隙間からこぼれる青い空を眺めながらそう呟くのであった。

最終章　三人の夜明け

1

「いや～、今年もついにこの〝精霊祭〟の時期がきたね」

大村の熱気を目の前に《魔獣喰い》ことオレは、思わず嬉しさを口に出す。

通りには賑やかな露店が立ち並び、祝いの料理や酒が無料で振る舞われている。家々の軒先には鮮やかな飾りが立てられ、また行き交う人々の衣装も華やかだ。

「〝精霊祭〟か……いいな、やっぱり……」

オレは再び言葉を漏らす。

今この〝大村〟では、年に一度の大きな祭りである〝精霊祭〟の初日祭が行われている真っ最中なのだ。

〝精霊祭〟というのは年の変わり目に、大森林の各村々で行われるこの部族独特の大きな祭りだ。

日本でいうところの〝正月祝い〟みたいなもの。

年末から年始までの数日間開催され、その期間中は狩りや訓練など全部休みだ。

その分こうして、一年の終わりに森の精霊に盛大に感謝し、年の始まりを祈願する。

いつもは質素な生活を強いられているこの部族だが、精霊祭の期間ばかりは豪華なご馳走と美酒で騒ぎ賑わう。この祭りのために食料も備蓄しており、それを一気に解放するのだ。

「みんな見て、こっちでは〝森豚の丸焼き〟が食べられるよ。よし、並ぼう」

「班長、そんなに焦らなくても、祭りの振る舞い料理はふんだんにある。酒でも飲みながら待とう」

一緒に祭りを満喫していた、同じ狩組のイケメン剣士が苦笑する。

そう言いながらもその右手には果実酒の小瓶《こがめ》が握られており、ちびちびそれに口を付けながら彼も祭りを結構楽しんでいた。

「うーん、オレは、酒はよく分からないから、いらないや……」

イケメン剣士はオレより一歳ほど年上だ。この部族では十四歳ともなれば成人と見られる。大っぴらに酒も飲め、縁組もできる。

オレもこの身体で一応は酒を飲んだことはあるが、いまいちその美味さを理解できない。

「あっ、あっちには〝川魚の串焼き〟がある！」

そんな訳で祭りでのオレの一番の楽しみは、豊富な屋台の食べ物だった。

（脂がのった川魚に、甘味が深い果実、黒芋の煮込み……それにこの〝山鳥の素揚げ〟も最高に美味いな……）

この〝大村〟は食材の種類が豊富だ。

近隣に大きな河川もあり魚貝類も捕れ、森の木が開けた所では野菜も栽培されている。また周囲の村から定期的に食料や物資が集まってくる。

（まさに、森中の山海珍味が味わえる祭りだな……ん、あっちにもまだ食べてない料理がある。早く行かないと……）

呆れる仲間を置き去りにしながら、オレはいろんな屋台を巡る。両手いっぱいに料理を抱え、次々と口に入れる。そしてまた新しい食材を見つけそこに並ぶ。

その待ち時間にも、抱えた料理を食することは忘れない。

（いや～、毎年の事だけど、〝精霊祭〟はやっぱり楽しいな……）

おっ、あっちに南国風な屋台が出ている。

次に行かなきゃ。目指せ、完全制覇だ。

「おい、例のあの若者まだ食すつもりだぞ……」

「確か昨年も食い荒らしたヤツだ……名は《魔獣喰い》だったはずだ……」

「噂には聞いたことがある……精霊祭の料理を全て喰らい尽くす〝混沌の身体〟を持つ者とか……」

そんなオレを横目に見ながら、村人たちが何かひそひそ話をしている。

一体何を話しているのだろうか。オレには聞こえない。

（まっいっか……夜の〝若獅子賞授賞式〟まで時間もない。力の限り屋台に並ぼう）

自分では気づいていなかったが、まだ成人前のオレが屋台料理を完全制覇する様子。

ここ数年、それは〝精霊祭〟での村人たちの見物のひとつだったらしい。

2

精霊祭の初日の夜も更ける。

大村の大広場には煌々とかがり火が焚かれ集まる村人たちを赤々と照らす。

群衆たちの目当てはこれから発表される〝若獅子賞〟の名を聞くことだ。

「いよいよ、〝若獅子賞〟の発表だね……緊張したらお腹が空いてきたかも……」

「班長……あれほど食べてまだ足りないのか。まさにその〝名〟に恥じないな」

「ん？　どういうこと」

そんな群衆の中にオレたちもいた。

〝若獅子賞〟とは、主にこの大村の戦士団訓練生が対象となる年間最優秀賞のことだ。

その名誉は森中に鳴り響き名高く、若手なら一生に一度は狙いたい誉れ。

「おい、お前は誰が授かると思うか？」

「やはり最有力は《獅子姫》様であろう。特に後半の追い上げは、流石は王の血を引くといったところだ……」

「そうか、ならオレは大穴狙いで《魔獣喰い》たちだな。この数年間の地道な努力をオレは知っている……」

「なら、この上等な酒を賭けるか……」

「ああ、のった……」

発表の時間が迫るにつれて、群衆はざわつきはじめる。

今年の最有力候補の下馬評は、《獅子姫》かオレたちの狩組のどちらかに絞られていた。

一体どちらが今年の栄光を勝ち取るのか。

それにより今後の戦士団での配属先や役職に大きく関わる。

「班長はどう思う……オレたちか《獅子姫》たちか……」

いつもは冷静沈着なイケメン剣士が、珍しく声を震わせている。もうすぐ訓練生を卒業となる自分たちにとって、今回が最後の受賞の機会なのだ。

「うーん、どうかな……オレたちも頑張ったし、あとは〝人事を尽くして天命を待つ〟かな……」

前世でおじいちゃんっ子だったオレは、祖父の口癖を思い出す。

「班長、難しい格言を知っている」

「けっけっけ……うちの頭《かしら》は阿呆《あほう》なのか、賢いのか底が知れねっす」

「えっ、オレってみんなに〝阿呆《あほう》〟な子だと思われていたの……」

「班長、気にするな、今さらのことだ」

仲間たちのオレに対するダメだしに、自然と笑い声が溢れる。悪くない笑顔だ。

自分たちは二年前から今日を意識して日々努力してきた。それで結果が出なければ仕方がない。

本当は今日の結果のために頑張ってきたのだが、そのお蔭でいつの間にかこうして仲間ができた。

今となってはそれだけでも感謝だ。

「ふん、随分と余裕だな、《魔獣喰い》よ」

「あっ、《獅子姫》ちゃん……」

雑談していたオレたちに《獅子姫》が歩み寄る。

彼女はいつも山鳥の羽なんかをあしらった派手な服装を好む。だが祭りということもあり、今日の《獅子姫》ちゃん更に多彩……七色だ。

それでもスラリと伸びた手足の素肌の美しさが損なわれないのは、彼女の持って生まれた輝きのお蔭であろう。

「余裕というか……半分諦めかな……」

「戯言《ざれごと》を……まあ、それもうじき分かる。ほれ、発表されるぞ」

「あっ、本当だ……」

いよいよ〝若獅子賞〟が発表される。

村の大広場の中央に設けられた祭壇の上に、数人の精霊神官が登壇したのだ。祭壇の上の柱にはオレと《獅子姫》が退治した幻獣〝鹿王《ろくおう》〟の生首が掲げられている。防腐加工が施されているのか生前の時と同じようにその双眼は怪しく輝いていた。今回の精霊祭の最大の捧げ物であるのだろう。

該当者の名は大神官の口から発表され、その栄誉を集まった村人たちに称えられる。ちなみに選考は、城の各戦士団長や幹部が事前に行っている。

「では……」

小柄だが背筋のピンと伸びた大神官から、簡単な挨拶が始まる。噂ではこの大森林でも最高齢という話だ。オレの出身村の気難しい神官の婆さんより、更に年寄りだ。

「この去る年に、最も果敢で勇気を持ち合わせていた若人は……」

いよいよだ。

次にくる名の組がその栄光を勝ち取るのだ。

「〝若獅子賞〟は《獅子姫》と……」

その最初の言葉で、オレの思考は止まる。

驚きで心臓の鼓動も危うい。

(くっ、やっぱりダメだったか……あんなに皆で頑張ったのに……)

心の中で時間が止まったようだ。

想定はしていたが、やはり《獅子姫》たちが勝ったのだ。

(いや、待てよ……〝と〟って言っているぞ……)

「〝若獅子賞〟は《獅子姫》と《魔獣喰い》の二つの組に与える！」

大神官の言葉にオレの時間は再び動き出し、大広場は大歓声に包まれた。

「まさか二組の同時授与とはな……前例はあったかのう？」

「いや、今回はどちらも甲乙つけ難い。妥当である！」

「よし、酒だ、酒。皆でこの森の若き獅子たちに祝いの杯を上げよう！」

広場に集まっていた村人たちは、そこかしこで乾杯をはじめる。未来ある若き二組の者たちの栄誉を称える。笛や太鼓の演奏がはじまり歌い踊りはじめる。

この森の部族の民は、基本的に竹を割ったような性格をしている。互いを高め競い合うことは三度の飯より好きだが、勝負が終わればみな称賛し合うのだ。

「……」

「班長……やったな……」

「オレ、嬉しい。感謝だ」

「へっへっへ、悪くはないもんですねぇ……称賛の声というのも」

思わぬ結果にオレは、言葉を失う。まさかの大逆転劇だ。

自分の周りにいた同じ狩組の仲間たちは、手と手を取り、肩を組んでその栄誉をお互いに称えあう。オレもその輪にもまれそして、仲間たちに強烈なハグをされる。感極まって涙を流す奴もいた。

「おい、《魔獣喰い》よ、壇上に行くぞ。一世一代の晴れ舞台じゃ」

「う、うん……ありがとう、《獅子姫》ちゃん……」

「な、何を、礼を言っておるのじゃ……今回は引き分けじゃが、次回はこうはいかんからの」

「うん……そうだね」

もたつくオレの右手を、《獅子姫》が祭壇の上まで引っ張って行く。それに伴い両組の仲間たちも登壇し、未来ある若き戦士たちが壇上で胸を張り肩を並べる。

「それでは、この若き……」

祭壇の上にあがったオレたちは、大神官の婆さんから祝福の言葉をかけられる。そのあとに栄誉の証である短剣を一振り授かった。

これは何でも、森の精霊の力が込められた魔除けの護剣だという。

「一振りだけだから、班長が貰っておけ」

「異存ない」

仲間の勧めもあり、それはオレが所持することになる。

その後は広場の村人を前に、自分たちはこれからも精進することを宣言したり、神官さまに加護の言葉なんかを頂いた。この辺は儀式的な形式だった。

「終わってみれば、あっという間だったね、式も」

形式的な受勲式が終わり、オレたちは祭壇の下に降りる。

「まあ、こんなもんだろう。大変なのはこれからだぞ、班長……来たぞ」

イケメン剣士の予言は当たった。

降壇したオレたちは、あっという間に人の波に飲み込まれる。同じ戦士団の訓練生たちが、祝福の言葉をかけるために押し寄せて来たのだ。栄光ある同期を祝するために。

「おい……そんなに押すなってば……いてっ、誰だ、どさくさ紛れに平手打ちするのは？」

同期生たちは祝いの品と言わんばかりに、オレたちの身体を叩きまくる。

強靱な身体能力を持つ男たちのビンタである。ちょっとした動物なら致命傷の打撃だ。勘弁してほしい。

「まさか〝落ちこぼれ第一候補〟と言われていたお前が、最後に最高の栄誉を勝ち取るとはね！」

袋祝い叩きに遭っていたオレたちの元に、豪快な笑い声が近づいてきた。

筋肉隆々のむっちりボディーが、オレたち訓練生の《黒豹の爪》である。厳しい鬼教官がオレたちを祝いにきてくれたのだ。

「よし、お前ら。同期の栄誉を称えて、今宵はとことん飲むぞ。この酒瓶《さかがめ》は私からの祝いだ。お前ら全員で空けるまで卒業はなし、だからな！」

その大瓶《おおがめ》の尋常ならぬ大きさを見て、先ほどまで興奮していた同期生たちの顔は青ざめる。

強靱な身体能力を持つ森の民は酒にも強い。

だがこの酒の量はその許容量を遥かに超えていた。相変わらず笑えない冗談が大好きな鬼女教官さまだ。

「……」

「……」

どんな凶暴な獣にも果敢に立ち向かってきた精鋭揃いの訓練生たちは言葉を失っていた。

それを見ながら他の教官や戦士団員は、ニヤニヤと薄ら笑いを浮かべている。恐らくは、この大瓶は決して飲みきれない――よくある若い戦士たちへの卒業前の洗礼なのだろう。

「うーん、この位の量なら、何とかなるんじゃないかな……オレは卒業したいから、全部飲むよ、これ」

今回賞を授与されたとはいえ、自分の訓練所での成績は底辺ギリギリだ。

この酒を飲むだけで卒業を許されるのなら、お安いもんだ。

呆然と立ち尽くす同期生たちを横目に大瓶に近寄り、勢いよくごくごくとオレは飲み始める。

「よ、よし、みんな！　勇気ある《魔獣喰い》に続くんだ！」

「オレたちの同期組の団結力を、今ここに！」

「対魔獣包囲陣で行くぞ！　前衛は前に、酒瓶を囲め！　屍《しかばね》は後衛が拾ってやる！」

言葉を失っていた同期生たちはオレの〝ひと飲み〟を見て次々と動き出す。

気合いの声と共に大瓶の酒に挑む。大瓶の容量は尋常でなく無謀な挑戦である。この大きさなら強いアルコール度数の酒で、一人当たりの分量は何升であろうか。

だが若者たちは挑んだ。

なぜなら自分たちの先頭に立つのが《魔獣喰い》と呼ばれる男であったからだ。彼は入所当初は影が薄く目立たない少年であった。訓練所での成績も中の下であり、座学や軍学に至っては最下位である。

だがそんな男は数々の奇跡を起こした。

同期生の中でも群れを作らない荒くれ者たちの心を摑みまとめ上げ、最強と名高い狩組を結成した。そして訓練生ながらも〝魔獣狩り〟という危険な任務に挑戦し、遂にはそれを成し遂げる。

彼の者の偉業はそれだけではない。

天賦の才を持つ《獅子姫》とたった二人で伝説上の獣である幻獣を打ち倒し、本日の栄光ある〝若獅子賞〟の名誉を授かったのだ。なんの才能もないと言われていた男が。

「《魔獣喰い》の凄さだと？　アイツの手を触ったことがあるか……あの手は尋常ならぬ鍛錬と努

力を繰り返してきた戦士の手だ」

厳しい訓練や共同生活で苦楽を共にして若者たちは気づいていた。偉業の陰に隠された《魔獣喰い》の血のにじむ地道な努力の数々を。彼の者が誰よりも早く起き、一日も休まずに過酷な弓の鍛錬を自分に課していた姿を目撃した者も多い。

「自分には才能がないから諦めるだと？　なら夜に宿舎の裏庭に行ってみな……あの男の剣と向き合う姿を見たら分かるぜ……自分の甘さに」

彼の者に剣の才能は皆無であった。だが人知れず誰よりも多くの数の剣を振るう姿は多くの者に勇気を与えてくれていた。

〝どんな苦難や困難があろうとも《魔獣喰い》となら必ず成し遂げることができる。なぜなら奴こそオレたち同期組の希望の星である〟

若者たちは地味で不器用な同期生にいつしか心惹かれていた。どんな苦難があろうとも決して諦めない姿に敬意を表していた。

その後。

若い戦士たちの闘いは数刻に渡り続いた。

そして新たなる伝説が作られた。

空っぽになった大瓶《おおがめ》と、
その周りに泥酔で倒れ込む未来ある訓練生と共に。

3

「……ふう、なんとかなったな。これで卒業もひと安心だ」

大酒瓶の騒動を乗り切ったオレは、大広場をひとり離れひと息つく。酒を空にされ興奮していた大人たちから、更に絡まれるのを回避するために逃げてきたのだ。

「深夜になったのにみんな元気だな……」

遠目に見える広場では精霊祭の祝い儀がまだまだ続いた。

まだまだ広場では精霊祭の祝いが続いていた。

かがり火が焚かれ幻想的な光に人々は照らされ、原始的な楽器の演奏に合わせて踊り狂っている。

質素な部族の年に一度だけの祭りだ、その反動で賑わいもひと際だ。そこでは誰もが心から笑い喜び感情を表していた。

「この森の生活も……悪くないかもな……」

その光景を遠目に眺めながら感慨にふける。

ここの暮らしに文明の欠片は全く無く、時には暖かい羽毛布団や和食なんかも恋しくなる。金属鎧の騎士もなく、革鎧と生肉と木の実三昧な日々だ。

だがこの森の暮らしには、人と人の温かみがある。

自然に畏敬の念をもち、生かしてもらっていることに感謝をする。

「森の外の文明の生活は……もうちょっと後にしようかな……」

自分の計画では、ここの訓練所を卒業し正式な戦士となったら、この森を離れる計画であった。幼い頃からの夢であった森の外の文明ある世界を目指すためであった。だがそんな計画もここでの暮らしを満喫しているうちにいつの間にか白紙に染まっていた。

「森の精霊に心を奪われちゃったのかな……オレは……」

祭りの光景を眺めながら柄にもなく感傷に浸る。

「ん？」

ふと、誰かがオレに近づいて来たのに気づく。

純白の小柄な神官着の女性が、オレの目の前に歩み寄って来たのだ。暗闇が広がる深夜であるが祭りのかがり火がその者の顔を照らす。それは見たことのある神官の少女であった。

（あっ、前に大神官の館にいた、神官ちゃんだ……）

ボーっとして地面に座り込んでいたオレは、立ち上がり慌てて姿勢を正す。神聖である神官さまに……いや自分の気になる少女にぶざまな格好は見せたくない。

「ど、どうしたんですか、神官さま」

尻についた土汚れをぽんぽんと払い、身体を清める。今日は祭りのために自分もキレイな方の服を着ているし、まだ汗臭くもないはずだ。だが緊張のあまり、言葉もつまり気味である。

「あなたを、見にきたの……」

「えっ、オレをですか？」

思わぬ言葉にオレは緊張感を高める。自分を見にきたとはいったいなぜであろうか。

何しろこの子に前に会うのは、三年前にこの大村へ《流れる風》のオッサンに連れて来られたとき以来だ。この村では一度だけ。

そういえば、この少女はオッサンと少し親しげに話をしていた。無愛想な子なのに、オッサンにだけは笑顔を見せていたような気がした。

〝もう一度だけでも会って聞きたいことがある〟

それから三年間、自分はこの少女にコンタクトを取ろうと頑張っていた。だが神官の館に籠るこの子には会うことすら出来ないでいた。

だが今となって急に自分の前の現れたのだ。しかも自分を探して向こうから。

「そういえば、オレの事を覚えていますか？　三年前にここの大神官様の館で、一度お会いしましたのを……」

勇気を出してオレは口を開き三年前の出来事から話を紡ぐ。

「覚えている、《流れる風》のおじ様と一緒に来た」

「えっ、〝おじ様〟……」

「そう、私を拾ってくれた、おじ様」

緊張のあまり、オレは同じ言葉を繰り返す。あの《流れる風》に拾われたとか、この少女とオッサンの間には何か深い事情があるのだろう。気になってしまう話である。

本当は他にもっと大事なことを聞きたいのだが。

「あ、あと、間違っていたら、ごめんなさいなんだけど……」

「ん？」

だが気になる気持ちを切り替え、自分がずっと聞きたかったことを口に出す。

「君は昔、オレの住む森の外れの村に、数日だけ来たことがあるかなと思って……そのときにオレは鍋を持って行ったんだけど」

「辺境の村……鍋……肉鍋の人、あなた？」

「うん！　そう、猪鍋の。そっか、やっぱり合っていたんだ……よかった……」

無表情ながらも少女はこくりと頷く。その肯定によりオレは長らく喉につかえていた、何かが取れたようにさっぱりする。

やはりこの少女はオレが幼いときに村で一日だけ会った、あの無口で可憐な子だったのだ。自分が幼い恋心を抱いた初めての少女。

（それにしてもずい分と……成長したな……この子も……）

長らくつかえていた疑問が解消され緊張が解ける。そして改めて目の前にいる神官の少女に目を向ける。自分の心の言葉の通りこの神官の少女は美しく成長していた。

年頃は自分と同じくらいであろう。この暗闇でも透き通るような純白の肌は幼いころから変わっていない。だが背はスラリと伸び身体の曲線は女性らしく膨らみを帯びていた。

（と、とくに……む、胸の成長が……）

思わず視線がある一点に集中してしまう。女性らしく成長した身体の中でも胸の膨らみは急激な変化を遂げていた。

ゆったりとした白い神官着の上からでも分かるほどその胸は豊潤に膨らんでいた。少女の顔付きが童顔なだけにそのギャップに驚く。

（ご、ごくり……）

その光景にチラ見を通り越し、思わずオレの視線は釘付けになってしまった。そしてツバを飲み込み慌てて視線を逸らす。

この森で神聖な精霊神官さまの身体をこんないかがわしい目で見てはいけない。小さく深呼吸をして心を落ち着かせる。もっと普通の会話をしなければ。何しろ会って話をしたかった少女が目の前にいるのだから。

「そ、そういえば、オレを見にきたって言っていたけど、何かありましたか」

視線を少女の顔に修正し自然に会話を繋げる。再会ですっかり舞い上がっていたが彼女は自分に用があったのだ。

「そう……近くで見にきた」

神官の少女はその大きな碧色《みどりいろ》の瞳で、こちらを真っすぐ見てくる。無表情だけども、その瞳はなにか憂いを含んでいた。

可憐な少女にじっと見つめられ、落ち着きかけていた自分の鼓動が激しくなる。

（も、もしかして……神官ちゃんも、オレとの運命の再会に、心をときめかせているんじゃ……）

思い起こすと心当たりがあった。八年前に辺境の村で顔を合わせ、今もうこうして再会できたのだから。これを運命と言わずなんと言うのであろうか。

「普通……でも……」

「えっ？」

自分の顔を観察していた神官の少女は何かを小声で呟いた。だが広場での楽器の演奏が雑音となりその言葉を聞き逃す。

（何て言ったのかな。気になるな……まっ、いっか……）

また聞き返すのもカッコ悪い。それよりも今はこうしてこの少女と二人きりでいる方が重要だ。相変わらずの無表情で何を考えているのか分からない。

「祭り……楽しい」

「うん……そうだね」

でもなぜか先ほどまで緊張感は薄れて、今は心地よさを感じる。会話も少なく言葉も多くない。だがお互いに遥か昔から分かり合い、感じ合っていたような不思議な感覚だ。

まるで幻獣に魅せられていたような甘い空気と時間が流れる。この幸せな時間がずっと続くのならば例え幻夢の世界へも落ちるも悪くないかもしれない。

「おい」

「へっ？」

ふと後ろから誰かに声をかけられる。聞き覚えのある声だが隣に立つ神官ちゃんではない。誰だろう……呆然としていたオレは思わず変な声をあげる。

「この助平《すけべえ》が……」

「痛っ」

その声を共に殺気が放たれオレの後頭部に激痛が走る。

「あっ……《獅子姫》ちゃん」

頭をさすりながら後ろを振り返ると、不機嫌そうな赤髪の少女が仁王立ちしていた。いつの間にか近づいていた《獅子姫》が自分の後頭部を剣の鞘で殴っていたのだ。

「いてて……でも、どうしたの《獅子姫》ちゃん？」

激痛の走る後頭部をさすりながら彼女に訪ねる。何しろ初対面の時から真剣で斬りかかってきた剣姫である。最近の自分もこのくらいの突っ込みでは動揺しない身体になっていた。

「ふん、なんじゃ。人がせっかく生誕の祝いに来てやったのに……それなのに鼻の下を伸ばして間抜けな顔をして……」

「ん？　生誕の祝いって……あ、そうか」

彼女のその言葉で視線を空に向ける。

天に輝く月《ルナ》が日付の変わっていたことを教えてくれた。

新しい年……そう、いつの間にか新年を迎えたのだ。

「そうか……誕生日がきたのか……オレの……」

それはオレが十四歳になったことも表していた。

拾われ子であるオレは正確な生まれ日が分からないために、この元旦が誕生日となっていたのだ。

今日は精霊祭の準備やら発表式で忙しく自分でもすっかり忘れていた。恐らく《獅子姫》は前に言った自分の誕生日の話を覚えていてくれたのであろう。ありがたいことである。

「ありがとう……《獅子姫》ちゃん。それに改めて受賞もおめでとう」

「ふ、ふん……幻獣退治の時は世話になったから……礼には及ばぬのじゃ」

少し顔を赤らめた顔に気づかれないように《獅子姫》は横を向いて返事をする。ここに来たのも彼女なりの優しさなのであろう。

「私も……成人になった」

《獅子姫》が現れてから沈黙を守っていた神官の少女はボソリと呟く。成人ということは十四歳となった自分と同じ歳である。

「そっか……この三人は同じ歳だったんだね。凄いね」

《獅子姫》とオレは同じ齢であり、つまり三人とも同年代だ。

「巫女よ……お主は……我《われ》と同じ齢だったのか……」

「うん……《獅子姫》さまと同じ」

その事実に《獅子姫》は珍しく驚愕の表情となる。目を丸くし神官の少女の大きく膨らんだ胸元を凝視する。そして自分の胸元をチラリと見て言葉を詰まらせる。

「この胸もいずれは……」

《獅子姫》は何かぶつぶつと呟くが小声でよく聞き取れない。

「それじゃあこれから成人のお祝いをしようよ！　また広場に戻って少しだけ乾杯だね」

十四歳といえばこの部族では成人の扱いとなり、婚姻に飲酒に何でも公に可能となる。

「お、お主は底なし沼か……あの大瓶の酒もほとんどを一人で飲み干して……まだ飲み足りないのか……」

「えっ、お酒の味はよく分かんないから……」

彼女の言葉から分かるようにこの世界の自分は〝少しだけ〟酒に強いようだ。つい先日まで未成年だったので酒飲みの基準が分からないけど。

「ふん……どこまでも人外な男じゃ、お前は……」

「《魔獣喰い》……変な人……」

「いや〜はっはっは……」

《獅子姫》ちゃんと神官ちゃんからダブルで突っ込みを入れられる。天賦《てんぶ》の才をもつ憧れの美しき剣姫と、心から再会を望んでいた可憐な神官の少女に挟まれ苦笑いする。

この三人で顔を合わせるのはもちろん今は初めてのことであった。だがこの感じは……この関係にはどこか懐かしさがあった。それは先ほど神官の少女にあった感覚と同じである。古の因果を越えた運命の絆のような不思議な心地良さ。

4

だがその心地良さは突如として破られてしまう。

【災厄】がこの大村に降臨したのであった。

「ん……？」

その異変に最初に気付いたのは神官の少女であった。〝精霊神の巫女〟としての才能を持つ彼女に姿なき空を舞う精霊たちが警告を発する。

「あれ……？」

続いてオレが感じる。思い出せないが感じたことのある気配が広がったのだ。

「どうしたのじゃ二人とも……これは……この禍々しい気配は何じゃ？」

そして最後に《獅子姫》が察する。彼女の視線は眼下に広がる大村の広場へと向けられる。

（なんだ……これは……）

言葉にできない違和感が周囲を包む。これまで体験したことがある達人たちの殺気や剣気、また魔獣が放つ瘴気などではない。

《ここにいたか》

そんな声と共に純粋な悪意の波動が波紋のように一気に広がり、この辺り一帯を覆い尽くしたのだ。先ほどのその声はいったい何なのだ。

「祭りの音が消えた……」

神官の少女の指摘したように、遠く広場で演奏されていた祭りの笛太鼓の音がいつの間にか止んでいた。つい先ほどまで新年を祝い踊り狂っていた祭りの音が一切消えたのだ。

「それに……これは金属のぶつかり合う音……それに怒声が……これは戦いの音だ！」

沈黙の後にうって変わって嫌な音が耳に入ってきた。耳を澄ますと大村の集落の方から剣と剣がぶつかり合う騒音が聞こえてきたのであった。

「まさか敵が侵入して来たの？　この大村に」

状況がつかめずに隣にいた《獅子姫》に思わず歩み寄り尋ねる。自分が聞いていた話ではこの大森林の中では〝戦い〟はないのである……そう〝精霊の加護〟によって。

「気を付けるのじゃ、《魔獣喰い》よ……その答えは向こうから来てくれたぞ……」

自分の問いに答えるかのように《獅子姫》は愛刀を抜剣し誰もいない暗闇を指し示す。それに反応し武装した集団がその姿を表す。

「敵か……いったいいつの間に……」

彼女に習うように自分も武器を構える。祭りの最中とはいえ手元に置いてある愛用の弓矢だ。

相手の人数はそれほど多くはない。

（外敵がこの大村に侵入したのか……でも見張りの戦士がいたはずだが……）

いくら年越しの精霊祭とはいえ、交代で腕利き戦士たちが歩哨や見張りの任についていた。

それを音も気配も無く突破し、ここまで瞬時に侵入して来るなど信じられない話である。

「外敵かな……？」

博学である《獅子姫》に尋ねながら、自分たちに取り囲む何者かに矢先を構えて牽制する。相手のまだ姿は見えないが全員が武装していた。

「敵ならまだマシじゃったな……ほれ、姿を現してくれるぞ」

《獅子姫》は緊張した声を発してその剣先で指し示す。そこに見覚えのある者がゆっくりその姿を現す。

「大村のみなさん……」

オレは目の前の事実に言葉を失う。自分たちの周囲から次々と姿を現したのはよく知る者たちあった。

真剣の刃先をこちらに向け自分たちを包囲していたのは、この森の大人たちであったのだ。

5

「み、皆さん……さっきの続きで……これは冗談ですよね？」

「……」

自分の矢先を下げこちらに敵意がないことを表し問いかけてみる。もしかしたら先ほどの大瓶の酒と同じく若者に与えられる試練かもしれない。

だがすぐに気付く……これは冗談や儀式の一種でないことに。

何故ならこちらに戦意がないことを示したにもかかわらず、大人たちは鋭い剣先をこちらに向け包囲網を更に縮めてくる。更にはその両眼にはどす黒い殺意が浮かび尋常ならぬ状態であったのだ。

（あれ……この目の感じはどこかで見たことが……まさか！）

そのうつろな瞳を見て先日の出来事を思い出す。北方の辺境の村での出来事を。

「どうやらこの者たちは操られているようじゃな……先日の我らのように……」

隣に立つ《獅子姫》も気付いたようだ。大人たちの眼の色が正気ではなく、先日の牡鹿の幻獣の術に陥ったときの状況に酷似していたことに。

「幻獣……それにしては幻術の威力が段違いすぎる……」

あの牡鹿の幻獣の術は確かに恐ろしいものだった。だがあのときの状況から、このように傀儡化して操ることが出来る上限はせいぜい一人か二人であろう。その証拠に傀儡化されかけた《獅子姫》から自分に意識を向けた途端にその術は解けていた。

周りを取り囲む者はその数を優に超えていた。もしかしたらあのときの幻獣ではないのか。

「皆さん目を覚ましてください！　オレたちは味方です！」

「……」

それが発端となり周囲の大人たちが無言で襲い掛かってくる。獣のように素早く一瞬で間合いを詰めてこちらに斬りかかってくる。この森に住む者たちは生まれながらにして誰もが狩人であり戦士なのである。

「皆さん、止めてください！　オレたちは仲間なのに」

だがその動きは緩慢で直線的すぎた。

剣先を寸前でかわし自分の持つ手斧の背で相手の急所を打ち抜く。更に左右からも狂人と化した大人が襲いかかって来るが同じように直線的である。

「くっ、ごめんなさい」

その両者も打ち倒し昏倒させる。この感触だと命に別条はないがしばらくは目を覚まさないであろう。お守り代わりで刃のない自分の手斧がこんなところで役立つとは思わなかった。

「はっ！　無礼者め！」

後ろを見るとそちらも片付いていた。《獅子姫》の周りには数人の森の大人たちが昏睡していた。一切の出血がないところを見ると恐らくは彼女もみねうちで全て打ち倒しているのであろう。

「操られている者たちの全力を引き出せるわけではないらしいの」

周囲を警戒しながら《獅子姫》はそう推測する。確かにこの人たちの動きは直線的で緩慢だった。そうでなければ屈強な森の民をこうも簡単に打ち倒すことは出来なかった。

「でも、いったいどうしてこんなことに……」

「精霊たちが叫んでいる……祭壇の上の〝何か〟が現れたと……」

神官ちゃんは何かに勘付き言葉を発する。

精霊たちが、彼女に対して何かを教えてくれているのだ。祭壇はこの先の大広場の向こうにある精霊祭の式典を行った場所である。

そこには自分たちの狩ってきた牡鹿の幻獣の生首を捧げていたはずだが。まさかあそこから甦ったとでもいうのか。

「幻獣とは違う……その軀に悪意と魔の根源の〝霊獣〟が姿を隠していた……このままだとやがて大村の全ての民がその術に堕ちる」

周囲の精霊と交信していた少女の口から〝霊獣〟という単語が出てくる。

「〝霊獣〟だと……バカな……ありえん……」

その単語に反応し《獅子姫》の口から苦悶の声がもれる。これほど彼女が狼狽するものははじめて見た。

（霊獣か……《流れる風》のオッサンに前に聞いたことがあるな……）

オッサンの説明だと霊獣は魔獣とは全く違う別次元の存在であり、オレたちが倒した幻獣とも違う獣であると。

瘴気や悪意の塊とも言われており、人を陥れその恐怖心と絶望を糧にしている最悪の獣――それが〝霊獣〟であると。更にはこの大森林の中でも最も相対したくない存在だとも言っていた。

「どうやら我らは霊獣とやらに陥れられたようじゃな。狩られた軀の中に入り込みこの大村に潜入していたのか……そして今日の機会を窺っていたのであろう」

周囲を牽制しながら《獅子姫》は冷静に分析をする。神官の言葉とこの状況を整理してその仮説を打ち立てたのであろう。その仮説は自分にも理解できる説得力があった。

「口伝では数百年前に霊獣はこの大森林の東部にあった大集落に現れたという……」

「ちなみにその口伝の最後はどうなったの……《獅子姫》ちゃん」

周囲を警戒しながら恐る恐る訪ねてみる。

「千を越える屈強な戦士たちが操られ同士射ちで殺し合いをさせられ、集落は全滅したという話じゃ……」

「そ、そんな……信じられない……」

この森の部族はたくましい。身体能力をはじめとする肉体的にも、精神的にも耐性があったはずだ。普通の人なら心臓が止まるほどの魔獣の咆哮に耐え、絶望さえも乗り切る勇敢な者たちだ。

それをこうまで簡単に催眠して操る霊獣の恐ろしさにぞくりと寒気が走る。

「あれ……でも、オレたちは《獅子姫》ちゃんと神官ちゃんは……大丈夫」

雰囲気的に祭壇のある大広場の周囲にいた者たちはことごとくまやかしの術に掛かっているのであろう。恐らく先ほどの大人たちはこの丘の周辺の住人であろう。

無差別で恐ろしい術のようだが、今のところ自分たち三人はまだ正気を保っていた。

「今のところは大丈夫。たぶん、あなたがいるから……」

神官ちゃんがオレに向かってそう呟く。その真意は分からないが、この周辺で正気をたもっているのは自分たち三人だけなのかもしれない。

「《獅子姫》ちゃん……この状況をどう突破しよう……このままでは大村も」

このままで数百年前に全滅した東部の集落と同じ惨劇がこの大村を襲う。先ほど神官ちゃんの話だと術の範囲は広がりをみせていた。

「簡単な話じゃ。祭壇いる霊獣をこの手で打ち倒す」

構えていた愛剣を握り直しこの災厄の元凶のいる広場を指し示す。その口元にはいつもの自信に満ちた笑みが浮かんでいた。無謀すぎる作戦かもしれないがどうやら方法のないようだ。

「では、行くぞ！」

彼女の気合いの声と共にオレたちは祭壇に向かって駆けだすのであった。

◇　◇

「ハッ！」

「うわ……ごめんなさい！」

自分たちがいた小高い丘から祭壇のある場所までは少し離れていた。その道中でもオレたちは傀儡化した同じ森の民たちに襲われた。だがそれを先ほど同じように気絶させることによりやり過ごす。

「急ぐぞ！」

「うん！」

なるべく人通りの少ない裏路地を選び目的地に向かう。何度も武装した傀儡化した同胞に襲われるが何とか打ち倒し先を急ぐ。

（緩慢な動きで助かった……しかも弓矢は使えないようだ……）

霊獣の術の原理はよく分からないが、どうやらその使役にも限度があるのであろう。

普通なら圧倒的な力を持つこの森の大人たちをこうも連続して打ち倒すことができるのだから。

しかし、一番警戒していた弓矢を使ってくる者はいなかった。恐らくそれも術の限界なのであろう。

ただ、相手の剣筋は緩慢ではあるがその身体能力は変わりない。屈強で筋肉から繰り出される強烈な斬り込みを一撃でも喰らったら一巻の終わりである。

決して油断をせずに駆けるように祭壇まで向かう。

「神官ちゃん、大丈夫？」

自分の後ろにピタリと付いて来る神官の少女の身を案じる。

「大丈夫……駆けっこは得意だから」

だが白衣の神官は少し汗ばみながら余裕の顔でそう返事をする。全力で駆ける自分と《獅子姫》に遅れないのだから、可憐に見えて彼女も基礎体力はあるのであろう。ありがたいことである。

「よし、その角を曲がり先に行けば祭壇じゃ」

自分の目の前を駆ける《獅子姫》の安堵の声が聞こえる。このまま大広場も突破したなら目的地である祭壇まではもう少しだ。

後ろや周囲からも襲いかかってくる者たちも既にいない。絶望的な事態に一時はどうなることかと思ったが、なんとかなるかもしれない。

ふと意識は前方に向ける。この先には大きなかがり火があった大広場があったはずだ。

「んっ……？　《獅子姫》ちゃん、危ない！」

どす黒い殺気を感じ注意を促す。だが間に合わなかった。

「フン！」

奇声と共に漆黒の鋼の塊が《獅子姫》の右の死角から襲い掛かってきた。彼女は愛剣で受け流し反撃を試みる。

「くっ……！」

だがその鋼の塊を彼女は受け流すことができなかった。だ《獅子姫》はが軽業師のようにそのまま後方に吹き飛ばされ力を逃がす。

彼女に襲い掛かった塊は勢いそのままで周囲の建物を打ち破り倒壊させた。凄まじい剛腕を持つ襲撃者である。

「《獅子姫》ちゃん……今のは……」

「ああ気を付けろ……本命の登場のようじゃ……」

見たことのある剣筋に注意を促そうとするが、受けた当人がその非常事態を一番理解していた。

「神官ちゃんこっちへ！」

場所的に死角がある路地から広場へと場を移す。つい先ほどまで新年を祝う祭りに盛り上がっていたその場所は水を打ったように静かだ。空を焦がすほどに焚かれた組み焚き木だけが赤々と熱気を帯びて天を焦がしている。

「どうやら誘い込まれてようじゃの……ここに……」

広場の周囲の暗闇に視線を送りながら《獅子姫》は警戒の色を強める。その声に反応したのか広場の周りにある建物の陰から次々と武装した強襲者たちがその姿を現す。

その数は軽く見積もっても数十名以上。彼らの左腕に漆黒の腕輪が付けられている。

「くっ……〝黒豹戦士団〟か、この人たちまで……」

その事実にオレは驚愕する。先ほどまでの驚きの比ではない。

更には先ほど《獅子姫》を襲った者がその姿をすっと表す。

「まさかお主まで操られているとはな……」

大剣を担いだ大柄の戦士がゆっくりとこちらに近づいて来る。まるで鉄塊のような大剣を先ほどは軽々と振り回してきたことからその筋肉は飾りではない。

「〝黒豹戦士団〟団長……」

その開放的な胸元からは褐色に日焼けした豊満な胸が輝き、麗しき女戦士は大剣を持ったままこちらに近づき《獅子姫》の目の前で立ち止まる。

「《黒豹の爪》よ」

その名をつぶやく《獅子姫》の口元から再び笑みが消えた。大森林から集められた屈強戦士団の精鋭にオレたち三人は取り囲まれてしまったのであった。

6

「ソノ者ヲ渡セ」

女戦士《黒豹の爪》がうつろな表情で勧告してくる。先ほど《獅子姫》を襲った彼女の大剣には本気の殺意が込められていた。間違いなくこの人も霊獣によって操られ喋らせられているのであろう。その口調もいつもの暑苦しいが心温まる声質とはまるで違い、感情がなく無機質だ。

その切っ先は明らかに自分たち三人の中でオレを指している。剣姫さまでもなく精霊の巫女でもなく、なぜ自分を霊獣が狙っているだろうか。

「ふん、南方随一の大剣使いと名高い戦士《黒豹の爪》とあろう者が情けないものじゃ！」

その剣先を遮り庇うように《獅子姫》がオレの前に一歩踏み出す。凛とした声で自分たち訓練生の教官である《黒豹の爪》を挑発する。

「戯言ヲ……ソノ男以外ハ殺セ」

「……」

自尊心を揺さぶる挑発は無駄に終わったようだ。無機質な声で《黒豹の爪》は冷酷な指示を部下にくだす。

それに従うように精鋭部隊〝黒豹戦士団〟の戦士たちはスキなく包囲網を縮めてくる。その動きは先ほどまでの緩慢な襲撃者たちとは一線を画し全くスキがない。恐らく傀儡化されて能力が低下したとしてもその潜在能力がこちらと違いすぎるのであろう。

「そこを退くのじゃ、《黒豹の爪》よ」

特に戦士団長である《黒豹の爪》が危険な存在であった。《獅子姫》の凄まじい剣気にも押されずに全くスキがない。言葉を発することもあり恐らくは彼女だけ特別な術を掛けられているのであろう。先ほどの隠密からの奇襲といい戦闘能力の低下がほとんど見られない。

「《獅子姫》ちゃん……こっちも逃げ場がない……」

「後ろもダメ……」

これまで当てにしていた《獅子姫》の圧倒的な突破力を目の前の大剣使いに封じ込められ成すべがなくなる。

「流石は戦士団の中でも頼もしい腕利き共じゃ。包囲網も完璧じゃ」

《獅子姫》がいくら天賦《てんぷ》の剣の才能を持っているといってもまだ成人になったばかりだ。屈強で腕利きの大人の戦士たち相手での引けは取らないはずだが、この状況の戦力差は絶望的だ。しばらくは持ちこたえられるかもしれないが、多勢に無勢でいずれは力尽きるであろう。

（ダメだ……諦めちゃダメだ。このままでは全滅しちゃう……）

オレは無い頭をフル回転させ、この危機を乗り越える策を考える。だが、妙案はまるで浮かばず。

そんな妙案があるのなら、頭の回転が鋭い《獅子姫》が先に見つけているであろう。


〝皆殺しにしろ〟

ふと、どす黒い感情がこの窮地の打開策を打ち出す。

〝操られている《黒豹の爪》や他の戦士たちを皆殺しにして大事な《獅子姫》たちを助ける〟

心の奥底にいる誰かがそう提案してくた。

この声はいったい誰の声なのであろうか。

だがそれは素晴らしい妙案であった。

〝自分と《獅子姫》たちが生き残るために取り囲む戦士たちを皆殺しにすればいい〟

実に簡単な打開策である。

自分の手に持つ手斧が不思議な熱を発する。そのどす黒い感情に反応したように。

『今すぐ我を解放し遮りし者を排除しろ』

物言わぬはずの手斧が自分に語り掛けてくるようだ。

そして更に不思議な高揚感が湧き上がる。

〝手斧の力を解放したなら全ての者を瞬時に皆殺しにできる〟という未来視さえ浮かぶ。

（よし……《獅子姫》たちを守るためだ……）

思わず手斧を握る右手に力が入る。


――


（いや――それはダメだ！　この人たちを殺すことなんてオレには出来ない！）

どす黒い感情に飲み込まれそうになっていた自分を……その負の感情を心の叫びで打ち消す。

甘美で危険な誘いであったが飲み込まれずにすんだ。

「《獅子姫》ちゃん！　神官ちゃん！　絶対にみんなで……誰も殺さずに全員で生き延びるんだ！」

まるで自分自身に言い聞かせてように心の奥から叫ぶ。

「ああ……期待しておるぞ《魔獣喰い》よ」

「あなたなら大丈夫……」

その一声で死を覚悟していた者たちの表情が変わる。

いつもの自信満々で小悪魔笑みに、それに無表情だが両眼の奥に強い意志を込めた表情に。

（とは言ったものの……どうしたものか……）

屈強な戦士団による隙のない包囲網が迫る。

打開策のない絶体絶命の危機である。だが絶対に諦めないと決意の火だけは消さない。


その時だった。

聞き覚えのある声と共にあたたかい〝風〟が吹いた。

（えっ……）

そしてすぐさま爆音と凄まじい風音が鳴り響き、眩しいほどの雷光が天から突き刺す。

「建物が……」

雷光が切り裂いた巨大な建物が倒壊する。この大広場に隣接していた巨大な建造物が真っ二つになり轟音をたててこちらに崩れ落ちてくる。そして計算されたかのように傀儡者たちの包囲網の一陣の上になだれ落ちる。

すぐさま反応した戦士たちは飛び退き回避していた。だがそのお蔭で退路が生まれた。

「ったく……相変わらず甘ちゃんなんだよ、子供《ガキ》が」

圧潰の轟音の鳴るなかにまた聞き覚えのある声が響く。

声の主は粉塵が舞い上がるなかゆっくりとこちらに近づいてくる。その右手が腰の愛剣の柄に置かれた状況から恐らくはこの戦士が建物を〝斬った〟のであろう。

とてもではないが信じられない光景である。たとえ身体能力に優れた戦士団長の怪力であってもそんなことは不可能な芸当だ。

（やっぱり凄いな……この人は……）

だがオレは信じることができた。一緒に過ごしその背中を見て感じそして知っていたのだ。

この人……この偉大な戦士ならそれが可能であることを。

「オッサン……助けに来るのが遅いよ……」

「へっ、相変わらず可愛げのない子供《ガキ》だな……」


この森にかつて一人の英雄がいた。

彼の者は森に愛され精霊から一振りの聖なる剣を授かる。

大森林の危機を救い下界の大国の滅亡の危機すら退けたとも言われていた。

力を使い果たし今はその羽を休めている。


広場の中央で燃えさかるかがり火がその戦士の横顔を赤く照らす。

口が悪くて子供のように負けず嫌いで――――でも……最高に頼もしい自分の師匠の不敵な笑みを。

「だが、子供《ガキ》にしては上出来だ……《魔獣喰い》」

その偉大なる戦士の名を人々はこう呼んでいた――――英雄《流れる風》と。

7

英雄《流れる風》の降臨により傀儡化された狂戦士たちの動きは止まる。いや《流れる風》の放つ鋭い覇気により動けずにいたのだ。洗脳され意志を奪われた戦士たちは本能で覚えていたのである。この英雄の恐ろしさを。


「おい、これで霊獣を完全に仕留めてこい」

「えっ、オレが？」

周囲を気圧しながら《流れる風》が一組の弓矢をこちらに投げ寄越してくる。

「ああ……流石のオレ様もこれ以上はあの霊獣のいる場所に近づけねぇんだよ……とにかくお前の持ち込んだ災厄だ。その〝朱弦の弓〟で仕留めてこい」

「朱弦の弓……」

自分の手元にある弓に目をやり呟く。見たこともないような素材で作られた少し大きめの弓であり、その弦は赤く輝いていた。たしか〝赤竜の鬚《ひげ》〟と呼ばれる超希少な糸で編まれた弦だったはずだ。竜の存在しないこの世界では滅多にお目にかかれない代物らしい。

そしてこの話を教えてくれたこの英雄《流れる風》が愛用している弓とお揃いでもある。

「でもここは……」

「ここはオレたちに任せておけ。今のお前たち三人なら霊獣が相手でも大丈夫なはずだ」

《流れる風》は自分の隣に立ち《獅子姫》と精霊神官に視線をおくり口元に笑みを浮かべる。まるで出来の悪い兄弟の……子どもの成長を喜ぶように。

「ほれっ、姫にはコレだ。オヤジ殿から預かってきた……その子供《ガキ》のお守りは頼んだぞ」

「これは父上の双剣の一振りか……よし、急ぐぞ《魔獣喰い》よ」

「で、でも……」

《獅子姫》は頼もしい助っ人の切り開いてくれた突破口に駆けだす。だがオッサンだけを残していけないオレは後ろを振り返る。

「オレが貰った護符も長くは持たない……急げ《魔獣喰い》……またゲンコツをブチ落とすぞ！」

頼もしい横顔と言葉に背中を押されオレは覚悟を決める。

「うん、分かった。オッサンも気をつけて！」

霊獣のいる祭壇へ三人の若者たちは駆け出す。

背中をこの世で最も頼りになる男に託して。

◇　◇

「ようやく行ったか……おい、お前らも隠れてないで手伝え」

頼もしく成長した愛弟子が離れていくのを確認し、戦士《流れる風》は広場の脇の暗闇に声をかける。それに反応し数人の戦士が音もなくその姿を現す。彼の最も信頼する頼もしい仲間たちである。

「〝颪〟よ。相変わらず素直ではないな」

「うるせぇ……元からこうだっつうの」

その一人である巨漢の戦士《岩の盾》は苦言をさしながら友の隣に歩み寄る。異形とも思えるその巨体の圧力に包囲しているはずの傀儡の戦士たちは退く。

「相手は勇敢な森の戦士たちだ。油断はするな」

「ああ、分かってらぁ」

それ以外の者たちも《流れる颪》を先頭に陣形を組み祭壇に向かう一本道を被う。

「貴様タチ、ソコヲドケ」

傀儡の女戦士は大剣の切っ先を邪魔する戦士に向ける。この者たちを皆殺しにしてから先ほどの三人を追っても十分間に合う。

「ん……《黒豹の爪》か？　お前は」

「……」

かつての同胞の変わり果てた姿に《流れる颪》は眉をひそめる。

「たくっ、情けねぇ姿だな……だが覚えておけ」

「ムム……」

目の前に立つ戦士の覇気が一変する。

周囲の空気が共鳴し震える。目に見えないその圧倒的な力に傀儡化した戦士たちは無意識のうちに退く。

その鋭い視線は特別に操られているはずの《黒豹の爪》の心臓を突き刺す。霊獣の洗脳で彼女には既に意識はないはずだ。だがこの危険な男の存在を《黒豹の爪》の魂は覚えていた。

「悪いが子供《ガキ》たちと違ってオレは甘くはねぇ」

「クッ……」

いつの間にか《流れる風》は愛剣を抜き構えていた。だがその剣速には誰も反応できずにいた。

《岩の盾》や傀儡化した《黒豹の爪》を含めた精鋭ぞろいの森の戦士が反応できずにいた。

「この線だ……」

目の前の地面に鋭い剣風だけで一筋の線を引く。

「この線から前に出てきた奴……その魂ごと切り捨てる」

英雄《流れる風》は天高く構える。

森の精霊から授かったと言われる精霊剣〝森叢雲剣《もりのむらくものつるぎ》〟を。

8

「《獅子姫》ちゃん、神官ちゃん見えた祭壇だよ！」

目的地である精霊祭用に組まれた祭壇の前にたどり着いた。

消えかけた小さなかがり火の明かりで辛うじて周囲の状況は確認できる。

さっきまで湧いて出ていた傀儡化された戦士たちの姿や気配も一切ない。

（静か過ぎるぞ……）

それどころかいつもならうるさい程に鳴いている羽虫の鳴き声すらいっさい聞こえない。

静寂と底知れぬ冷気が支配する空間であった。

高く組まれた祭壇の上にいる災厄の元である霊獣が原因なのかもしれない。とにかくその元凶をなんとかしなくてはいけない。

「ま、待て……《魔獣喰い》よ……」

先頭で一歩踏み出そうとしたオレの服の裾が後ろから引かれる。

苦悶の表情の《獅子姫》が片ひざをつきながらとどめていたのだ。いつもの勝気な彼女からは想像もできない苦しそうな様子だ。

「足が……身体が……」

その隣では神官ちゃんも同じく膝をついていた。いつもは無表情な彼女は額に汗をかき苦しそうにしている。

「二人ともどうしたの……くっ」

二人を助けに行こうとしたオレも同じようにその場に崩れ落ちる。

背中に超重量の重りが乗り、全身に足かせが課せられたようにダルくなったのだ。

そして息苦しくなる。まるで泥水の中に落ちたように呼吸が辛いのだ。

「くっ……何だこれは……」

視界に映る色が暗転し、不快で甲高い耳鳴りが脳内に響く。

まともに戦うどころか口や指先を動かすことすら困難な状況である。幻覚どころの騒ぎではない
……いったい何が起きたというのだ。

「あそこに、いる……霊獣が……」

脂汗を額に浮かべながら神官の少女が祭壇の上を指差す。霊的な勘の鋭い彼女だけが〝何か〟の存在を感じたのであろう。

「いるって……まさかアレがそうなのか……」

そこには誰もいなかった。だが誰もいないはずの空間が揺れている。

《ふむ、ワシの隠匿を見破るとは。なかなか。〝精霊神《セレシャン》の一族〟の娘であるか》

神官の言葉にまるで褒美を取らすかのように霊獣がその姿を現す。先ほどまでは偽装していたのか、それとも最初からそこにいたが見えていなかっただけなのか。どちらにしろ遂に霊獣はその本当の姿を現したのだった。

(猿……白銀の老猿が霊獣の正体だったのか……)

口伝によると数百年前にその姿を現しこの森の大集落を壊滅に追いやった霊獣。禍々しい銀色の毛並みをもつ年老いた猿の獣がじっと見つめていたのであった。

《ワシは〝猿《さる》〟ではない。〝猿王《えんおう》〟である。か弱き者よ》

老猿が言葉を発した。

いや耳で聞こえたのではない。オレの鼓膜、いや脳内に直接的に語りかけてくる感じだ。頭の中を丸裸にされたようで気持ちが悪い。それは後ろにいる二人も同じなのであろう。苦しそうに《獅子姫》と神官は頭を押さえていた。

（しかも頭の中を……心を……）

読んでいたのだ。

《ふむ。然りである。か弱き者よ》

然り、肯定の言葉である。やはりそうなのか。頭の中で考えたことや呟いたことを読まれていたのだ。幻影に催眠術だけでも手いっぱいなのに厄介な相手だ。

だがそれなら話は早い。

「それなら問う、この災厄を……大村のみんなを操っているのはお前なのか、〝猿王〟よ？」

自由の利かない身体と顔を祭壇の上に向け必死で問い掛ける。どうせ心の中まで読まれてしまうのなら、全部口に出してしまう。直球勝負で当たって砕けない作戦だ。

《それも然り。か弱き者よ》

この状況下で唯一身体を動かしているオレに反応したのか。白銀の老猿はこちらを値踏みするような視線を突き刺してくる。

「いったい何のためにこんな事を……今すぐに止めるんだ！」

両足で踏ん張りオレはその場に立ち上がる。全身はまだまだ鉛のように重い。だが手足はなんとか動くまで回復してきた。ここから弓矢で正確に射るのはまだ無理そうだ。
《ほお。この〝霊眼〟の範囲内でそこまで動くことが出来るとはな。忌々しい仮面の者が言っていたようにやはり〝当たり〟か》
「〝霊眼〟に〝当たり〟に〝仮面の者〟だと……どういうことだ」
知らない単語に思わず反応する。早くしなければこの被害が大村全体に広がってしまう。だがこの動けない状況では打開策を探るヒントが見つかるかもしれない。
《やはり自身の宿命に気づいておらぬか。森の子よ。ワシの目的はそなたの脳漿を食らうことである》
「はっ？　脳しょう……脳ミソだと……」
舌なめずりをした〝猿王〟の言葉の意味を理解しオレは言葉を失う。いったいこの猿は何を言いだすのだ。
《猿ではないぞ。〝猿王〟である。お主は面白い。この数百年の月日の中でも特別な存在だ。わざわざ下等な幻獣の軀に潜んでまで来たかいがあった。お主の脳漿さえ食らえば恐らくワシは自由になれる。この忌まわしき森から出ることができるのだ》
答えながら〝猿王〟はもう一度その舌で唇をペロリと舐め回す。こいつはやっぱりやばい。理由はわからないけどオレを食うだけのために大村に偽装潜入しこの惨事を引き起こしているのだ。
「言ってる意味はわからないけどこれ以上の暴挙は許さない。操っている皆を今すぐ解放するんだ！　そうしなければお前を打ち倒す！」

気を強く持つ。

この圧倒的な怪しげな力を吐き出す霊獣に負けない心を。

あの《流れる風》のオッサンですらこの霊獣に近付けないと言っていた。つまり現時点でこの霊獣の悪事を止めることができるのは自分たちだけである。

「《獅子姫》ちゃんに神官ちゃんに、そして訓練生の仲間に大村のみんなを守るんだ！　誰でもないオレ自身がだ！」

誰に対してではない。自分自身に向け叫び叱咤する。

すると何かの力が自分の内から漲る。

腹の下の丹田が燃え上がるように熱くなり、腰に下げた愛用の手斧が陽の光を発するように暖かくなる。

それまで重くなっていた手足の感覚は元に戻り視界や五感も回復する。いつもの自分の感覚に
――いや、これまで感じたことがない程に身体は軽くなり力がみなぎる。

《ほお。ほお。〝言霊〟に出すことによって潜在的な力が開くのか。面白い。それに腰の〝斧鉞〟との共鳴も》

すっかり自由を取り戻したオレに対して、なおも余裕の表情を〝猿王〟は見せる。弱肉強食の生存競争が激しいこの大森林で数百年もの長い年月を生き残り、絶対強者〝霊獣〟として君臨している余裕なのかもしれない。たかだか十四歳の森の狩人の覚悟の力など蚊ほどにも感じていないのかもしれない。

だが絶対にオレは諦めない。みんなを助けるんだ。
《ふむ。また力が上がるか。面白い。最大限に昇華させてから食らうのが得策か。それならこれより児戯をして勝負をしようではないか。お主たちが勝ったらこの集落を永久に諦めよう》
「勝負だと……どこまでも馬鹿にして」
児戯……遊びを挑んできた〝猿王〟に憤りを隠せない。だが覚悟を決めたはずなのに霊獣から溢れ出す圧倒的で禍々しい瘴気にオレは一歩踏み出せずにいた。自分の本能がこの老猿の底知れぬ力を警戒しているのかもしれない。
《ルールは簡単である。この木の実をワシが空に向かい放り投げる。地に落ちてくるまでがお前たちの持ち時間。その間にワシに指一本でも触れたら勝ちである》
どこから取り出したのであろうか、〝猿王〟は赤く熟した果実を手の上で転がす。クルミほどの小さな木の実だ。砂時計の代わりとでも言いたいのであろうか。
「ああ、そうか……ちなみにオレたちが負けたらどうなるんだ？」
《ふむ。言い忘れておったな。簡単なことである。この集落に住む者たちをみなで殺し合ってもらうとするか。多少の余興にはなるであろう》
やはりそうか。この〝猿王〟にはそもそも善悪の区別がないのだ。自分の本能に真っすぐに忠実で人の死すらも単なる余興にすぎない。弱肉強食の獣の根源的な存在なのであろう。だからこそ誰にも気づかれずに精霊の厳重な加護下にある大村に偽装潜入できたのであろう。
「だが、させるか……っ、また身体が重いのか」

まだ幻術が解けていないのか、それとも圧倒的な力の差に臆しているのか。〝猿王〟の元へ駆け出そうとする自分の足がすくんで踏み出せない。

《ワシの霊眼を幻獣ごときの幻術と同じに考えないことだ》

こちらの意志は全て読まれている。だがそれがどうしたというのだ。

あと一歩……あと少しの勇気と覚悟が足りないのだ。

「三人の力を合わせる……それでこの術が解ける」

それまで後ろで苦しんでいた神官の少女が言葉を発する。オレのこの臆した心を汲んでくれるように。

「でもどうすれば……」

「私が媒体になって禁呪である〝森羅共鳴〟の術をかける。あなたの力を《獅子姫》さまに共鳴させる。二人の力は増大する。でも……」

まだ幼く見えるが神官ちゃんは優秀な精霊神官だ。この森で最高位にある大神官の婆さんの下で特別な修業を積んできた神官だ。その彼女の言葉がオレに希望を与えてくれる。

「なんだ、そんな簡単なら今すぐに合わせよう！」

「でも、危険がある……失敗したら三人とも魂が砕ける……輪廻もなく」

「……」

「……」

その説明にオレと《獅子姫》は言葉を失う。

〝輪廻〟それはこの大森林の教えで重んじられる信仰のひとつだ。この森の民は狩りや戦いで命を失う事を恐れない。

魂魄は肉体が滅んでも永遠の存在でありいつかはまた獣や森の民に生まれ変わり輪廻すると信じられてきた。弱肉強食の教えもそれに然り、そして全ての命に感謝することもそれは輪廻に繋がっていた。

だがその〝森羅共鳴〟の術が失敗したら無駄死にとなるのだ。

それは森の民にとっては死より恐ろしいことだ。まさに禁呪とされる訳である。死よりも恐ろしい結果になる可能性がある危険な術なのだから。

「でも、オレはやる。信じるよ……神官ちゃんを、そして《獅子姫》ちゃんを」

「もちろんじゃ、《魔獣喰い》よ……我を誰だと思っているのじゃ」

「私も……未来ではなく今を生きたい。もっと色んな景色を見てみたい」

想いは同じであった。

それまで霊眼の術で力なく片ひざをついていた《獅子姫》と神官はゆっくりと立ち上がる。そう、ゆっくりとだ。

死ぬために魂が砕けるために立ち上がるのではない。自分と、そしてここにいる仲間を信じて立ち向かうのだ。

「《魔獣喰い》……あなたの力を私に……勇気を……想いを、分けてほしいの……」

震えた声でそして冷たい感触が遠慮がちにオレの右手に添えられる。少女である神官の手の感触

だった。彼女も魂の消滅の恐怖に押し潰されそうだったのであろう。オレはその冷たい純白の小さな手を強く握り返す。

「し、仕方がないな……ほれ我の手も同じようにするのじゃ……」

それに後れをとらないように《獅子姫》の温かい手がオレの左手に添えられる。細く美しい指だがいたるところに剣だこがあるのを感じる。恐らくは幼少のころから必死で剣の鍛錬をしてきたのであろう。同年代でこれほど鍛えこまれた手をオレは初めて見た。でもどこか優しく包容力のある温かい感触だ。

「よし、オレの力を、三人の力をここに！」

言葉に言い表せない想いが身体の底から溢れ出る。両隣の可憐で勇敢な少女がオレに力を与えてくれたのだ。

《ふむ。今生の別れは済んだのであるか。娘たちの小僧に対する想いは特別のようだからのう。これでまたお主の脳漿を食らったときの力が増大したのう》

理由はわからないが〝猿王〟はこの状況を予想し誘導していたようだ。有能な果実を放置し十分に熟してから食すかのように。

「だが、この勝負はオレたちが勝たせてもらう……〝猿王〟お前は絶対に許さない！」

オレは〝猿王〟に宣言する。

この勝負に勝ちみんなを助け守ることを。

《ほお。ほお。このワシを相手に啖呵《たんか》をきるか。面白い。面白い。では投げるぞ。児戯の始まりで

ある。ほれっ》

それが合図だったように〝猿王〟は天空に果実を放り投げる。凄まじい勢いで漆黒の空に吸い込まれていく。それだけでこの霊獣の恐ろしい力の一塊が見える。

だが今は少しの瞬間すら惜しい。

「神官ちゃんお願い！」

「〝万物と森を司る想いを今こそ一つに〟」

それまで目を閉じて力を集中していた神官は短い精霊語の呪文と共にその全ての力を解放する。

精霊神の巫女を触媒としてオレの力が皆に広がり、皆の想いがオレの中に共鳴する。この周囲の森の力が……精霊力が流れ込み神力を与えてくれる。

よし、いけるこれなら。

だがそれと同時に神官ちゃんは意識を失いその場にバタリと崩れ落ちる。命の鼓動を感じるから力を使い果たして気絶しただけであろう。

「神官ちゃん――――よし、いこう《獅子姫》ちゃん！」

「それはこっちの言葉じゃ《魔獣喰い》よ！」

全身に力が漲る。

これまでにない程に五感は冴え心は燃え上がる。

《ほう。ほう。これは〝森羅共鳴〟の術とやらか。〝精霊神《セレシャン》の一族〟の失われた秘術だと思っていたが。面白い娘である》

それでもまだ白銀の〝猿王〟は余裕を見せつける。さすがは万古の刻を生きぬいてきた霊獣である。秘術を目の前にしても今なお圧倒的な存在である。

「どちらを見ておるのじゃ、〝猿王〟よ！」

余裕を見せていた〝猿王〟の背後を《獅子姫》の鋭い剣先が襲う。さっきまで隣にいたのにかかわらず一足飛びに一瞬で背後に回り込んだのだ。

凄まじい健脚である。

これが精霊神官の禁呪〝森羅共鳴〟の術の効果か。ただでさえ天賦《てんぷ》の剣才を持つ《獅子姫》の力が何倍にも増大していた。

「くっ、斬れない……だと」

だが現実は残酷であった。

そんな覚醒した彼女の剣が虚しく空を切る。いや正確には《獅子姫》の剣は〝猿王〟の急所に届いていた。

だが触れることが出来なかったのだ。


――――――


あの姿も幻影なのか……いや、オレの五感が違う仮説を立てる。

（だがそれなら〝猿王〟は彼女に任せてオレは〝アレ〟を狙う！）

霊獣に心の中を読まれないように無心となる。
怒りと殺意を捨て感覚を鋭く尖らせる。
森の民に転生しこれまで培った全てをこの朱弦の弓にのせる。
狙うは赤い的の一点。

《そうそう。言い忘れておったがワシには〝肉体〟というものが有りはせん》
「くっ！」
《獅子姫》の渾身の一撃をあっさりと無効化した〝猿王〟は全周囲に目に見えない衝撃波を繰り出す。覚醒した《獅子姫》でも反応できない凄まじい衝撃波だ。
辛うじて剣腹で防ぐも《獅子姫》は吹き飛ばされ苦悶の声を上げ、離れたところにいたオレも吹き飛ぶ。肉体内に直接的に攻撃を加える防御不能な恐ろしい攻撃で、一撃でこちらに致命傷を与えてきた。
《霊体のみの存在。最初からワシには触ることは出来ない。剣も矢も。つまり無駄足であったのだ》
〝猿王〟は勝ち誇ったように高笑いを響かせる。ついでに猿尻も叩きこちらを馬鹿にし挑発をしてくる。

最初から〝猿王〟には触れることが出来ない無理遊戯だったのだ。この戦いは。

《これでこの児戯もお終いである。さらば小僧に娘よ……うむ？》

勝ち誇っていた〝猿王〟は首を傾け不可思議な表情を浮かべる。かがり火の光さえ吸い込んでいた漆黒の夜空をキョロキョロと見回す。

《不可思議な。なぜ先ほどの木の実がいっこうに落ちてこぬ》

〝猿王〟の凄まじい膂力《りょりょく》で垂直に放り投げた赤い木の実がいつまでたっても落ちてこないのだ。

自分に触れられないことに失意させ、更に木の実が落ちて来たのを見せ希望を失わせる。

全ての希望を失い絶望した表情の人の脳漿を食らう。

それは〝猿王〟がこれまで悠久の間で好んでいた食の仕方であった。

だが、絶望の最後の仕上げである赤い木の実がいっこうに落ちてこない。

遊戯に関しては完全主義者である〝猿王〟にとってこれは今まで一度もなかったことである。

「〝猿王〟よ、先ほど我が斬り込んだのは実体を狙ったのではなかったのじゃ……」

衝撃波で吹き飛ばされた《獅子姫》はゆっくりと立ち上がり口元に笑みを浮かべる。

その身体にはかなりのダメージを負っているのであろう。だがそれを上回る勝利に対する強い意志が彼女に勝利を確信させていた。

「貴様の注意を我に向けさせるため……そしてその間に《魔獣喰い》がやってくれたのだ」

《獅子姫》は剣先で闇夜の広がる空を指し示す。視力が異常なまでに発達した森の狩人であっても辛うじて見えるか見えないかの赤い何かが目に入る。

その言葉でようやく〝猿王〟も気付く。

《あれは。あれは。あれは……木の実が……矢だと。矢に射られて樹木に刺さっている。どうりで落ちてこぬ訳である……》

それまで余裕の口調をいっさい崩さなかった霊獣は初めて言葉を失う。

自分の決めた完璧なルールとシナリオがこんな形でねじ曲げられるとは思っていなかったのだ。

「〝猿王〟の爺さん……あんたはさっき自分で言ったよね『上に投げた木の実が地に落ちてくるまでにお前たちがこのワシに指一本でも触れたら勝ちである』って」

吹き飛ばされたオレも同じく立ち上がる。全身の苦痛を覆い隠すように《獅子姫》の真似をして口元に笑みを浮かべる。

「だからこの遊びはこれから時間無制限で再開だ」

オレは手元の弓の感触を確かめ矢羽を撫でる。

《馬鹿な。馬鹿な……この漆黒の夜空だぞ。舞う小さき果実を音も無く狙い撃つなど……小僧……お主はいったい何者なのだ……》

〝猿王〟は目を見開き半口の驚愕の表情でこちらを見る。

「オレか……オレの名は《魔獣喰い》。ただの狩人だ！」

《流れる風》から授かった朱弦の弓を天に掲げオレは勇ましく名乗る。オッサン……最後にもう一度だけ力を貸してくれ。

《むむむ。だが剣や矢ではこのワシを切れぬ。こうなれば実力で貴様らを排除してくれよう》

怒りで顔を真っ赤に染めた〝猿王〟は右手を振り上げ先ほどの衝撃波を繰り出す予備動作を行う。

この状況でもう一度あの攻撃を受けるのはまずい――――だがその心配はすでになかった。

《ぐふっ》

右手を振り上げたままの格好で〝猿王〟は苦悶の表情を浮かべる。

この霊獣の身体になってから久しい感覚……激痛が脇腹を襲ったのだ。

「触れた！　〝猿王〟よ。これで遊びは我らの勝ちじゃ」

何が起きたか理解できていない霊獣に朱刀を突き刺しながら《獅子姫》は笑みを浮かべる。《魔獣喰い》に気を取られた瞬間を狙い、最後の力を振り絞り一足で踏み込み霊獣に剣先を立てていたのだ。

《〝朱色の刀〟そ……それは。それはまさか。忌まわしきこの森の王者が受け継ぐ魔刀……なぜお主のような小娘が……》

〝猿王〟は苦悶の表情で自分に起きていることをはじめて理解した。そしてこれから起こる自分への惨劇を。

「では改めて名乗ろう。我の名は《獅子姫》。この森の王たる《獅子王》の第二が娘《獅子姫》である！　《魔獣喰い》よ、今じゃ！」

彼女の合図と共にオレは朱弦の弓から矢を放つ。狙うは霊獣の急所――――そんなものは知らないけど自分の本能がその場所を教えてくれた。そこをこの弓で射れば霊体の集まりである霊獣すらも狩れることを。
《ぐふっ》
霊体の急所を朱弦の弓に射られ、そしてすぐさま《獅子姫》の朱刀に斬り裂かれ霊獣〝猿王〟は消滅した。
悲痛な絶叫とともに。

◇　◇

激闘の末に〝猿王〟の霊体は消滅した。

大村の祭壇と大広場を被っていた禍々しい霊術は解け心地よい夜風が流れる。

〝森羅共鳴〟の術で全ての力を使い気を失っていた神官ちゃんも目を覚ました。

すべては解決したかに思えた。

だが……

《見事な。見事だ。だがワシは魔と悪意の結晶体。滅びぬ。またいつか甦りこの森に降臨するのだ》

なんと霊獣〝猿王〟は消滅していなかったのだ。

霊体を斬り裂き消滅させた跡に落ちていたビー玉サイズの宝玉。

そこから聞こえるのは〝猿王〟の相変わらずな余裕の声だった。

「ふん……確かにこの父上の朱刀でも壊せぬか」

先ほどから《獅子姫》が全力で叩き壊そうとしているが〝猿王〟の宝玉には傷一つつかない。

《無駄である。この千年の間にワシをここまで追い込んだ者は他にもいた。だがここから先は無理だった。物理的にも精霊神の力でも宝玉化したワシを壊し消滅させることはできぬ。できぬのだ。はっはは》

〝猿王〟の高笑いが脳内に響く。この状況では先ほどまでの圧倒的な衝撃波などは使えないみたいだ。

だが洗脳効果のある〝霊眼〟は狭い範囲ではあるが未だに発揮されていた。

このままの状態で《獅子王》のいる城や精霊神官の館に持っていっても災厄がまた起きてしまう。

このままでは壊すことも封印することも出来ない。

「どうしよう……どっかに捨てに行くには物騒すぎる代物だし……」

オレは妙案が浮かばずに頭を抱える。ようやく解決したと思ったのに更に問題が発生したのだ。

「霊獣の封印の方法……大神官さまに、前に聞いたことがある……こうして……」

思慮を巡らせていた神官ちゃんが動き出す。

宝玉を手に取りごそごそとなにか施している。

「《魔獣喰い》……屈んで。目をつむって、口を開けて」

「え？　なに？　こうかな……」

作業を終えた神官ちゃんがオレに近づいてくる。

理由も意味も分からないけど優秀な神官ちゃんの言うことなのだから全幅の信頼を寄せる。膝をつき屈んで目を閉じたオレに、神官ちゃんが更に接近してくる。

（神官ちゃんのいい匂いがするな……そ、それに胸が当たる微かな感触がオレに……）

超接近してきた神官ちゃんにオレの鼓動は激しくなる。

「これを……嚙まずに飲み込んで……」

興奮状態で大口を開けていたオレの口の中に何かが放り込まれる。この味はよくある携帯食の干し肉かな。何か中に巻いてあるけど。

「うん……ごくん……これでいいのかな」

離れていく神官ちゃんの気配を感じながらオレは目を開ける。さっき食べさせてもらったのはいったい何だったんだろう。新作の肉巻き料理とかだろうか。

「これで霊獣は大丈夫なはず。私たち〝精霊神《セレシャン》の一族〟に伝わる霊獣の封じ込め方……」

「えっ？　霊獣？　今オレが飲み込んだのが？」

相変わらずの無表情で神官は説明をする。本気か冗談か分からない言葉だ。だが先ほど飲み込んだ感触は確かに硬い石ころの感じだった。さっきまで神官ちゃんの手に持たれていた宝玉もどこにも見当たらない。

〈何をしたのだ。暗いぞ。狭いぞ。ここはどこだ〉

決定打が聞こえる。

オレの腹の中から霊獣〝猿王〟の声が聞こえる。余裕のない情けない声が。

「あなたは霊獣の力が効きにくい特異体質。だから大丈夫……たぶん」

「た、たぶんか……まっいっか。神官ちゃんが言うことなら心配ないかな」

恐ろしいことをさらっと行う神官ちゃんに一瞬だが恐怖を覚える。だが悩んでいても仕方がない。

彼女の胸の感触を感じながら干し肉も食べられたから万々歳であろう。えへへ。

「おい！」

鼻の下を伸ばしていたオレの背中に鋭い鞘の突っ込みが入る。

「だらしない助平な顔をしおって。それに先ほどまでの凛々しい《魔獣喰い》はどこへ行ったのじゃ」

《獅子姫》ちゃんが少しいじけた感じで口を膨らませていた。女心は難しいものだ。


「あっ……術が解ける」

そのとき神官ちゃんがぼそりと呟く。

同時にオレを含めた三人は糸の切れた操り人形のようにその場に倒れ込む。

「な、なんじゃ……これは。身体が動かぬぞ」

「言い忘れていた。〝森羅共鳴〟の術が解けるとしばらく動けなくなる」

地面に仰向けに倒れ込みながら神官ちゃんが説明をしてくれる。禁忌と呼ばれた秘術で身体能力や五感を一時的に覚醒強化させすぎた反動なのであろう。

試してみるものの、口は動くが身体を起こすことができない。清々しいほどの脱力感だ。

「うーん、今夜は色々ありすぎて気が抜けちゃったのかな」

「相変わらず能天気な奴め。まあ、霊獣の気配がなくなったとなれば城にいる戦士団の本隊や大神官たちも、まもなく救援に駆け付けるであろう」

オレに半分呆れながら《獅子姫》はすぐ隣で呟く。彼女の髪の甘い香りが心地よい。

「ああ……我もくたくたじゃ。今日はもう何もしないぞ」

彼女にしては珍しく甘える声だ。よく考えたら天賦《てんぶ》の剣才を持ち王族といえども《獅子姫》ちゃんもまだ年ごろの女の子だ。だれかに甘えたいときもあるのだろう。

「それにしても《獅子姫》ちゃん……全身ケガだらけだね、また」

「ふん、全てかすり傷じゃ。それにお主の酷い有り様に比べたら可愛いもんじゃ、《魔獣喰い》よ……」

「ほんとう泥だらけで汚れている……」

左右から年ごろの女子に汚れを指摘され恥ずかしくなる。今すぐにでも水浴びをしてさっぱりしたいけどこの有り様だ。動けるようになるまで諦めるしかない。

「本当……酷い顔……」

「ん？　そうかな……あれ、でも神官ちゃんも神官着に何かついているね……ん？　料理のタレ？」

「えっ……それは気のせい」

「そ、そっかな……それにしても今日は長い一日だったね……」

正確には日が替わってからの騒動を思い起こす。

精霊祭の会場から離れた小高い丘の上にいたところを霊獣の霊眼により傀儡化した戦士たちに襲われてからこの騒動は始まった。

それらを突破し祭壇までの道中に待ち構えていた戦士たちも打ち倒してきた。みねうちで手加減をしていたので恐らくはその中から死人は出ていないはずだ。

神経をすり減らす戦いが続きようやく大広場にたどり着いたと思ったら傀儡戦士の集団に包囲され窮地に陥った。《流れる風》のオッサンが助けに来てくれて無事に霊獣〝猿王〟の元にたどり着き何とか退治し封印？　することに成功したが、本当に激戦の連続だった。

「こんな時は〝勝利のピース〟だね」

体力が少しだけ回復したオレは仰向けになりながらも満天の星に向かって勝利のVサインをする。

「〝勝利のぴーす〟？……それは何なのじゃ、《魔獣喰い》よ」

「なにそれ……」

いきなりの奇行に両隣で仰向けになる二人は不可思議な表情を浮かべる。それもそのはずこの異世界には〝Vサインのピース〟の概念はないのだから。

「あっ、そうか……これはオレの生まれた……ううん。オレだけの勝利を祝う合図なんだ」

「ふむ、相変わらず訳の分からん奴じゃ。勝利を祝うなら一人では寂しかろう。し、仕方がないので我も真似してやるのじゃ……ぴーす……こうか」

「私もする……ぴーす」

傍から見ると怪しい光景であった。

大集落の壊滅にもなり得た災厄の激闘の中心地。そこで三人の少年少女が夜空に向かってVサインを掲げているのである。

怪しくも心温まる光景。

〝ぴーす〟……この異世界で、ここにいる三人だけの秘密の印だ。


「そう言えば、さっき〝猿王〟が言っていた〝オレにたいする特別な想い〟ってなんの話かな……」

オレは急に思い出した。

〝猿王〟が決戦の時に呟いた言葉であった。人を操りその思考を読み取る霊獣だけに彼女たちの頭の中の考えも読んだのだろう。

それが何だったのか実は気になって仕方がなかった。戦っている最中も。もしかしたら自分は彼女たちに嫌われているのかもしれない。急に不安になってきたぞ。

「な、なにを聞くのじゃいきなり。そういう話はもう少し雰囲気を出して告白するものじゃぞ……あんなのは戯言じゃ。一時の気の迷いで、そう気のせいじゃ……」

「黙秘……」

《獅子姫》ちゃんは小声で何やらぶつぶつ言い訳しながらなぜか赤面している。耳まで真っ赤だ。

一方でいつもの無表情を崩し、少し恥ずかしそうに顔をそむける神官ちゃん。

どうやら嫌われてはいなかったようでひと安心だ。

安心したら気が更に緩む。いつもの彼女たちとは全く違う反応がオレのツボに入る。笑いのツボに。

「ぷぷ……二人とも変なの……ぷぷ……」

オレは込み上がる笑い声を抑えられない。全身をぷるぷるさせてしまう。

「まったくお主というヤツは緊張感のかけらもないのじゃ……」

「《魔獣喰い》……変な人……」

そう言いながらも両隣の二人もつられて笑みをこぼす。


激戦を終えて虫も鳴かない静寂の中。

三人の少年少女の笑い声が響く。

みなが全身に細かい切り傷を負い、せっかくの祭り着は破け泥だらけだ。

疲労困ぱいで起き上がることもできず背中は硬い地面で寝心地は最悪な環境だ。

だが心地よく美しい。

深い木々の隙間からこの大森林の〝元始《はじまり》の樹〟と呼ばれる巨樹が満天の星に向かって広がっていた。

「キレイな景色だね……」

「ああ、そうじゃの……」

「きれい……」

いつの間にか言葉少なくその幻想的な夜空を眺める。

ずっとこの三人でこの心地よい空間と時間に浸っていたいものだ。


〝ぐう〟


だがそんなロマンチックで静寂な雰囲気は腹の虫音で台無しになる。

「ごめん、ごめん。でも……それにしてもお腹空いたな……」

《魔獣喰い》ことオレは小さく呟く。

木々の隙間からこぼれる満天の星を眺めながら。

エピローグ

霊獣〝猿王〟との死闘から数日が過ぎた。

オレたち三人は救援にきた戦士団や《流れる風》のオッサンたちに〝猿王〟のことを報告し、簡単な食事と治療を受けた後に三日三晩泥のように眠っていたらしい。

多少の疲労が残っていたが精霊大神官の婆さんの治療のお蔭もあってすっかり回復していた。

一方で大村の被害も最小限に抑えられていた。

〝猿王〟の霊眼に操られ傀儡化した村人たちや一部の戦士たちが暴れていた。

だがその多くの者はオレたちや《流れる風》のオッサンとその仲間たちによって気絶させられ取り押さえられていた。

「オレも誰かさんの病気がうつって甘ちゃんになったもんだぜ……子供《ガキ》が……」

「あれ、あの助けに来てくれた時は、《魔獣喰い》って呼んでくれたよね、オッサンってば」

「ちっ、動けないくせに相変わらず可愛げのない子供《ガキ》だぜ、お前はよ……」

三日三晩寝込む前に駆け付けてくれたオッサンはそう言っていた。

おそらくはあの大人数の歴戦の傀儡化した戦士団を全て手加減して打ち倒したのであろう。

相変わらず人外な戦士だ、《流れる風》のオッサンは。起きた時にはまたどこかに消えていた。なんでも今回の〝猿王〟事件の原因を調査しに出たらしい。相変わらず風のように落ち着きのない師匠だ。

それでもそのお蔭でオレたちは助かった。

《獅子姫》ちゃんも神官ちゃんも元気に回復し、今はこうして三人でまた詳しい報告をしに城の大広間に来たところである。

「父上、先ほどの件だが当人からも了承は得た。《魔獣喰い》たちは我と一緒になる」

「うむ、そうか。《魔獣喰い》異存はないか？」

「は、はい……異存はありません……」

報告だけに来ていたはずなのに、話がオレの知らない方向へと流れる。先ほどの件ってなんだ。でも逆らう訳にはいかない。オレは流されるまま返答する。

「という訳じゃ《魔獣喰い》よ。今日からお主と、お主の狩組の者たちは我の傘下に入るのじゃ」

「えっ……は、はい……」

まだ全部の状況がよくつかめないが、オレは更に流され返事をする。

本当は嫌な予感がする。

だが断ると、もっと危険だとオレの勘が教えてくれた。こういう時は迷わず肯定だ。

「は、はい、全力を尽くします！」

大広間でオレは大声で宣誓する。

今日から〝獅子姫隊〟の一員として彼女に仕えることを。

《獅子姫》ちゃんはオレを見つめながら満足げな笑みを浮かべていた。

恐らくは、いや確実に全ては彼女が根回ししていた今回の人事配属であった。

そして少し間をおき、オレはようやく全ての状況を理解した。

〝魔獣喰い狩組《かりぐみ》〟

訓練生ながらも数々の凶暴な獣や魔獣を果敢に狩ってきた期待の狩組だ。栄光ある賞も受け輝かしい未来も約束されていた。

だがその歴史と未来は、たった今閉じられてしまった。

なぜなら当人の一存で、〝獅子姫隊〟の一員として組み込まれることになったからだ。

（……まっ、いっか……《獅子姫》ちゃんと一緒にいられるし……）

過ぎたことを深く考えるのは止めよう。

難しいことを考えるのは苦手だ。

そしてこの〝獅子姫隊〟への編入がこれからの自分の人生と、更にはこの大陸の運命に大きく関わるとは、この時のオレは夢にも思わなかったのである。

◇　◇

完全武装の騎士兵士団が整然と並ぶ。

ある者は長槍に盾をもち、またある者は鋭い大剣を手にしている。

多くに共通していることが一つだけある。

それは鋼色に輝く金属製の鎧を身につけていることである。それは肢体を被う鎧だけではなく兜に盾と重厚で圧倒的な力強さを醸し出す。

「若さま、レオン様……本当にこの〝呪われた森〟へ入られるのですか？」

「くどいぞ、スザンナ！　母上を……そして我らがグラニス家を救う為に、僕は行かねばならないのだ！」

「はい、御意にございます」

実戦用の鎧を身につけた近衛騎士スザンナは、まだ若い主《あるじ》に提案を却下され、最後の覚悟を決める。


一方で主である少年騎士レオンハルトは、まるで自分に言い聞かせるようにブツブツと今回の自分の使命を呟く。

「それにしても不気味な森でございますね、レオン様」

「ああ、まさに〝魔の森〟だ……」

自領グラニス伯爵領の肥沃な穀倉地帯を抜け、丘を越えたところにその深い森はあった。

今は晴天だというのに目の前の森の中は薄暗く、半刻も歩けば別世界であろう。

前の深い森と、手前の平野との境界線は左右に一直線に区切られている。まるで天のイタズラで一直線に区切られている異様な情景ではあるが、実際に目にするとその光景は神秘的であった。

「若様……最初に言いましたが、ワシら猟師が案内できるのは、この森の途中までですぜぇ。そこから先は〝凶暴な獣〟と〝人食い蛮族〟どもの住処ですので……」

「ああ、お前たちはそこまでで結構だ。賃金もそこで払う。あとは我々騎士たちで行く」

案内役に雇われた狩人たちの表情は暗く沈んでいた。

それもそのはず、彼らほどこの森の恐ろしさを知っている者たちは、他にいないのだ。

どんな腕利きでベテランの狩人たちですら、この森へ入っていく命知らずはいない。手つかずの森の恵みが目に見えていても、〝絶対に入ってはいけない〟と先祖代々きつく教えられてきているのだ。

この平野から見える範囲の森の中までなら、まだ危険性は少ない。

だがそれより先の深層部に入って無事に戻って来た者はいない。

「大丈夫だ、スザンナ……この人数ならどんな獣相手でも引けを取らない、頼むぞ」

「はい、我々は栄光あるグラニス家の騎士団であります。この命に代えても若をお守りします！」

生真面目な騎士スザンナは腰の剣を抜剣し、正眼に立て構え自分の若き主への忠義を表す。

「それは心強い。それに記録によると〝人食い蛮族〟どもは、我々と同じ人語を話すという。この宝石を対価に交渉すれば、何とかなるであろう……それがダメな時はこの森を焼き尽くし力ずくでも〝秘薬〟を奪い取る！」

伯爵家の若き嫡男であるレオンハルトは握りこぶしを固め、自分の意思を再度口にする。

「では、皆のもの行くぞ。この森に巣食う蛮族どもの集落へ！」

「はっ！」

呼応するのは騎士と従者を合わせた総勢百名ほどの武装集団。

〝呪われた森〟と呼ぶ禁忌の場所〝大森林〟へ、こうして彼らは甲高い金属音と共に侵入して行ったのである。

【1巻　本編完】

《流れる風》と少年

1

アイツに出会ったのは数年前のことだった。

《流れる風》は大森林の辺境を踏破する長旅から戻り、生まれ故郷の村に立ち寄った。

消耗品の補給と懐かしい顔を見るだけの軽い気持ちの帰郷であった。

『大事な話がある』

だが、落ち着く間もなく村の長老の屋敷に呼び出される。

「せっかく酒でも飲んでのんびりとしようと思っていたのに、相変わらず人使いの荒いジイさんだぜ」

そう愚痴をこぼしながらも《流れる風》は屋敷へ向かう。

屋敷といっても質素な建物だ。村の他の家屋と同じで樹木に沿うように建てられている。

曲線をうまく使い自然と調和して生きるこの部族らしい建築物だ。

(それに比べて〝下界〟の屋敷は下品で、人の強欲さの象徴だったな)

《流れる風》は若かりし頃の記憶を思い出す。

外の世界〝下界〟の王侯貴族や大商人の屋敷に招かれたときの居心地の悪さは、今でも覚えている。

やはりこの森の中は落ち着く。

（そういえば、悪ガキだった頃はよく長老のジイさんにここの納屋に閉じ込められたな……）

懐かしい思い出と共に《流れる風》は廊下を進み、長老がいる部屋へと向かう。

さて、どんな難題をふっかけてくるのやら。

「面白い子がおる」

部屋に入るなり開口一番で長老はそんな話題をふってきた。

「面白いガキだと？」

長老の説明によると、数日前に大人たちの狩りに同伴した幼い子どもが、森鹿を含む複数の獣を仕留めてきたという。

どれも見事に獣の〝心の臓〟を一撃で仕留めており、同伴した大人たちも目を丸くしていたという話だ。

村の精霊神官に見せたところ、『〝森徒《もりと》〟の才能があるかもしれない』ということであった。

「あの婆さんまだ生きていたのか。まったく何歳になるんだか……」

口の悪い偏屈な神官婆さんに怪しげな薬草を塗られた幼少期を思い出し、《流れる風》は苦笑いする。

長老の話は続く。

神官の話だけでは真意が判断できないために、《流れる風》たちの狩りに同伴させてその子を見極めてほしいとのことだった。

「ふーん、〝森徒〟ねえ……」

うなずきながらも眉唾な話に半信半疑で、長老の話を聞く。

これまでも大森林中の村で〝森徒の才能があるかもしれない〟と言われていた子どもを見てきた。

だが、それらは全て〝ハズレ〟であった。

たしかにそいつらは剣や弓などの才能は他よりは優れていた。

だが、それでも〝人〟の領域は超えていなかった。

（この森に何百年かに一度だけ降臨し誕生するといわれている〝森徒〟が、こんな辺境の小さな村にいたとは信じられん話だ……）

それも自分が生まれ故郷に。

数年に一度はここにも顔を出してはいたが、そんな才能に溢れた奴はいなかったはずだ。

「ジイさんよ。万が一そいつが〝森徒〟だとしても、オレの鍛え方は半端なく厳しい。もしかしたら覚醒する前に潰してしまうかもしれないぞ」

長老の長い話を聞き終え、最後にそう確認をする。

「お前の好きにせぃ」

長老はしわくちゃな顔を緩め小さな瞳でニヤリと笑う。

た。


「相変わらず食えないジジイだな」

「ホッホッホ、食うのは獣の肉だけで十分じゃ」

目的のためなら手段は選ばなくていい。

長老のそんなお墨付きも貰った《流れる風》は屋敷を後にして、噂の少年を呼びつけることにした。


（さて、どんなガキが来るのやら……）

《流れる風》は村の顔見知りに頼み、目的の子どもを呼び出した。

今回の自分たちの狩りに同行させるためである。

どんなに上っ面で才能がある奴でも、本気の命をかけ合う狩場に出したならその本性が見えるというものだ。

「どうも初めまして、皆さんよろしくお願いします」

いつの間にかその当人が挨拶をしながら近づいて来た。呼び出しされた状況をまだ摑めず、キョトンとしている。

（こいつは本当に才能があるガキなのか……）

実際に当人を目の前にして《流れる風》の疑惑は更に強まる。

パッと見は目立たない普通の七歳くらいの少年だ。

自分の隣にいる《岩の盾》のガキも同じ位の歳だが、それに比べても細く小さい。

この村の住人に〝こんな奴いたか？〟というのが正直な第一印象だった。

目つきもオドオドしていて覇気がない。

（これは〝ハズれ〟だな……猫を被っていたとしても、今回の狩りで化けの皮が剝がれる……）

ハズレの方が幸せなこともある。

心の中でそう思いながらも軽く挨拶を交わす。

さてと、長老に頼まれていたもう一つの頼み〝赤熊の退治〟に出かけるとするか。

自分と気の知れた仲間たちに例の幼い少年を加えて近隣の村へと旅立つ。

目的地までの道中はいつも通りに大人の足の速さで進む。険しい獣道に重装備の荷の重さはこの歳ごろには辛いはずだ。

何だったら誰かに荷を持たせるか、先頭を歩く速度を緩めてやろうかと思っていた。

だが、その少年は不満も言わずしっかりと後をついて来る。

（ほう……）

しかも並行して驚いたことをしてやがった。

少年は移動しながらオレたち大人の〝技術〟を盗み見ていたのだ。

歩行術、周囲警戒術、手信号《ハンドサイン》……どれをとっても実戦では欠かせない代物ばかりだ。

それらの基本は村でも教わっていたはずだ。

だがこの狩組の連中の技は独自に昇華され、実戦的である。

そいつはぶつぶつ独り言を繰り返しながらも観察し、自ら真似ようとしていたのだ。

（見た目通りの役立たずではないようだ。なら、これはどうだ）

《流れる風》は感心しつつ、更に違った歩行術を見せてやる。音もなく木の葉の上を滑るように進む実戦技である。

自分の真似をして足が絡まったのか後ろの少年は転がる。どうやらこいつにはまだ早かったようだ。だが筋は悪くない。

「何だかんだ言いながら、やっぱり子どもも好きだな」

仲間たちのニヤついた声が聞こえる。

（ちっ……これだから子供《ガキ》は面倒なんだ）

《流れる風》はさっさと先に進み心の中で毒付く。

2

赤熊の被害に遭っている近隣の村に近づく。

状況を把握するために斥候を出す。

隣村からの話だと凶暴で巨大な〝赤熊〟が今回の獲物だという。

（〝赤熊〟か。それに、もしかしたら……）

自分を含めたこの狩組なら、油断さえしなければ大丈夫だという自負はある。

だが、小規模とはいえ森の狩人を有する隣の村が普通の赤熊に手こずるとは思えなかった。様々な情報を整理し想定しておく。

もちろん連れてきたガキは最初から戦力として当てにしていない。

赤熊は普通の森熊とはまったく違う。大型な獣で性格も獰猛で好戦的。

本物の赤熊を実際に目の前にしたら、大人でも足がすくんで最初は何も出来ないものだ。

だが、どんなに凶悪で大型であろうとも頭脳は獣だ。罠を仕掛け陣形を組み冷静に対処出来れば怖い相手ではない。

万が一の場合は自分の〝奥の手〟を抜けばケリが付く。

出来れば勘弁してほしい一手だが。

「さあ、狩りの時間だ」

合図と共にいよいよ〝赤熊狩り〟が始まる。

だが、さっそく困ったことが起きた。

赤熊の突進で最初の罠は簡単に潰されてしまったのだ。

煙玉で横穴から燻《いぶ》り出したはいいが、予想していた以上に巨大な赤熊だった。

普通の赤熊の二回り以上は大きく、その爪や牙も肥大し鋭く尖っていた。

(これはちょっとヤベえな……〝魔〟が混じってやがる……)

嫌な方の予想が見事に的中した。

〝魔〟が少し混じるだけで、獣は〝魔獣〟に近づき別の存在へと変化する。普通の狩りでは仕留めることは困難である。

〝作戦変更〟

指笛で合図をおくり、仲間に指示を出す。

陣形を組み直し、半魔獣化した赤熊を囲む。

《流れる風》と《岩の盾》の二人が前衛に立ち、注意を引き付ける。残りの後衛が弓矢で死角から毒矢を射る。

時間がかかるかもしれないが一番被害が少ない作戦である。

「ちっ、この武器でどこまでもつか……」

本来ならこの大きさの半魔獣化した赤熊が相手なら、対魔獣用の専用の武器が欲しいところである。それは山岳部で採掘された希少金属を加工した高強度な武具であり、選ばれた戦士だけが手にすることができる。

前衛の二人とも、大村の研ぎ師に武器を預けてきたのが悔やまれる。

「ないものを悩んでも仕方がないな。さっさと終わらせるぞ！」

「ああ」

赤熊のとの激戦が始まる。

槍と爪、剣と牙が届き合う距離での接近戦である。

「はっ！」

《流れる風》は赤熊の鋭い爪や体当たりを寸前で躱《かわ》し、懐に潜りこみ、手持ちの槍や剣で一撃を食らわせる。

「ふん！」

その隣では巨漢の重戦士《岩の盾》が同じく奮戦している。

分厚い甲羅型の大盾で、赤熊の爪を受け止めながら大矛で反撃していた。

(仲間とはいえ、相変わらず人間離れした怪力だ)

《流れる風》は横目で見ながら相方の力を頼もしく思う。

これほど巨大な赤熊の一撃を直に受け止める事が出来るのは、いくら身体能力が高い森の部族の中でもコイツくらいであろう。

自分たち前衛の二人が注意を引きつけている間に、後衛から毒矢が何本も赤熊の身体に突き刺さる。

「ちっ、皮膚の硬皮化《こうひ》が進んでいいて刃が通らねぇな……そっちはどうだ?」

「こっちも同じだ」

想定していた以上に最悪な状況だった。

思っていた以上に赤熊の〝魔獣化〟は進んでいた。九割越えといったところか。

こうなると毛皮は金属のように硬くなり皮膚も岩のように頑丈になる。

いちばん厄介なのが分厚い皮下脂肪だ。

剣や矢の刃先は止まってしまい、打撃も吸収されてしまうのだ。毒も届いているのか怪しいところだった。

(さて、どうしたもんか……長期戦はヤバイな……)

森の民の戦士が身体能力に優れているといっても無尽蔵ではない。

一方で野生の赤熊の体力は人間に比べたら底なしといってもいいほどだ。

「いざとなったらオレの〝奥の手〟を使うぞ……」

「だが、あれは〝王〟に禁じられていたはずだ。不用意に抜くなと」

「ちっ……」

無意識に腰に差した愛剣の柄に手をやる。

だがなんの反応もない。蓄えた残量は少量といった感じか。

〝こいつ〟の本来の力を使えたならこの程度の赤熊なら瞬殺であろう。

しかし過去の激戦で力を使いすぎたために回復するまでは、静かな金属の塊である。

使えないものを願って仕方がない。

時間をかけても緊張感を切らさずに目の前の赤熊と対峙する。

（ん？　そういえば例の子供《ガキ》、今はどうしている……）

慢性的になってきた赤熊の爪の一撃を避け、横目でチラリと周囲に目を配る。

最初は赤熊の迫力に尻込みしていたはずだ。

だがいつの間にか他の大人の連中と同じように短弓で赤熊を射っていた。矢筋もあの歳なら悪くない。

（まあ、この赤熊を相手にそれが出来たら合格点だ）

しかし短弓では致命傷を与えられないのを実感し思惑しているようだ。

何かブツブツ言いながらボーっとしている。

（おいおい！　この修羅場でボンヤリかよ……こりゃ後でまたたっぷりゲンコツだな……）

ボヤキながらも意識を再び目の前の赤熊に集中する。

気のせいか最初の頃よりもその動きは鋭くなっていた。

もしかしたら強敵に直面し、その魔獣化が更に活性化しているのかもしれない。これは厄介だ。

他人に期待せずに自分でケリを付けないとな。

（ん？）

《流れる風》は赤熊の猛攻を寸前で避けながら軽い〝何か〟を感じた。

その直後だ。

背筋がゾクリとし全身に寒気がはしる。

〝得体ノ知レナイ何カダ……注意シロ〟

無意識に抑えていた自分の全神経が一気に覚醒し、周囲を警戒する。

（何だ？　この感覚は……まさか〝仮面の野郎〟か？　くそっ、こんなときに）

悪いことは重なるものなのであろうか。

覚えのある嫌な感覚に《流れる風》は軽く絶望を感じる。

前に〝仮面の野郎〟と対峙したのは五年ほど前だ。

そのときの結果は引き分け……というかお互いに痛み分けだ。

仮面野郎に深手を負わせたから、しばらくは大人しいはず。だが自分も力を使い切り全力を出せないこの有り様だ。

（大神官の予言では奴が復活するのはもっと先のはずだが……ん？　これは違うのか……）

周囲を警戒していた《流れる風》の全身の鳥肌が収まる。

むしろ力が流れて湧き出てくる。これまでの戦いで傷ついた自分の魂を癒してくれるようだ。

とてつもない悪寒の後に、陽の光のような暖かさ。

両極端の相反する力を持ち合わせた〝何者〟かがすぐこの近くに現れたのだ。

（んっ？　なんだアレは！）

光が爆ぜた。

凶暴に爪を振り回し暴れ回る赤熊の顔面に、烈音と共に鋭い光が突き刺さる。

いや光ではない。

誰かの矢が赤熊の片目を突き破ったのである。

思いもよらぬ激痛に赤熊は狂ったように暴れ回る。周囲の巨木さえなぎ倒し暴れ、こうなっては誰も手をつけられない。

（何だ！　今の矢は……）

距離をとり周囲を警戒しつつ、無意識的に《流れる風》は腰の柄に手を置く。

すると先ほどまで無反応だった愛剣が微かに輝き主に応える。

（何だ……この力は……よくわからねえが、チャンスだ！）

眠りについていた愛剣の思いもよらぬ目覚めに《流れる風》は口元を緩める。

「岩っ、〝抜く〟ぞ……さがれ！」

「まさか……わかった」

友の言葉に素直に従い、重戦士《岩の盾》はすっと下がる。

生まれたときからの付き合いだ。

こんなときに冗談をいう漢《おとこ》ではない。

「さてと……待たせたな……」

凶暴に荒れ狂う赤熊の目の前に《流れる風》はその身をさらす。

その行為に半魔獣は大きく吠え、痛みを忘れ歓喜する。

顔面を突き刺すこの激痛の怒りの全てをぶつける相手を見つけ突進する。

目の前のわい小な生物を残虐に引き裂こうと、全体重を乗せた巨爪の一撃を叩き落とす。まさに大地さえも叩き割る強烈な一撃だ。

「破っ！」

だが、赤熊は巨爪を最後まで振り降ろすことが出来なかった。

風が――――ひとすじの〝風〟が吹いたからだ。

一刀千断。

戦士《流れる風》が腰だめに抜いた愛剣により、半魔獣〝赤熊〟は断末魔を発する間もなく絶命したのであった。

3

「ふう……やっと終わったか」

息絶えた赤熊の死骸に止めをさし《流れる風》はひと息つく。

こんなときは革袋の中の温い水もやけに美味く感じる。

（それにしても、随分としぶとい獣だったな……）

既に息絶えながらも赤熊の死骸はぴくぴくと痙攣《けいれん》し、その命の最後を燃やしていた。赤熊の魔獣はこの大森林でも滅多にお目にかかれない希少な存在だ。

それだけに今回はここまで長引き、苦戦したともいえる。

（とにかく疲れたな……）

見ると自分の全身は汗と赤熊の返り血でベトベトであった。

傷は負っていないがその疲労感は半端ではない。

（こんな時は下界の〝風呂〟にでも入ってサッパリしたいもんな）

森の外の大貴族の屋敷で体験した熱い湯の水浴びを思い出す。高飛車な貴族は気に食わない奴だったが、風呂だけはいい思い出であった。

（それにしても、さっきの〝光の矢〟は何だ……）

足元に転がっている赤熊の頭部を改めて確認する。その左目に深々と突き刺さっているのは間違いなくあの子供《ガキ》の短矢だった。

念のため抜いて手にとって見るが、どこにでもある普通の矢だ。

ウンとも輝きもしない。

他の仲間に聞いてもそんな光は見ていないという。幻覚でも見たのか。

だが、間違いない。

あの〝ゾッとする気配〟がした次の瞬間に、この矢が飛んできた。

激しく暴れる赤熊の左目にだ。

小さな木の実ほどの大きさしかないこの目のど真ん中に一撃である。

村一番の……いや、この大森林一の腕前を持つ狩人であっても出来るかどうかの神技だ。

気づかれないように視線をこの矢の持ち主に向ける。

少年は赤熊の巨大な死骸を見て大口を開けて驚いている。

相変わらず冴えない顔つきだ。

どうやら自分の射った矢の凄さを全く理解していないような感じだ。

「これ、やっぱり食べられないですよね……」

森針ネズミのように毒矢を身体中に刺した赤熊を前にして、そんなことをブツブツ呟いている。

まさか半魔獣化して毒矢を受けた赤熊の肉を食おうと思う奴が、この世にいるとは思ってもいなかった。

もちろん猛毒を受けた半魔獣の肉なんて食えた物ではない。

（さっきの矢は偶然なのか……それにあの時、この剣に力を授けてくれたのは……）

自分の腰の柄に手を当てながらふと子供《ガキ》の全身に目を向ける。

帯剣の反対側に何かを下げている。

（護符の手斧か？　いや、まて……アレはまさか……そうか、コイツはあのときの赤ん坊か……）

これまでは少年の長めのマントに隠れて見えていなかった。

隙間から見たことのある〝手斧〟を目にし、《流れる風》は全てを思い出し理解した。

（長老のジィめ……わかっていてオレに黙っていたな……）

《流れる風》は七年前の悲しい出来事を思い出す。

恐らくはこの少年はその時に滅亡した辺境の村の生き残りだ。

自分たちが駆け付けたときには、全ての村人は殺戮された後だった。

〝仮面の男〟の手によって。

燃えさかる村の中で偶然みつけたのが一人の赤子――この子供《ガキ》だった。

その手斧は守り刀のようにその赤子の側にあった。

特徴のある奇妙な紋様が描かれている手斧だ。

思い出と推測が絡まる。

子供《ガキ》はあのときに滅亡した〝秘境の村〟の生き残り。

そしてあの村を滅ぼした〝仮面の男〟に狙われる存在に違いないと。

「恐らくはジイさんがコイツをオレに紹介したのは偶然だろうな……だが、面倒なことになった、まったく」

長老との約束を思い出し軽く後悔をする。

こいつが普通の子供じゃないとしても、このまま見捨てる訳にはいかない。

森徒ではないにしても特別な力を持った者は稀に現れる。

だが、その多くは決して幸せな人生を送れたとは言えない。

〝才能に慢心してそれに溺れる者。力に油断して命を失う者。権力に抱き込まれて堕落する者。〟

その不幸な人生の末路はこの森の民も外の世界の者たちも同じだった。

才能と運命は時に諸刃の剣となる。

力とは制御できる器と経験を有してこそ、誰かのために振るうことが出来るのだ。

「仕方がねぇな……少しの間だけだ……」

ふと視線を送る。

先ほどと同じように赤熊の死骸を見つめて突っ立っていた。

気のせいか大口を開けてよだれも垂らしている。

（まったく変な子供《ガキ》だぜ……）

それにしても〝子供《ガキ》〟って呼ぶのもわかりづらく面倒だな。

この森の部族の風習では、年頃の子どもには実親か師匠が〝名〟を付けている。

年ごろ的にはコイツも適齢期だ。

（〝名〟を考えてやるか、こいつの……面倒くさいがな……）

そんな〝らしくない〟ことを考えている自分に苦笑いしながら、《流れる風》は静かになった大森林の中を眺める。

子どもが厳しい人生をこれから生き抜いていける、そんな〝名〟を考えてやるのもひと苦労だ。

さて、どうしたもんか。

だが《流れる風》のそんな悩ましい案件はその日の晩に解決した。

〝魔獣化〟した赤熊の肉を皆に内緒でむさぼっていた、その少年の気持ちよさそうな寝顔を見つめ即決された。

彼の者の名は《魔獣喰い》と。

4

半魔獣化した赤熊を退治したあの時から六年ほど経った。

あの後弟子にした《魔獣喰い》――――は二年間ほど面倒をみていた。

随所に同伴させ、色んなことを教えた。

狩りの仕方はもちろん、戦闘術や隠密術の実戦的な技術だ。

それ以外にも人生論や好いた女ができたときの口説き方も教えてやった。

「オ、オレは女の子なんて興味ないから……」

嘘が下手で物覚えは悪く、座学なんかは駄目な奴だったが、身体の動きは悪くなかった。

特に弓術はかなりの天賦の才を持っていた。すぐに調子に乗るから本人には言わないが。

とにかく自分が教えられることを全て叩き込んだ。

「オッサンに教えてもらった鍛錬は毎日欠かさずにやるよ……たぶん」

生意気な子供《ガキ》だが人一倍負けず嫌いなヤツだ。いったい誰に似たんだか。

あとはアイツが預けられた大村でもサボらずに、課した鍛錬をかかしていなければ名を上げるはずだ。

〝封印〟を施したままでも。

封印……そう、アイツ――《魔獣喰い》には赤熊退治の後に〝封印〟を施した。

アイツには内緒で勝手にだ。

なんの力は判明できないが、アイツには不思議な潜在的な力があった。

普段それは発揮されることもない。

一緒に行動し観察してわかったことだが、ある一定の条件を満たすと発揮される。

恐らくはそれは〝自分の命の危険が迫ったとき〟か〝誰かを守るとき〟に発動するようだ。

だがその力は未知数で、危険であった。

赤熊退治の時に感じた〝陰と陽〟の矛盾した気配がそれを表していた。

アイツは精神的にも未熟だ。

あのままだといずれは怒りに身を任せ、暴走してしまう危険性があった。

怒りの精霊に飲み込まれた狂戦士の悲劇のように。

「あれ、オレの手斧にこんな石が付いていたっけ？　まっ、いっか……」

だから誰にも内緒で手斧に封印の宝玉を仕掛けさせてもらった。

おかげで愛剣に蓄えていた力をごっそり使っちまったがな。

アイツが森徒である可能性は低い。

だが力を扱えない内は他に知られるのも都合が悪い。

もしかしたら自分が受けた仕打ちや悲しみをアイツに経験させたくなかっただけかもしれない。

「オレも甘くなっちまったな……」

そんな《魔獣喰い》も今は大村の訓練所にいた。

三年前に預けてきたから、そろそろ卒業して戦士団に配属される年ごろであろう。

あの鼻たれ小僧が戦士か。

年月が流れるのは早いものである。

自分たちは大森林中を任務で旅していたが《魔獣喰い》の名は耳に入っていた。

訓練生でありながら〝魔獣を狩る者たち〟としていつの間にかその名は広く知られていった。

「さすがはお前の弟子だな、風よ」

いつも一緒にいる《岩の盾》の奴が冷やかしてくる。

「弟子をとった覚えはないんだがな……だが、あとはこの〝朱弦の弓〟を渡したら、やっかいな子弟関係ともおさらばだな」

この日は年に一度の精霊祭が開催されている。

誰もが祭に浮かれる大村の様子に眺めながら大通りを進む。

日が変わり明日になれば新年だ。

そうなれば《魔獣喰い》も成人である十四歳となる。

成人となれば自分の師匠ごっこも終わりであろう。

「さて、城に顔を出して年明けまで適当にどこかで時間を潰すか……」

《流れる風》と《岩の盾》たちは久しぶりの大村での精霊祭を満喫するのであった。

5

《流れる風》は自分の直属の上役である《獅子王》に、今回の森での探索の報告を終えて城を出る。

理由があり、この城を動けない王の代わりに大森林の各地を見て回り、その密命を実行するのが自分たちの主な任務だ。

密命の中には未知の存在である〝仮面の男〟の動きを探り、見つけ出すことも命じられていた。

だが奴は三年前この大村に《魔獣喰い》を連れて来た時にちょっかいを出してきて以来姿を消していた。

神出鬼没で異能の力を行使する、目的が不明な謎の存在――それが〝仮面の男〟であった。

前回の口調だとこのまま大人しくいるはずはなかった。油断はできない。

「ん？　《獅子王》さまへの報告はもう終わったのか。今回は早かったわね」

考えごとをしながら歩いていると、城の中庭で屈強な女戦士に声をかけられる。

訓練生たちの鬼教官であり、泣く子も黙る黒豹戦士団の団長でもある女戦士《黒豹の爪》だ。

「ああ、今回は特に異変もなかったからな。そういえば世話になったたな……」

「世話に？　ああ、《魔獣喰い》のことかい？　世話がかかる物覚えの悪い生徒だったけど、まさか幻獣まで狩ってくるとわね。師匠に似てムッツリスケベないい子だったたよ、ハッハッハ」

《黒豹の爪》は面白そうに大きな胸を揺らし笑い声を上げる。

「幻獣ならオレも本気を出したら狩れるさ……それからムッツリスケベは余計なお世話だ」

昔はこいつとも一緒に同じ組で旅をしていた。そのときに豊満な胸の谷間や腰をこっそり見たことを言っているのであろう。

「そう言えばお前はこれからどうするのだ？　折角だから大村《ここ》で少しゆっくりしていきな」

「ああ、そうしたいのは山々だが、最近になってまた森の奥が少し騒がしくなってきている。明日にでも出発して大森林の奥地の様子を見に行こうと思っている」

《流れる風》は南の方角を見つめながらそう呟く。

ここが見晴らしの良い小山も設けられた山城とはいえ、この距離では森の奥は目視出来るはずはない。

だが、不穏な空気というのはときに目以外で感じることもある。

「大神官の婆さまもそんなことを言っていたな……何かあれば私も駆け付ける、用心せいよ」

「危なくなったら逃げて来るさ……じゃあ、筋肉女」

「嬉しい褒め言葉だね、それは」と、またもや大声で笑いながら女戦士は強引に《流れる風》と固い別れの抱擁《ハグ》をする。

「相変わらず暑苦しい奴だ」と言葉では心底嫌そうな返事をしつつ《流れる風》もその抱擁《ハグ》を軽く返す。

6

城を離れ用事を済ませた《流れる風》の一向は祭りを楽しむのも程ほどに、〝元始《はじまり》の樹〟の根元にある精霊神官の館を訪れる。

「何だい〝風〟の坊やが訪ねて来るとは、こりゃ天変地異でも起きるんじゃないか」

「婆さんが死ぬ前にもう一度くらいは顔を拝んでおかないと、寝付きが悪くてな」

相変わらず口の悪い婆さんだ。

挨拶代わりにお互いに軽口を叩き合う。

自分がまだ幼い頃からこんな感じで付き合っているのだから、今さら口調を丁寧に正すことは難しい。

婆さんにとって自分は、孫や息子のような存在なのであろう。

「折り入って婆さんに頼みがあって来た」

口は悪い。

だが数多の精霊に愛され〝精霊神の依り代〟としての実力はずば抜けていた。

困ったときに自分が頼れる数少ない人物である。

「頼み？　随分とお前さんらしくない物の言い方じゃの」

珍しい頼みごとに老婆は声の質を変え尋ねる。

「婆さんも感じているかと思うが、最近また森の奥が騒がしい」

「ああ、そうじゃの……精霊たちが何かを訴えようとザワついている……」

〝精霊神の依り代〟といえる大神官であっても万能ではない。

その本質は精霊たちの声に耳を傾けて力を借りるだけの存在なのである。

「そんな訳で明日にでも〝最深部〟にまた様子を見に行こうと思う……まあ、そんな顔をするな婆さん。少しだけ様子を見に行くだけだ」

心配そうな表情をした老婆に《流れる風》は口元を緩めそう答える。

「そうか、無理はするではないぞ。万が一にでも〝魔〟に魅入られては戻って来られんからな」

この森の最深部の〝魔〟の瘴気《しょうき》は濃く注意が必要だ。ときにそれは人すらも魔獣に変える。

「ああ……オレは戦うことより逃げる方が得意だからな。婆さんよりは長生きはする。その辺は任せておけ」

最後まで軽口を叩き合いお互いの心を交わす。

「この、ひねくれ者め……むっ？」

その時だった。

別れ惜しんでいた大神官が何かを感じる。

「どうした婆さん……ん？　これは……この禍々しい気配は何だ？」

続いて《流れる風》も察する。

言葉にできない違和感だ。

殺気とか悪意ではなく純粋な〝欲〟の波動。

その波紋が広がるように一瞬にして自分たちの周囲を被ったのだ。

「何だ、この気配は……幻覚の術をかけられた時に似ているが……」

禍々しい力に対するために《流れる風》は心を強く持つ。

以前に森の中で遭遇した幻獣の感覚に似ていた。

「これは幻獣とは違うぞ……まさか〝霊獣〟か……精霊たちが騒いでおる。どうやら広場の祭壇に霊獣が現れたようじゃ……」

泣き叫ぶように空を舞う精霊のたちの悲痛な声を聞き、大神官は顔をしかめる。精霊たちですら霊獣の力に怯えて逃げまどっているのだ。

「霊獣だと……」

「どうやってこの厳重な大村の中へ……」

大神官の言葉に誰もがざわつく。

「霊獣ってあの霊獣かよ……くそっ、何でまたこんな時に……」

《流れる風》は口伝に伝わる霊獣の惨劇を思い出し顔をしかめる。口伝によるとそのときは一匹の霊獣の出現によって、千を越える屈強な戦士たちが殺し合い全滅したのだ。

「おい、婆さん、あの子供《ガキ》たち、《魔獣喰い》はどこにいる！」

そして何かに気づきハッと顔を上げる。

「今は……広場から少し離れた所にいるようじゃ……巫女と姫と小僧の三人がいる……今のところはまだ無事のようじゃ……」

大神官は精霊たちの飛び交う声から村の様子を分析する。災厄の中心である大広場は混乱の渦に包まれているようだ。

「婆さん、霊獣はどうすれば倒せる」

「悪意と魔の根源である霊獣を人の手で倒すことはできん……だが、《獅子王》の持つ〝双朱剣〟の一振りとその〝朱弦の弓〟ならば、あるいは……それにこの護符があれば霊獣の力はある程度は防げる」

大神官は奥の棚から厳重に保管された古の護符を取り出し、《流れる風》たちに手渡す。

「ああ、それだけ聞けたら御の字だ。まずは城に行って《獅子王》のオヤジ殿に〝双朱剣〟を拝借するぞ。その後は霊獣の側まで接近だ」

「ああ、わかった」

一緒に館を訪れていた仲間に護符を渡しこれからの作戦を告げる。ここからは時間が勝負だ。遅くなればなるほど被害が甚大になる。

「待て〝風〟よ……剣はあったとしても知ってのとおり《獅子王》は城を離れられぬ……それにいくらお主たちとはいえ霊獣には近づけんぞ。その前に力の虜となってしまうからな」

〝元始《はじまり》の樹〟の偉大なる加護のあるこの館内なら霊獣の力を防いでくれる。だがその安全圏から一歩外に出たなら護符があっても保障はできない。

「朱剣も朱弦も使うのはオレたちじゃねえ。オレの……いや、オレとあんたの可愛い弟子たち、それに剣姫を信じて託すのさ」

《流れる風》は口元に笑みを浮かべる。

自分の力だけを信じてきた男の……この森を数々の危機から救ってきた英雄が、はじめて見せる種の笑み。

それは自分の弟子を信じ運命を託そうとする表情であった。

7

激戦の末に霊獣〝猿王《えんおう》〟は《魔獣喰い》たちが無事に打ち倒した。

それから数日が経ったある日のこと。

復旧作業に忙しい大村を離れる者たちがいた。

《流れる風》とその仲間たちである。

「ずいぶんと急ぎの出発じゃの……」

それを見送る者はただ一人。

この森で最高齢と噂されながらも相も変わらず元気な大神官であった。

「早くしないと、この〝念の跡〟が見えなくなっちまうからな」

《流れる風》は目を細めて、自分の愛剣が指し示す方角を見つめる。

「ふむ、霊獣たる〝猿王《えんおう》〟をたぶらかした者がいたとは信じられんが……気をつけるのじゃぞ」

《魔獣喰い》たちが霊獣を打ち倒した後に、自分たちが祭壇の周囲を調べて判明したことがあった。

それは今回の事件に際して何者かが関与し、裏で霊獣を操り大村を襲わせた疑いがあるということだ。

「恐らくは〝仮面の男〟だな……」

《流れる風》の直感がそう告げていた。

証拠もないがそう確信していた。

これまで二度ほど対峙したことがある、不気味な相手の気配に顔をしかめる。

〝仮面の男〟……それは森の戦士団でも一部の者しか知らされていない未知なる存在である。

最初に奴と自分が剣を交えたのは十三年前……そう、赤ん坊だった《魔獣喰い》を保護したときだ。

異変を聞きつけ自分たちが辺境の村にたどり着いたときは既に遅く、全滅していた。

燃えさかる村を前に黒い仮面を被った男が呆然と立ち尽くしていたのだ。自分の犯した罪に後悔でもしていたのだろうか。

「おい、てめえは何者だ！　ここで何をしている」

だがオレたちが近づくと過敏に反応し、理解できない言語を発し、半狂乱に剣で襲いかかってきた。ひと目でこの村の者でないことは推測できた。

「取り押さえろ！　事情を聴き出す」

仲間に捕縛を指示した。

足運びに身体の使い方など、まるでなっておらず、素人丸出しの動きで捕縛は簡単であろうと思われた。

着衣こそ森の民の民族衣装を着込んでいたが、恐らくは森の外からの紛れ人であろう。外の世界で訓練を受けていない者は、そのようなひ弱な者が多かった。

「くっ……」

「なんだと……」

しかし、だ。

その素人同然の〝仮面の男〟にオレたちの狩組は圧倒された。

歴戦の腕利き戦士を集めた六人がだ。

なぜならヤツは〝異能の力〟を持っていたのだった。

「剣が当たらないぞ、こいつ！」

「弓もダメだ！」

不可視な壁……それに阻まれ、こちらの攻撃がいっさい当たらない。

弓も剣も《岩の盾》の自慢の大戟《ハルバード》ですら見えない壁によって遮られた。背後や頭上や足元など死角から狙っても同じだった。

幻術の一種ではない実際に跳ね返されてしまうのだ。

「これは……ヤバイ！　下がれ」

そして男が剣を振りかざすと、衝撃が走った。

いや、光が爆ぜる爆炎だ。

天を裂く稲妻と猛火を足したような衝撃がオレたちを吹き飛ばした。この森の中ではもちろん外の世界ですら見たこともない恐ろしい術である。

「うっ……」

その一撃でこちらの半数は戦闘不能となり、残った者で活路を見い出しながら必死で戦った。だが相手は完璧な防御に圧倒的な攻撃力を誇る化け物だ。

「精霊神から授かりし〝森叢雲剣《もりのむらくものつるぎ》〟を今ここに！」

最後は自分の愛剣で抜き勝負を決めた。

まさか人を相手に抜くことになるとは思っていなかったが、もはや奴は人を超えた人外者であった。

だが息絶える前に〝仮面の男〟は何かを呟きながら光に包まれてどこかに消えていった。

「幻想と戦っていたのか……それとも精霊神のいたずらか……」

その後に村の周囲をいくら探索しても、痕跡を見つけることは出来なかった。まるでその存在自体が幻だったかのように。

だが実際にこの手で斬った自分は感じていた。

奴はまだ生きている。

『また……会おう……』

消えるまえに確かにそう呟いていた。

次に〝仮面の男〟と対峙したのは七年前……《魔獣喰い》と赤熊退治に出かける一年前だった。

仲間と共にこの森の〝最深部〟を調査しに行ったときだった。

森の中でも秘境中の秘境で、この森の戦士でもたどり着くことすら困難な場所だ。

だが、奴はそこにまた現れた。

「中身は別人か……いや、この気配は間違いない……」

その時の奴は最初のときとはまるで別人のようであった。

冷静沈着で隙のない立ち振る舞い。

背も伸び身体もたくましく鍛えられていた。恐らくは前回会ったときはまだ成長期であったのである。

《僕と勝負しよう……《流れる風》よ》

そして驚いたことにこの自分と剣に一騎打ちで勝負を申し込んできた。

「調子に乗るな……仮面野郎が」

オレは最初から全開でいった。

前回のように相手を見くびりもせずに、初手から愛剣〝森叢雲剣《もりのむらくものつるぎ》〟を抜き全力で斬り裂いた。

こいつの見えない壁は厄介だが、この剣ならある程度は通用していたからだ。

「くっ……剣術だと」

だが〝仮面の男〟は冷静にそれを受け流し反撃してきた。型はわからないが見事な剣筋と身体運びだった。

前回のようにやみ雲にあの衝撃波は使わず、純粋な剣術だけで挑んできた。

「この膂力《りょりょく》は〝岩〟のヤツと同等……くっ、それ以上か」

どういう術かわからないが仮面野郎の身体能力は恐ろしい程に強化されていた。力や反射速度の全てにおいて自分を上回っていた。

「てめぇらは手を出すなよ！」

押されている自分を手助けをしようとした仲間を制する。奴らが驚愕し焦るも無理はない。

何しろ英雄と呼ばれる《流れる風》と五分の剣の打ち合いをする者が目の前にいたからだ。しかもほんの数年前までは素人丸出しだった仮面の男がだ。

（こいつは確かに異能の力で強化をしている……だが、この剣筋は死に物狂いで剣を振ってきた者のみが会得できるソレだ）

実際に剣を交わした者だけが共感できる道を、仮面の男は持っていた。こいつは恐らく前回オレに切り倒されてから必死で鍛錬を課してきたのであろう。

「だからといって遠慮はしねぇ！」

最後は僅差で自分が打ち勝った。愛剣〝森叢雲剣《もりのむらくものつるぎ》〟で一刀両断。

だが前回と同じように〝仮面の男〟は光に包まれてどこかに消えていった。口元に勝ち誇った笑みを浮かべて。

そして、最後に〝仮面の男〟を感じたのは三年前……《魔獣喰い》を大村に連れて来たときだ。

小僧が小便を足しにいったときに〝仮面の男〟は襲撃をしかけて来た。恐らくはそれは様子見であったのだろう。なぜなら前回とは違い殺気を感じなかったのだ。

だがマズイことにそのときに《魔獣喰い》に目を付けてしまったようだ。

まるで長い間をかけて探していた宝物を見つけ出したように〝仮面の男〟は微笑んでいた。

そして今回の霊獣〝猿王《えんおう》〟の襲撃の騒ぎ。

理由はわからないが仮面の男は霊獣をけしかけこの大村を……いや、《魔獣喰い》を襲わせたのだ。

結果として《魔獣喰い》の潜在的な力は開放された。精霊神の巫女による〝森羅共鳴〟の術と王の血を引く《獅子姫》の三人の力が共鳴してだ。

（仮面野郎の目的はいったい何だ……オレへの仕返し……《魔獣喰い》の命……いや、そんな単純なものじゃない……）

神出鬼没な〝仮面の男〟の狙いが読み取れずにいた。

最初のころは恐らくは自分に対する挑戦〝乗り越えて殺す〟……そんな気配もあった。

だが今は明らかに《魔獣喰い》の力を狙っていた。

だが直ぐに襲い殺し奪い取ってしまう感じでもなかった。

まるで《魔獣喰い》が覚醒し成長していくのを狙っているようだ。その為には周りの被害は顧みず、自分の目的と欲望のためだけに。

このままでは仮面野郎に《魔獣喰い》の人生は翻弄されてしまう。小僧の性格を考えたら奴の大事な仲間や想い人が生贄になるであろう。自分が敵なら間違いなくそうする。

「好き放題にさせてたまるか……オレは後手に回るのは好きじゃねぇんだよ」

目の前の大神官の老婆に……いや自分に言い聞かせてように《流れる風》は呟く。

「それじゃあ、ひねくれた仮面野郎の顔面に一撃を食らわしてくるぜ、婆さん。帰ってくるまで、元気でな」

「ふん、ワシはまだまだ死なんぞ」

老婆は健康的に揃っている歯でにっと笑い、生意気な孫息子を送り出す。

「ところでお前さんの〝頼み〟はまだ聞いとらんかつたぞ?」

恐らくは一昨日の霊獣が現れる前の、自分の真剣な頼みごとのことを指しているのであろう。あの混乱後によくも覚えていたものである。

「ああ、そうだったな。オレに何かあった時は子供《ガキ》たちのことを頼んだ」

「巫女に《魔獣喰い》のことか……もちろんじゃ。最初から素直にそう言えばいいのに……このひねくれもののめ」

「ああ、どっかの婆さん似だ……なんせ、できのいい孫息子だからな」

これでもう思い残すこともない。

去り際に右手を上げて、後ろの老婆に挨拶をして大村を離れる。

頑丈な城門をくぐり森の中の道を南東に向かう。

目的地は愛剣の指し示す方角。そして恐らくは〝仮面の男〟が待ちかまえているであろう場所に。

付き合うのは《岩の盾》をはじめ、気心の知れた頼もしい仲間たち。

「《魔獣喰い》に別れの挨拶をしていかないのか？」

隣を進む巨漢の戦士《岩の盾》が訪ねてくる。

「アイツはもう……オレがいなくても大丈夫だ」

《魔獣喰い》……最初に会ったときはまだ青臭い七つの子供《ガキ》だった。

口だけは達者で負けず嫌いで生意気な少年。

いつも自分の後ろをついて回り真似ばかりしていた。面倒くさくて可愛げのない奴。


だが人は……男はいつの間にか手を離れ大きく成長するものなのであろう。

久しぶりに見たその姿は、既に自分の知っている子供《ガキ》でなかった。

自分と同じように仲間を得て共に苦難を乗り越えていた。

霊獣討伐の祭に見せた頼もしく成長した弟子の横顔を思い出す。

〝精霊神の巫女〟と剣姫を従えた戦士の顔を。

アイツになら託せる。自分の身に何が起きてもその後のことを。

嬉しくもあり寂しくもある初めて感じる胸の痛みだ。

「風……泣くのか笑うのか、どっちかにしろ」

「うるせぇ……ゴミが目に入っただけだ。さっさと仮面野郎をぶっ飛ばしに行くぞ」

この世界の数々の危機を救ってきた《流れる風》とその仲間たちは大村を離れ深い森へと進んで行く。

若い世代に背中を見せ、そして想いを託して。

女神たちの水浴び

大事件が起きた。

ことが起こったのは霊獣〝猿王〟を撃退し数日経ったある日のことである。

「《魔獣喰い》よ。今は暇であるか？」

「あ、《獅子姫》ちゃん。朝の仕事も終えて午後は非番だから暇だけど……どうしたの？」

《魔獣喰い》ことオレは上官となった《獅子姫》に宿舎の庭で呼び止められる。

栄光ある〝獅子姫隊〟に入隊したとはいえ、オレは前と変わらず様々な任務や訓練などに日々追われていた。

そんな忙しい毎日であったが、今日の午後は特別に半休となっていた。

「うむそれなら好都合じゃ。我はこれから〝天空の滝〟へ身を清めに行く。護衛としてお供するのだ」

「滝に身を清めに……は、はい！　喜んでお供させていただきます」

部下たるもの休暇中といえども上官のお誘いを無下には断れない。下心など一切ない。オレは一瞬の迷いもためらいもなく《獅子姫》ちゃんの誘いに即答する。

「ふむ、よい返事じゃ。だが二人だけはちと寂しいの……暇を持て余している者たちを誘って行くぞ」

その後は戦士団の宿舎の中や近隣で歩き回り、暇を持て余している者を誘うことになった。

だが、なかなか見つからない。

それもそのはず今日は年末年始の精霊祭が終わったばかりの繁忙日だ。

多くの者たちは霊獣の強襲により受けた箇所の復興作業や、他の任務に明け暮れそれどころではなかった。

オレと《獅子姫》ちゃんは霊獣〝猿王〟との激闘で特別な休暇扱いだった。

言うなれば平日の真昼間から泉に水浴びに行く者など、勤労なこの森の民には少なかったのだ。

「〝天空の滝〟の水で禊《みそぎ》だと？　あの時に霊獣に操られてから調子がいまいちだからな。私も行くぞ」

「私も行く……」

いろいろと探し回ったが、結局のところ集まったのは特別休暇中の二人だけであった。

一人は女戦士であり訓練生時代の女教官《黒豹の爪》。

もう一人は昼食を終えて大村の食事場から出てきた神官ちゃんだった。

「男は《魔獣喰い》が一人だけで、女子が三人か……まあよい、出発するぞ皆の者よ！」

「は、はい！」

これ以上は探しても時間の無駄だ。《獅子姫》ちゃんの号令のもと大村の門をくぐり抜けて出発する。

さて言うなれば男女混合の総勢四名の日帰りの旅である。

今日の目的地は大村の近くを流れる小川の上流にある〝天空の滝〟という場所だ。

《獅子姫》ちゃんの話ではその滝は何でもこの森の中でも神聖な場所として崇められているという。

天から降り注ぐ雨水が森の大地に染み込み、長い年月をかけて源流から森の中を流れ純度の高い精霊の力を含む。その水が最後にこぼれ落ち癒しを与える滝のある泉だという。

「身を清めに出かけるとはいえ、道中は遊びではない。周囲の警戒は怠るのではないぞ、《魔獣喰い》よ」

「は、はい！　分かりました」

殿を任されたオレは先頭を進む《獅子姫》ちゃんに元気よく返事をする。

素敵能力に秀でていた自分を信じてくれての配置である。女性陣の素敵な背中を眺めることもでき嬉しい配置だ。

「それにしても先日の霊獣〝猿王〟の襲来の際は、面目なかったな《魔獣喰い》よ」

鉄塊のような大剣を担ぎオレの前を進む女戦士《黒豹の爪》が小声で謝罪してきた。

「そんな謝らなくてもいいですよ、教官……あれは抗えない不慮の事故ということで、傀儡化して操られていた皆さんも全員不問になりましたし……」

そっと頭を下げてきた女教官にオレは恐縮する。

確かに霊獣によって洗脳された戦士たちが次々と自分たちに襲いかかって来た時は、絶望しか感じなかった。

特に最後の大広場でこの《黒豹の爪》の率いる精鋭部隊〝黒豹戦士団〟に包囲された時は死すら覚悟していた。

あの時に《流れる風》のオッサンとその仲間たちが駆け付けてくれていなければ、その覚悟は現実のものとなっていたであろう。

「そうか、そう言ってもらえると助かるな《魔獣喰い》よ。それに《黒豹の爪》だ」

「へっ？」

「私のことは〝教官〟ではなく《黒豹の爪》と呼べ。お前はもう立派な一人前の戦士だ。私も認めた男だ。気軽に呼ぶがいい」

「えーと、それなら分かったよ……《黒豹の爪》ちゃん」

オレがその名で呼ぶと彼女は急に驚いた顔をする。見る見るうちにその日焼けした褐色の肌が真っ赤に染まっていく。

更には良く鍛えられているが豊満で開放的な胸元まで赤く染まる。女鬼教官であり腕利きの戦士である彼女のそんな狼狽した姿を見るのは初めてだ。

「あれ……オレなんかまずいことを言いましたか……」

急に馴れ馴れしく呼んだので怒ってしまったのであろうか。急に心配になる。せっかく成人になったのだからいつものゲンコツは勘弁して欲しい。

「いや、いいぞ！　〝《黒豹の爪》ちゃん〟か……〝ちゃん〟……いい、実に心地よい！　悪くない呼び方だぞ、これは。むしろ心地よいぞ、《魔獣喰い》よ！」

なぜか急に彼女のテンションが上がっている。

更にはいつものように抱き着き、暑苦しくバンバンとオレの全身をハグしてくる。

これは彼女の出身の地方の独特の感情表現のひとつらしい。

長身のために豊満な彼女の胸の二つの柔らかい双山がオレの顔に当たり挟まれる。素晴らしい感触と夢の心地である。

だが大型の獣の首すら素手でへし折る彼女の怪力で、オレの背骨も折れる寸前だ。

「わ、分かりましたから……放していただければ助かります……《黒豹の爪》ちゃん……」

「おう、すまん、すまん。ついつい興奮してしまった！　これからも頼むぞ《魔獣喰い》よ！」

何を頼まれたのであろうか。いまいち把握できなかった。

だが窒息死か背骨粉砕死の二択死因を選ぶ一歩手前で、オレはその強烈なハグから解放された。危ない。

（教官は……《黒豹の爪》ちゃんは、これまで〝女の子扱い〟をされたことがなかったのかもな……）

浮かれた様子でどんどん先に進んでいる彼女の背中を追いながらそう思う。

女戦士《黒豹の爪》と言えば大村でも屈指の大剣使いだ。

いや《流れる風》のオッサンの話では、この大森林でも大剣を使わせたなら彼女に勝る者はそういないという話である。屈強な男の戦士を含めた全戦士の中ででである。

まだ年齢も若い。

十四歳であるオレと十歳も違わないはずである。

それにもかかわらず若手の訓練生を指導する教官職に就き、なおかつ怪力自慢と荒くれ共の揃う〝黒豹戦士団〟の戦士団長も兼任していた。

性格と口調はこの通りに直球で暑苦しく、女の子として扱われてこなかったのもうなずける。

だが女性として外見をみればかなりのものだ。

整った顔立ちは十分に美しい部類に入る。いやむしろ短髪の美女である。

鍛えられよく日焼けした肌は健康美で、腰回りや胸は肉付きがよく女性としてかなり豊満である。

ひと言で説明するなら〝筋肉えっちな身体〟をしていた。

「おい、《魔獣喰い》よ、どこへ行くのじゃ。お主は後方であろうが。もうすぐ〝天空の滝〟にたどり着く。水浴びの準備をしておくのだぞ」

「えっち……」

考えごとをしながら《黒豹の爪》ちゃんのお尻を追いかけていたら、いつの間にか先頭の《獅子姫》ちゃんを追い越してしまっていたようだ。彼女に戒められつつ、相変わらず無表情な神官ちゃんにぼそりと何か言われてしまった。

「滝……水浴び……了解であります！」

上官の指示に従いオレは再び後方に下がる。

周囲を警戒し危険がないか索敵をする。いや、する素振りだ。

なぜなら今回の日帰り旅の目的地が近付き、オレの心中は索敵どころではないからだ。

(いよいよだ……いよいよ泉のある滝に到着するんだ……〝身を清める〟っていうことはアレだよな……裸の……半裸で水浴びするってことだよね……)

自分の心の中でこの部族の習慣を再度確認しつつ、前を進む女性陣に気付かれないようにゴクリとツバをのむ。

前にも言ったかもしれないが森の部族の民は露出度が高く開放的だ。

亜熱帯の気候に属するために、男性などは暑いときには上半身裸状態で、女性陣も生足やヘソ、二の腕や胸元などを強調するかのような格好で暮らしていた。

また汗をかきやすい気候のために水浴びも好む。

普段は村の近くを流れる小川で、一日に一回は身体を清めており意外と清潔な部族だ。

そして特筆すべきは水浴びをする時の格好だ。

さっきも言ったが、この民は〝開放的〟だ。

そう――――〝生まれたままの格好〟で水浴びとかをしているのだった。

思い起こせばアレは幼少の頃の《魔獣喰い》くんの思い出だ。

(マジか……女の人の胸とかモロに見えちゃっているんだけど……)

その光景を初めて見たときオレは興奮というよりも衝撃を受けた。

うら若き村の女性たちが胸元などをさらけ出しながら、楽しそうに水浴びをしていたのだから。

更に男女の恥じらいの概念も少なく、男女入り乱れて楽しそうに水とたわむれていた。泳いだり水をかけあったり。

（素晴らしい光景だ！　でも……目のやり場に困る……でも、いい……）

転生したとはいえ現代日本ではまだ中学生だったオレ。当時はまだ精神年齢的にそれを直視することは出来なかった。

やがて成長してからもその恥じらいは直らなかった。水浴びの時はいつも一人時間差で入水していた。遠目では若い女の子たちの美光景をチラ見していたが。

だが数々の試練を乗り越え成長したオレはひと味違う。

偉大なる師匠《流れる風》のオッサンのチラ見もほぼ会得している。

成人の儀も終えていよいよ男女混合で水浴びを出来ると確信していた。

そして今回の身を清める――――水浴びである。

何が凄いかと説明すれば〝あの〟《獅子姫》ちゃんと神官ちゃんとの水浴びである。

この森の大族長の娘である《獅子姫》ちゃんが水浴びをしている姿を誰も見たことはなかった。

なにか理由があるかもしれないがまさに今回は天恵ともいえよう。もしかしたらこれまで頑張ってきたオレに対する、森の精霊神が与えてくれた褒美なのかもしれない。

もちろん神聖な役職に就く神官ちゃんとの水浴びも然りだ。

先の霊獣退治を終えて〝精霊神の生まれ変わりだ〟とまで呼び声高い神官ちゃん。その純白の神官着の下にある裸体など想像などをしても罪深い。

そこに先の説明した年上でお姉さんな《黒豹の爪》ちゃんの肉体美が加わる。

まさに現時点での自分の周りにいる美女軍団の最強組だ。

そんな訳で今回のこの水浴びのお出かけに、オレは全力を尽くさなければいけないのであった。

「おい、《魔獣喰い》よ、何を呆《ほう》けておるのじゃ、〝天空の滝〟に着いたぞ」

「えっ……もう？　早いね」

《獅子姫》ちゃんの言葉でオレは妄想世界から帰還する。いつものごとく妄想で意識が飛んでいたようだ。意識と視線を現実直視する。

「うわ、凄いね……ここは」

その言葉には一切の脚色はなかった。

目の前には言葉に言い表せない幻想的な景色が広がっている。

深い森の中に天空から滝水が流れ落ち蒼き泉となっている。心地よい水音がリズミカルに耳を打ち、水しぶきと新緑の清々しい香りが泉の周りを包んでいた。

滝の水面は陽の光で透き通り、向こう側にはこの森の〝元始《はじまり》の樹〟がうっすらと映る。

まるで水と森の精霊たちのために神が創造した聖なる空間のようだ。

「ふふふ……凄いであろう、《魔獣喰い》よ。ここは我のお気に入りの場所じゃ。光栄に思うのじゃ」

ここまで案内してくれた《獅子姫》は胸を張り誇らしげに説明をする。

なんでもこの泉は普段は王の一族の者と関係者しか近づくことができないらしい。

「は、はい、光栄に思います！」

上官である我らの姫殿に最敬礼で感謝の気持ちを伝える。

「ふむ、相変わらずおかしな奴じゃな。我らは先に身を清めておる。お主はこの周囲に警戒網の設置が済んだら来るのじゃぞ」

「は、はい！」

そう言い残し《獅子姫》と神官ちゃん、《黒豹の爪》の女衆の三人は草木をかき分け泉の入水場へと進んで行く。恐らくはそこで着衣を脱ぎ去り生まれたままの格好で泉に入るのであろう。

そしてオレも任務を終えたら一緒に水浴び……いや、身を清めることができるのである。

（よし、急ごう！　超特急で……いや音速《マッハ》で終わらせてオレも身を清めるんだ！）

思う前に自分の手と足が勝手に動く。身体が羽のように軽いのだ。

これ程までに好調なのはもしかしたら霊獣戦で覚醒したとき以来ではなかろうか。それ程までに調子がいい。

まずは背中の背負い袋の中から出した事前に用意してきた〝糸の罠〟の設置だ。

これをこの泉の周囲の要所に設置しておけば、万が一凶暴な獣が近付いて来た時に即座に対応できる。

鳴子のようなもので普段はこの森を旅する時の夜営などの時につかう。

《獅子姫》の事前の説明では泉の周りの全てに設置する必要はない。自然とできている獣道の数か所に取り付けるだけで大丈夫らしい。

「《魔獣喰い》！　早く終えてお前も来なよ！　水が冷たくて気持ちいいぞ」

泉の方から女戦士《黒豹の爪》が呼びかけてくる。音の出る鳴子を持ち歩いて作業しているために、オレの居場所は向こうには分かるのであろう。

「はい、急いで終わらせます！」

一方で自分の作業する茂みからはちょうど泉の入水場は死角となり見えない。声だけで返事をする。

この切りたった岩場を登ればあるいは……いや、その前に早く終わらせて泉に入った方が賢い判断だ。

そんな時、また女性陣の声が聞こえてくる。

「くっ、相変わらず《黒豹の爪》……お主の身体は反則であるな……」

「うらやましいですか？　姫ももう少し齢を重ねたなら、筋肉が付いてたくましくなりますよ。はっはは」

「いや、腕力ではない。その肉付きのよい胸のことじゃ……いったい何を食べたらそこまで大きくなるのやら」

「こんな脂肪の塊があっても大剣を振るう時に、邪魔にしかなりませんぞ。それに胸の大きさだけならこちらの神官さまの方が……ほう、これは素晴らしい、お見事！」

「《獅子姫》さまの……可愛らしい……」

「誰じゃ！　いま誰か、我《われ》のこの胸のことを馬鹿にした者がいるぞ？　どこじゃ！」

泉の方から女性陣の艶かな会話が流れてくる。

だが激しい滝音で所々が聞こえない。

（何だ、誰の胸がどうしたというのだ）

作業しながら心惹かれる。

だが今のオレは先日までの頼りない幼い自分ではない。

成人である十四歳の儀を終え、更には霊獣の強襲を退け大村を救った男である。まあ、公式には
それも《獅子姫》ちゃんの手柄となっていたが。

それでも今日のオレの五感は冴えわたっていた。

瀑布たる滝音の雑音を取り除き、更には彼女たちの会話の端々を繋ぎ推測し、脳内に鮮明な映像
が映し出される。

そこに――――脳内の銀幕にいたのは、上半身を露わに泉で戯れる三人の女神たちの美しい光景
であった。下半身は小さな腰布で隠され水面上にその布が揺れる光景もいとおかし。

霊獣戦を経て鋭敏化されたオレの五感が告げる。

この世の極楽と楽園は、この岩場の向こう側の泉に今あるのだと。

（よし、急ぐんだ……光の速さとなれ、オレ！）

作業しながら妄想の中で《獅子姫》ちゃんと神官ちゃん、そして《黒豹の爪》ちゃんがオレに優
しく微笑む。

まさに時代の流れや運気がオレに流れてきているのかもしれない。

蛮族に転生して十四年、これまでの苦労は無駄ではなかったのだ。

「よし、ここで最後だ！　後はオレも水浴びに急行だ！」

最後の獣道の警戒場所に辿りついたオレはもはや汗だくだ。

だがこれからの目に入る眩しい光景にもはや汗すら気にならない。

「よし、終わった……ん？　あっ」

その時だった。

オレは何かを感じた。

反射的に罠を手放し背負っていた弓と矢を手に持ち替える。

そして茂みに身を潜め気配を消す。

気持ちは静まり周囲の状況を確認する。

（あれは、獣……いや、まて……くそっ！）

少し離れた所に〝悪意ある殺気〟を感じ毒づく。

（なんてことだ〝魔獣〟だ……）

何故なら遠目にその漆黒の獣の姿を確認したからだ。

（蛇型の魔獣か……）

長い大蛇型の魔獣が音も無くゆっくりとこちらに近づいて来る。形状からして恐らくは森の人食い大蛇に〝魔〟が憑りつき魔獣化したのであろう。あまりの大きさに尻尾が見えない。

《流れる風》のオッサンの話だと、コレはかなり厄介な相手だ。

牙や鱗、更には吐く息に猛毒を持ち、その尾や巻き付けの力は大木すら木っ端みじんに打ち砕くという。屈強な森の戦士であっても一撃で瀕死な威力だ。

だが追い足はそれほど速くはない。見つけたら逃げるのが吉だと説明していた。

運のいいことに大蛇の魔獣はまだこちらには気付いていない。

だが進行方向からこの先の泉へ向かっているのであろう。喉が渇いて水でも飲みに行くとでもいうのか。

(どうしよう……《獅子姫》ちゃんたちに知らせないと。いや、でもここで騒ぎを起こしたら水浴びももちろん中止だ。全員で魔獣狩りが始まる。それはまずい……)

オレは息を殺し思案する。

そして身を隠しながら大蛇の魔獣の風下へと忍び寄る。

(くそっ、思っていた以上に大物だな。どうすれば……そうか!《獅子姫》ちゃんたちに気付かれないように、この魔獣を追い払おう……仕留める必要はない……そうだ、その後にオレも泉に……三人の女神の所に行くんだ!!)

オレは意を決した。

それは普段なら決して選択しない決断だ。

魔獣ならこれまで何度かは狩った経験はあった。

だがその時はイケメン剣士を始め、多くの仲間たちとの連携でようやく仕留めたのだ。

屈強な森の民とはいえ、一対一で魔獣を仕留めることは大人の戦士でも難しい。

それこそ《流れる風》のオッサン級や《黒豹の爪》ちゃんぐらいの地力がないと無理だ。

こちらは完全武装とはいえ今の自分はたった一人。

勝算は少ない。

（だが、だがやるんだ……殺《や》るしかないんだ……行け、全力を出すんだ《魔獣喰い》。この身に秘められた闘志を解放するんだ、オレ!!）

頭の中で《獅子姫》ちゃんと神官ちゃん、そして《黒豹の爪》ちゃんの三人が半裸で両手を広げ優しく微笑んでくれる。

『《魔獣喰い》……早く来てちょうだい……』と、言っているようだ。

その時だった。

オレの中で〝何か〟が弾けあり得ないほどの力《パワー》が溢れ出した。

腰に下げた護斧である手斧は〝少し〟だけ熱を発してくれた。この邪な自分に少しだけ力を貸してくれるというのか！　それでも有難い。

オレは朱弦の弓を構え大蛇の魔獣へと駆けだす。

その後の記憶はあまりない……

だが激戦であった。

覚えていることは一つだけ。

自分でも信じられないような力を発揮し、たった一人でオレはその魔獣を瀕死まで追い込んだ。

全身に矢を受け硬化した鱗さえも斬り裂かれた大蛇の魔獣は、這う這うの体で森の中へ逃げ去っていった。僅差の勝利である。

だが魔獣との静かな激闘をオレは制したのであった。

「急ごう……《獅子姫》ちゃんの……みんなの待っている所まで戻るんだ！」

先ほどまで晴れていた空はいつの間にか雨雲が広がり小雨が降ってきた。

オレはぬかるみ始めた森の道を駆け戻る。

頭から血が流れているが気にしていられない。

さっき魔獣の毒を受けたような気がする。だが忘れていたことにしておこう。

女性陣に先ほどまでの戦いの音に気づかれないように魔獣を誘導したために、だいぶ泉から離れていた。

それでもこの時間ならまだ間に合うはずだ。

よし滝音が近づいてきた。

「着いた！……《獅子姫》ちゃん、みんなお待たせ！ってアレ？」

崖を飛び下り草木をかき分けオレは泉の入水場へと辿り着く。

そして、その光景に言葉を失う……

「ん、《魔獣喰い》よ、遅かったの。長雨になりそうだから戻るぞ」

「水筒に泉の水を汲んでおいたから、これでも飲んで我慢しな！」

「遅い……待っていたのに」

三人の女神たちはオレの事を待っていてくれた。

そう……服を着て陸に上がって。

強雨でもはや水浴びどころではなくなったのであろう。よく考えたら当たり前のことだ。

オレの待ち望んでいた美しい光景はもはや見る影もない。


後日談である。

《魔獣喰い》が一人で打ち破り追い払った大蛇の魔獣はただの魔獣ではなかった。

泉のあった場所から東北にて古より主として鎮座し、腕利きの森の戦士や狩人たちが何人もその毒牙にかかり犠牲になった〝古来種〟の魔獣であったのだ。

《魔獣喰い》に追い払われた時には既に瀕死の状態にあり、その数日後に偶然にも発見した《流れる風》とその仲間たちによって止めを刺された。

「この朱弦の弓より放たれし矢傷と斧傷を見よ。推測するにお主の愛弟子はたった一人でこの古来種を死の淵まで追いやったのか……恐ろしい弟子を育てたのではないか、《流れる風》よ」

「ふん、オレに言わせたらまだまだ半人前の子供《ガキ》さ、《魔獣喰い》は」

「その割には顔がほころんでいるぞ」

「うるせぇ、この顔はもともとだ……だが、悪くはないな」

その〝風の一味〟の活躍はまた別の語りとなる。


とにもかくにも、成人である十四歳となった森の狩人《魔獣喰い》。

いずれ大森林とこの大陸を強大な災厄から守り、伝説の英雄となるかもしれない男。

だが彼の春はまだまだ遠いのであった。

精霊神の巫女

わたしはおじ様に救われた。
無人と化した辺境の村で。
なんの外傷もなく、人々は倒れ息絶えていた。
村が滅んだ悲惨な現象を〝精霊のいたずら〟とおじ様たちは呼んでいた。
原因は不明だが、森の精霊の力が何かの拍子で狂い、人に害を与えてしまったのだと。
百年に一度あるかないかのことだという。
物心がつきはじめたばかりのわたしは、微かに覚えている。
みんなは逃げることさえせず運命を素直に受け入れていた。
その残酷な現象を、森で生きるうえでの運命として。
「愚かかもしれないけどあの人のために私は抗いたいの……」
そんな中でわたしの母親だけは死から抗っていた。
精霊神官でもあった母に守られながら、村の中でわたしだけが生き残った。
（温かい……声がする……）

すでに息絶えた母に守られながら、がしばらく眠っていたらしい。

救援に駆け付けたおじ様の声で目を覚ます。

息絶えた村人たちは森へ還すために埋葬された。

「来るのが遅くなった。悪かった……」

おじ様が母の亡骸に謝りながらひとすじの涙を流していたのを覚えている。

子ども心に不思議に思った。

どうして母は他の人と違い運命の教えに抗ったのだろうか。

なぜおじ様は涙を流していたのか。

それからわたしはおじ様のゆかりのある村を転々としながら育てられた。

多忙であったおじ様はたまにしか会えなかったが、この頃がいちばん幸せな時間だった。

『この子は精霊神官の才能がある……〝精霊神の巫女〟のな』

預けられた村でわたしは神託をうけた。

わたしには幼い頃から色んなモノが見えて聞こえていた。

気持ちよさそうに風に乗る精霊や木々の上で昼寝をする精霊たち。

澄んだ水の中や地面の中からひょっこりと顔を出していたり。

「〝蛙の子は蛙〟ということか……ちと厳しい婆さんだが大神官の元で修行を受けてみるか？」

「うん……いく」

その提案に即答する。

わたしは一刻も早く一人前になりたかった。

おじ様に恩返しをするために。


それから年月は流れ、大村で修行をはじめてから数年が経ったころだった。

（えっ……精霊たちが騒ぎはじめている……いや、喜んでいる？　こんな嬉しそうな彼らを見るのははじめて……）

かつてないほどに精霊たちが喜ぶ姿を目にする。

いったい何が起こるというのか。

そして間もなく館を訪れたのは、おじ様とひとりの少年だった。

どこにでもいるようなこの部族の男の子。

なぜ精霊たちがこの子にあそこまで反応したのかわからなかった。

精霊神官の才能があるようには見えない。

何でもおじ様はこの子をわたしに〝視て〟もらうために来たという。

もしかしたら〝森徒《もりと》〟の才能……いや、因果があるかもしれない少年だという。

〝森徒《もりと》〟……それはこの森の始原の英雄譚に登場する謎の人物である。

〝語り部の精霊〟による口伝によってその存在は語り継がれていた。


悠遠の遥か昔の話である。

この大陸に〝魔〟が湧き出た。

〝魔〟はその肉魂から〝魔素〟を吐き出し侵す。

野生の獣や木々にそしてついには人にまで影響を及ぼし、次第にその勢力を広げていった。

〝魔素〟に憑りつかれた〝モノ〟は人々を襲い食らい、大陸中を恐怖のどん底に陥れた。

いくつかの部族に分かれていた人はそれに立ち向かう。

だが〝魔素〟をとり込んだ〝モノ〟の力は強大だった。

人々は大地の端に追いやられその滅亡の時を待つだけの存在となった。

だがそんな時だった。

ひとすじの希望の〝光〟が差し込む。

それは後に〝森徒〟と呼ばれた一人の少年であった。

どこからともなく現れた〝森徒〟は生き残った人々を諭して回る。

《皆の力を集結して〝魔〟に立ち向かおうと》

彼の言葉は人と人を、そして想いを紡いだ。

奇跡が起きた。

それまで個々に〝魔〟に抵抗していた七大部族がはじめてその力を合わせた。

人は最後の力を振り絞り立ち上がり〝魔〟に立ち向かう。

森徒と七大部族の戦士たちは雄叫びを上げる。

人と大陸の存亡をかけた激しい戦であった。

そして遂に戦いは終わりの日を迎える。

彼らは〝魔〟を内倒し、〝大穴〟に封じ込めることを成したのだった。

そして世界に平穏の時の風が流れる。


森の始原の英雄譚の一節だ。

数ある英雄譚の中でこの章にだけ〝森徒〟の存在が記されていた。

その多くは語られていない。

万物を越える異能の力があったとも精霊神の化身とも言われていた。

だが森徒の存在は一部の者にしか知らされず、禁忌とされていた。

なぜなら畏敬の対象であったと同時に畏怖の存在でもあったからである。

《〝森徒〟には心を許すな。彼の者は最後に人を裏切り、この森に呪いをかけた元凶である》

これは霊長の年月を刻んできた〝語り部の精霊〟だけが知る真実だ。

七大部族の族長と共に魔を大穴に封じ込めた後に、〝森徒〟は突如として彼らを裏切ったという。

何があったか多くは明かされていない。

だがその危険性だけは伝わっていた。

この裏の真実を知る者は当代の大族長と大神官、〝精霊神の巫女〟であるわたしに偶然に知ってしまったおじ様の四人だけである。

おじ様は森徒の才能がある者を探す密命も受けていた。

そして今回わたしに視せにきたのがこの不思議な少年であった。

「この子は……森徒の可能性はない……」

おじ様に視たままの事実を伝える。

「ああ、そうか」

おじ様は少し悲しそうに、でも嬉しそうに相づちをうった。

この人のこんな表情をはじめて見た。

その時の少年は、そのまま大村の戦士団の訓練生となり鍛錬に明け暮れていた。

《魔獣喰い》……それがその子の名であった。

同年代の噂では腕力も剣の腕もなく目立たない普通の少年。

でも、いつの間にか彼の周りには多くの人が集まっていたという。

訓練生の中でも最高位に当たる技術と力を持つ者たちが彼を慕い、その元に集まり狩組を結成していた。

わたしも大村の繁華街でその姿を遠目で見かけたことがあった。

食事を実に美味しそうに食べながら仲間たちと笑い合い、叱られたり励まされたり。

何か大きな目標に向かってひたすら努力するその姿は、わたしには輝いて見えた。

周りの精霊たちも彼を愛し、いつも祝福していた。

〝精霊神の巫女〟として一目置かれていたわたしはそれに比べていつも一人だった。

そんな《魔獣喰い》が大村に来て三年の年月が経った。

そのころになると彼は時の人となっていた。

まだ訓練生でありながら仲間たちと共に〝魔獣を狩る者たち〟として名を上げ、人々の注目を浴びていた。

本人にはその自覚はないようだが将来も有望視されていた。

更には北方の村を悩ませていた幻獣を《獅子姫》さまと共に成敗しその名誉を不動のものとした。

まぶしいくらいに輝いていた。

年が変わる精霊祭の夜にもっと間近で彼を見てみたくなった。

三年前の少年としてでなく一人の男性として。

だがその直後にあの事件は起きた。

この大森林の中での最大級の災厄とされる霊獣〝猿王《えんおう》〟が、年越しの精霊祭で浮かれる大村を強襲したのであった。

狩ってきた幻獣の死骸に偽装して紛れ込んで侵入していたのであった。

〝猿王〟が霊眼と呼んでいた力は絶大だった。

屈強な戦士たちは傀儡人形として次々と操られ、他の人々を襲った。

その力は強大で、いずれ大村の全ての人々に効果がおよび破滅のときが迫っていた。

だが、奇跡は起きた。

いや起こした者がいたのだ。

わたしと一緒にいた《魔獣喰い》と《獅子姫》が霊獣〝猿王《えんおう》〟を打ち破ったのだった。

特に《魔獣喰い》は筆舌に尽くしがたい活躍であった。

この森の英雄であるおじ様ですらも近付けずにいた〝猿王《えんおう》〟の霊眼の力を無効化し、わたしと《獅子姫》を守ってくれた。

そして三人の力を共鳴させ森の精霊の力を授かった彼は驚異的な潜在能力を覚醒させる。

〝森羅共鳴〟の術を使ったときに、私は知った。

《魔獣喰い》に隠された運命の秘密の欠片。

それにわたしと《獅子姫》との因果関係を。

本来ならこの因果は大神官さまと《獅子王》さまに報告をしなければならない重大な内容であった。

でもそれは同時に《魔獣喰い》の人生を終わらせることを意味していた。

霊獣退治を終えたあとの報告でも、わたしは言い出せずにいた。

「そう言えばお前にも〝名〟を付けてやらないとな……」

〝猿王〟を討伐した後におじ様がぼそりと言った。

わたしには〝精霊神の巫女〟という精霊名は既にあった。

だが普通の子のような〝名〟はおじ様からまだ名付けてもらっていなかった。

「おじ様……そのことなのですが、実は……」

「ああ、知っている。いい名を貰ったな……あの子供《ガキ》に……」

「はい……気にいっている……」

「なら、もう心配はないな。オレがお前の世話をしてやるのも今日が最後だ」

わたしの決意した顔を見て、おじ様は優しく微笑む。

「あの子供《ガキ》はこれから色々と面倒に……逃れられない因果と運命の壁、そして辛い現実にぶち当たるだろう。悪いが手を貸してやってくれ……」

その言葉でわたしは気づいた。

きっとおじ様も《魔獣喰い》の秘密に気づいていたのであろう。

でも、おじ様は誰にも語らずにいた。

「はい、おじ様……いえ、《流れる風》……」

「ああ、じゃあな」

そう言い残しおじ様……《流れる風》は大村を去りまた旅立つ。


それからまた月日は経つ。

《魔獣喰い》は《獅子姫》さまと同じ隊に配属された。

そしてわたしにも命が下る。

二人の専属の精霊神官となる命令が。

これもまた運命、そして定め。

精霊たちの言霊によるとこれから千年に一度の周期の狭間を迎えるという。

それにより引き起こる災厄は誰も予測は出来ないとも。

誰も運命の流れには逆らえないのだと。

「ねえ、《獅子姫》ちゃんに、神官ちゃん、こっち来てみてよ！」

今日も能天気にわたしを呼ぶ声がする。

自分の課せられた重荷や因果すらも吹き飛ばす笑顔で。

「……ぴーす」

彼に教えてもらったこの不思議な合図をすると、なぜか心がほっこりする。

『愚かかもしれないけどあの人のために私は抗いたいの……』

あのとき、わたしの母が死する運命に抗った気持ち。

今なら少しわかるかもしれない。

《魔獣喰い》の笑顔を見るためなら。

あとがき

著者ハーーナ殿下（以下〝ハーーナ〟と略す）「このたびは私の処女作であるこの本を手に取っていただき誠にありがとうございます」
獅子姫「うむ、我《われ》からも皆に礼を言うのじゃ」
ハーーナ「えっ……あとがきにまで乱入？」
神官ちゃん「わたしも、いる」
ハーーナ「（まっ、いっか華やかになるし……）とにかく〝小説家になろう〟で投稿していたマタギを改稿に加筆を繰り返して、なんとか皆さんのお手元までお届けできてひと安心しています」
獅子姫「それにしても随分と話も修正して加筆していたな。このマタギの一巻は」
ハーーナ「今だから言えるけどウェブ版のマタギさんは、何のプロットもなく思うがままに書いて投稿した作品でした。当初は起承転結もなくひたすら森の狩猟生活を満喫していたし。それを発刊に合わせて大幅に修正して一巻の最後に皆の見せ場を見せつつ、次回への期待感も持たせました」
獅子姫「確かに精霊祭であんな大事件が起こるとは思ってもいなかったのじゃ」
神官ちゃん「わたしも……おどろいた」

ハーーナ「その辺は内緒で。あとがきから読む方もいるのでこうご期待ということです。書籍化で一番苦労したのは最初の部分をスピーディーに展開させつつ、登場人物の口調や性格を整頓して人間物語としても繋げるところかな」
獅子姫「それに関しては我も感じていたところだった。何しろウェブの無印版では我は最初に登場した時と、最後の口調がまるで違っていたからのう」
神官ちゃん「わたしは、もっと不安定なキャラった……というか〝空気ヒロイン〟だったような……」
ハーーナ「うわー、その辺の全部は書籍では直し補完していますのでお許しを。この可愛い二人のヒロインも早めに登場して、巻末加筆でスポットを当てたりしているので今後もご期待ください」
獅子姫「可愛いじゃと……それなら仕方がないのう」
神官ちゃん「ゆるす……」
ハーーナ「（ふう……危なかった……）それでは次ですが……」
獅子姫「では、読者さまから質問の手紙を預かっているので、お主に答えてもらおうではないか！」
神官ちゃん「わたしは、あしすたんと」
ハーーナ「（あっ、いつの間にか手紙が抜き取られていた）は、はい答えられる範囲ならどうぞ」
獅子姫「なぜ〝マタギ〟をタイトルに入れて、森の部族をテーマに作品を書いたのですか？　また作者はマタギの孫なのですか？」

ハーーナ「まず私は普通の社会人でマタギの孫ではありません。ただ住んでいる街が青森県の弘前市という世界自然遺産白神山地の玄関口でもある文化都市です。車で三十分も走ると白神山地が目の前に広がる環境もあり、以前から興味あったマタギをタイトルに入れてみました。〝森の部族が実は最強でツエー〟みたいな」

神官ちゃん「白神山地……いつか行ってみたい……」

獅子姫「では次の質問じゃ。「作者さんはどこで小説を書く訓練をしたのですか？」」

ハーーナ「私はサービス業勤務者で文字はいっさい書いたり打ち込んだりしてこない人生でした。〝小説家になろう〟というサイトを偶然みつけて三カ月間ほど毎日毎晩読んでいました。そして自分でもこっそり投稿していました。最初は一万文字くらいで完結する予定がいつの間にか……」

神官ちゃん「数十万文字になっていた……」

ハーーナ「そうですね。その後に色々ありまして、書籍化できる事になりました。この場では名前を上げることは控えさせて頂きますが指導して頂いた師匠さまたちに、ツイッターやメッセージで応援ご指導いただいた皆さんには感謝しております。また編集部の皆さんや素晴らしいイラストを描いていただいたよー清水さま、そして何より読者の皆さんの応援があったからここまで来られました。本当に感謝しています」

獅子姫「急に真面目になったの、お主。いい心がけじゃ」

神官ちゃん「最後のしつもーん。マタギの二巻の予定は？」

ハーーナ「……」

獅子姫「……」
ハーーナ「そ、それは作者である私とヒロインな二人と主人公の……あれ、そういえば主人公の奴はどこにいったんだ？　デビュー作のあとがきなのに？」
神官ちゃん「後ろにいた……」
魔獣喰い「えっ？　なに？　なんの番組？」
獅子姫「お主はそこで何をしていたのじゃいったい……」
魔獣喰い「いや、ここに美味しそうな食事があったから、つい……」
ハーーナ「あっ、それはこの後の一巻の発売記念の祝賀会の食事だったのに……ぜんぶ無くなっている……」
獅子姫「《魔獣喰い》、お主！」
神官ちゃん「こいつ、封印する……」
魔獣喰い「うわー、ごめんなさい……」
どたばた
ハーーナ「そんな訳で最後になりますが、このたびは当作品をお手にとっていただき本当にありがとうございます。今後ともマタギをよろしくお願いします」

イラストレーターあとがき

キャラクターデザインを一部公開します！

最終バージョン
魔獣喰い

最初から固まっていた
神官ちゃん

初期バージョン
魔獣喰い

はじめまして、よー清水と申します。
今回は素敵な作品のイラストを担当させてもらいました。
普段はゲームのコンセプトアートや
設定画の仕事が多いので、
とても新鮮に仕事を楽しむことができました！
僕のイラストにとらわれず、あなたの頭で
素敵な世界観を思い描いて頂ければ嬉しいです。